田·舍·小·说·集

庶民春秋

SHUMINCHUNQIU

田舍 著

黄河出版传媒集团
宁夏人民出版社

图书在版编目（CIP）数据

庶民春秋 ：田舍小说集 / 田舍著. -- 银川 ：宁夏人民出版社，2013.11

ISBN 978-7-227-05535-8

Ⅰ.①庶… Ⅱ.①田… Ⅲ.①长篇小说—中国—当代②中篇小说—中国—当代 Ⅳ.①I247.5

中国版本图书馆 CIP 数据核字（2013）第 256891 号

庶民春秋——田舍小说集　　田舍　著

责任编辑　张　妤　　康景堂
封面设计　晨　皓
责任印制　杨海军

黄河出版传媒集团
宁夏人民出版社　出版发行

地　　址　银川市北京东路 139 号出版大厦（750001）
网　　址　http://www.yrpubm.com
网上书店　http://www.hh-book.com
电子信箱　renminshe@yrpubm.com
邮购电话　0951-5044614
经　　销　全国新华书店
印刷装订　宁夏飞马彩色印务有限公司
印刷委托书号　（宁）0014068

开　本　880mm×1230mm　1/32　　印　张　12.125
字　数　210 千　　印　数　1000 册
版　次　2013 年 11 月第 1 版　　印　次　2013 年 11 月第 1 次印刷
书　号　ISBN 978-7-227-05535-8/I·1399

定　　价　28.00 元

目录

长篇小说　庶民春秋

中篇小说　奔腾东流水

长·篇·小·说

庶民春秋

第一章 春郊偶遇

某男，携一室友，忽一日，骑摩托赴远郊，无时限，无定点，兴之所至，意念由之。无非是，久居高楼，难觅春光，今日得闲，急欲投身自然，远走高飞，尽享生活。

果然，远郊大地，天更蓝，云更白，一路麦浪，绿映山冈，树叶儿在轻轻地摇，翠鸟儿在啾啾地唱，空气里飘着清香，大地上舞着欢畅。哦！深深地吸上一口，那纯净的氧直透心房。

忽有一条小河拦住野径，看那河水，清澈见底，一群群小鱼儿在水中嬉戏，自由遨游，好不欢畅！室友急刹住车，四顾一片荒野，无可顾忌，于是，迫不及待地脱光衣裤，冲向河边，撩起一抔凉水，扑打前胸。眼馋得某男也迅急脱光，随向河边。

两人正欲纵身入水，忽闻一声断喝，恰似土地爷突然从地里冒出，面前兀立两壮汉：

“呔！要入水，先缴游泳费，每人七十。”

室友被这一吓，甚感惶恐，急以手捂下部，轻声道：

“请问，你们是……”

“我们是村委会旅游公司的，这一带全归我们管。掏钱吧！”

某男道:“我们不给呢?”

“我们把衣裤一律收走,请你们光着身子进城。”

“啊!”室友看看下部,更是惶恐,“我们就这样……好好,一人七十,我们掏,我们掏。”就要去摩托车后备箱里拿钱,大有破财消灾之意。

某男来了倔劲儿:

“你们是哪个公司?”

“村委会旅游公司。”

“有营业执照吗?”

“……”

“有资源使用许可证吗?”

“……”

“有环卫证吗?”

“……”

“有税收管理证吗?”

“……”

一串问,问得二壮汉无言以对。

突然,一壮汉厉声道:“我们什么证也没有,在我们的地盘,任你是谁,都得缴钱。下水,缴游泳费;钓鱼,缴垂钓费;走动,得缴游、游、游走费……”

某男道:“我们不缴!”

二壮汉一对视,立马上前来抱二人衣裤。

室友急了,“别,别,我们缴,我们缴。”

某男也起了劲儿，大声喝道:“我们是新闻记者，正在农村随访。你们这是地霸行为,我让你们明天见报。你们是哪个村委会？领我去见你们村主任。”说着就要穿裤衩、拿衣服,要壮汉领路,还一迭连声地喊:“走,走,快走！”

较高壮汉嘴硬:“见了村主任你们也得掏钱,另加罚金。”

较矮壮汉却拉拉他的衣角，讪讪道:“你们是记者？好好,我们政策优惠,优惠。”拉上较高壮汉,倏地没了,正像来时一样,回到土地爷地宫去了。

没了土地爷,二室友相顾大笑。

室友笑着,喘着,用手颤颤地指着某男,道:“我怎么不知道你当过记者……”两人笑得前仰后合,惊天动地,直笑得小鱼儿也倏倏地跃出水面,惊异地向他俩一瞥,一个鹞子翻身,又都钻进水里去了。

笑声中,两位好友“倏、倏”齐声跃入水中。嗬!身边有小鱼儿相伴,水面有蜻蜓戏水;两个浪里白条,也像小鱼儿一般,直游到日薄西山，星光闪闪，这才尽兴上岸，胜利而归。

第二章　爷爷的期盼

某男，姓周，叫周发，这是爷爷最后说的一句话，“就叫……发……发……”在炕沿上拖着他那枯柴似的一只手，伸着一个手指头，颤颤地指着我，点着，点着，手指头终于落下，不动了。

我爸一直跪在爷爷的土炕前，眼泪串珠似的落下，可一声不敢吭，只紧盯着爷爷那颤颤指点着的手，嘴里“唉，唉”地轻声应答着，这是满屋子人里唯一模模糊糊能听到的声响。

奶奶坐在炕沿上爷爷的脚边，用那也是枯柴似的手，伸进全家最好的一床破棉絮缝缀成的早退了色的花布被子里，手一直搭在爷爷的小腿棒棒上，轻轻地、慢慢地、没有停歇地、来回地搓揉着，感受着爷爷最后一点微弱的体温。

老两口都是属于一天说不上三句话的那种，他老俩的屋里从早到晚都是静悄悄的。老两口一辈子也从来没有红过脸。爷爷要是瞪大眼睛死盯着奶奶了，那就是他在发最大的火了。奶奶赶紧垂下眼睑，悄无声息地按照爷爷的意思去做。爷爷一直盯到奶奶把事情做完——那肯定是随爷爷心意，让爷爷十分满意的。这时，爷爷才会慢慢把眼神挪到他总拿着的那杆旱烟锅子上，吧嗒吧嗒，狠吸两口，算是老两口之间这一场风波正式宣告结束。不过，在他老两口之间，发生这么大的风波是很少见的，一辈子没有出现过几次，并且大都还是在我来到这个世上以后。

在我的记忆里，爷爷不大抱我，可总是用他那特有的、柔柔的目光眯缝着看着我，顶多用那枯柴似的粗手，伸到奶奶身边，在我红红的小脸蛋上摸几下，“哦哦”两声，然后就掂着他那永不离手的旱烟锅子坐到门边去了，可眼睛还总是盯在奶奶这一边，那眼神就随着奶奶的走动，在这屋里屋外飘来飘去，一点也不会断线的。这就像我后来从部队下来，先安插到博物馆去当了几个月的临时保安，总会看到参观的人，用最爱恋的精细目光，死死盯在那一件件文物上的样子，那眼神是多么的像。不知怎么了，我在博物馆的某个角落静静地站着，每遇见参观的人中闪现出这样的目光，总会想起我爷爷，好似爷爷那眯缝着的眼神，随着总也紧紧搂着我的、在屋里来回走动的、轻柔的奶奶的脚步，在那土屋里飘来飘去，一时也不会离开的样子。

后来，我在城里工作了，时常会听到城里人说起什么爱呀，爱呀，还有更文的词儿，叫“相濡以沫”，我始终没弄明白，难道就得把爱呀什么的总也挂在嘴上？可爷爷那飘来飘去的眼神，奶奶那轻柔走动的脚步，和我紧紧偎依在奶奶身边的赖像，是不是就是城里人所说的“爱”呢？可爷爷奶奶一辈子就没听过这些词儿，只有当年那每天重复着的、发生在我家土屋里外的场景，却总也萦绕在我眼前，缠绵在我梦里。

爷爷临完的那一天，他那总是眯缝着的眼睛已经不大睁开了，只有奶奶两眼泡满了泪水，眯缝着，紧紧死盯着爷爷。奶奶的手可没有停下，总在爷爷的小腿棒棒上来回地搓揉着。

突然，奶奶的手停下了，只轻声地说了一句：“身子凉啦！”随后“哇”的一声哭了出来。谁知就只这一声，她就再没能把气倒吸回来，身子一歪，一头倒在爷爷身上，再也起不来了。

跪在一地的儿孙儿媳妇们，这时全都号啕了。号啕的声响并不大，可那压抑窒息的哭，更是撕心裂肺，让我永生不能忘记。

就是从那天起，全家人再不叫我小名“狗蛋”，而是改称我的大名“周发”了。这是爷爷给我留下的最重的一份念想呀！

第三章 又见奶奶

周发第一天到一个叫作城管执法大队的新单位正式上班了。新伙伴们都对他投来一种异样的目光，使他感到怪怪的，挺不自在。

有一位跑过来跟他套近乎，轻声地问了他一句让他大感诧异的话：

“一共花了多少？”

“啊！”这一声他可是没敢从嘴边冒出来。他那诧异的眼神也没躲过这位来套近乎的新伙伴的眼睛。

“肯定有后台。”这一句是“套近乎”心里的话。他也同样没敢让这一句从嘴里冒出来，只是眼神里多了几分疑惑和敬畏。

“现在开个短会，向大家介绍一位新同志，他叫周发。”

说话的是一位身材魁梧，声若洪钟，被大家尊称为“营长”的人。

周发心里嘀咕：“‘营长’，这不是部队的职称吗？这个单位也有‘营长’？不对，这大概是大伙儿沿袭他过去当兵时的称谓，叫顺了嘴。对，就是这么回子事了。”后来他才知道，不光他的下级尊称他为“营长”，就是局长下来检查工作，也不像是故意幽默而是认真地喊他一声“营长”，久而久之，“营长”的本名反倒没有人叫了。这是后话。

“洪钟”接着发言：“他跟我一样，都是部队下来的，是个农村兵。在部队，和在前几个临时工作单位，表现都很不错，几次受过领导表扬。今天刚来我们单位，工作不熟悉，大家多帮助他。好，我们对周发同志表示欢迎。”

例行的掌声过后，“营长”布置今天的任务。一声“准备出发”，大家紧张动作起来。

“套近乎”走到周发身边，拍拍他的肩膀，用似赞许又似戏谑的口吻说了句：“小伙子，不错，好好干。”就飘忽着忙他自己的去了。不久，他捧来一套新制服，道：“穿了。跟大家多学着点儿。”

“是！”没等周发说出口，“套近乎”已经飞到别处忙去了。

别看“营长”手下才带了三十几个“兵”，可出发时的阵势挺气派：几辆小面包和大卡车，分成三个中队，“营长”是大队长，“套近乎”还是一中队的中队长呢。大家都穿着崭新制服，一式斜挎的武装带，男队员戴大盖帽，女队员戴卷沿儿帽，很时尚，又很精神，严整肃穆。

上车前，全体跑步集合，“营长”站在队列前的一旁，由“套近乎”代表“营长”出列喊口令，这很像在部队里每天由值星连长代替营长出列喊口令:“立正,向右看齐,向前看,报数……”口令声与部队的相比,略显差了些,可也八九不离十,还是像模像样的。“套近乎”向左转身,对“营长”行军礼后请示,声音尖细,却有力:“报告大队长,全体集合完毕,请指示。”“营长”发布命令:“出发!”特有气势,令周发倍感亲切,大有“回家了”的感觉。

“上车!”随着“套近乎”一声令下,队员们井然有序地登车,分头出发了。

“营长”习惯于亲力亲为。这是一项新的工作,他需要在工作实践中亲自摸索工作规律和经验,因此,他每天都随一中队行动。

“营长”上了一辆小面包的前座。他从车座上转过身来关照周发:“你上这一辆。”

周发跟随几个男女上了小面包。周发习惯性地向后座挤,被大家让在车门口的座位上。

“套近乎”和周发昨天晚上刚相识的室友小张是在后一辆大卡车上,小张开车,“套近乎”手拿报话机,指挥全中队行动。

“开车!”随着“套近乎”一声令下,马达发动,小面包在前,大卡车在后,浩浩荡荡,出发了。

执法巡查的任务并不复杂,每天选几个执法点,向定点方向开去。遇到路边乱设摊点的,轰散了;有不服劝告的，将货物没收了，以示警告，等等。其实，所谓轰散，警示，实际执行的并不多，好像无照经营的小摊贩们都是心有灵犀，不等“套近乎”的车队到来，早已成鸟兽散，躲得无影无踪。若是稍稍留神，在那路边小商店的店门里，在小岔道的窄巷口，都能见到几个探头探脑、前胸吊着一块售货木架的流动摊贩。“套近乎”的车队每到流动摊贩的经常聚集点，总会停车半个来小时，队员们下车巡视一番。人们尊称“营长”的执法大队大队长总是远远地踱来踱去，只是平静地观察他的队员们的行动。

执法队的车队到了，流动摊贩们散了，即使见到几个探头探脑的，执法队员们也都故作不见，有谁勤快得非得向那些小岔道、死胡同里去穷追猛打呢？反正大面儿上过得去，市场、街面儿，每天都作了例行巡查，城市被管理得井然有序，并有巡查记录，及时归档，可供随时检查，或积累经验，就行了。

偶尔会碰到个把充愣的，硬是顶风犯案，把他那水果车之类，故意慢慢吞吞往街边挪，妨碍市容，这是绝对不能允许的。于是,执法队员冲上前去，口水一番，拉拉扯扯，弄得一地狼藉，两败俱伤，都是一腔怒气，最后不欢而散。

这一日，他们在两三个执勤点进行蹲点巡查，情况都属正常，一切平安无事，执法车队已经顺利地向回开进。因为今天一切正常，大家都没有动肝火，所以上了车，队员们有说有笑，很是轻松。

突然，报话机里传来“套近乎”的声音：

“停车！”

“营长”也下了车，只是站在车旁，看着队员们迅速冲下车去。

队员们下了车，左顾右盼，路边并没有流动摊贩，街边小商店门前也没有违规广告牌匾之类，正在纳闷，只见“套近乎”向坐在马路边道牙儿上的一个老奶奶冲去。还是“套近乎”工作责任心强，他就能发现老奶奶面前竟然摊着一块黑布，上面放了一堆苦苦菜！小摊贩为什么不进农贸市场？私自设摊，无证经营，这是违规的，当然不能允许。于是，“套近乎”呵斥道：

“你这是第几次被我碰见了？屡屡教不改，这次必须处罚。”他命令队员们：“没收了！”

队员们一见，是一个满头白发、骨瘦如柴的老奶奶，有点迟疑，谁都没动。

“怎么啦，没听见？”“套近乎”上前亲自动手了。

周发等几个男队员不敢怠慢，也随“套近乎”冲向了老奶奶。

老奶奶赶紧卷起黑布，一把将苦苦菜紧紧搂在怀里，闪着惊恐的目光，死死盯住“套近乎”，满身不停地颤抖。

周发刚要上去抢那包苦苦菜，突然，他见到了一双枯柴似的手，心里一惊——这是一双他多么熟悉的手啊！在哪儿见过？不，不，那是永远不会忘记的，这是一双被他珍藏在心底里的，曾被他抚摸过万千次的，最熟悉不过的手呀！好久好久了，除了在梦里，已经太久没有见到他了。对！这就是我亲奶奶的那双手呀！

周发僵直着，动弹不得了。一见“套近乎”在跟老奶奶撕扯苦苦菜，黑布包散了，苦苦菜撒了一地。老奶奶趴在地上，四下里去揽散落一地的苦苦菜，“套近乎”竟用双脚去肆意踩踏。

周发受不住了，不知道从哪儿来的那股子劲儿，长了那份胆子，竟然当着大队长、中队长的面，把“套近乎”狠狠地搡到一边，上前一把护住老奶奶，大声吼道：

“不准碰她！”

霎时间，空气凝固了。“套近乎”、队员们，还有周边围观的群众，全被周发这一声吼惊住了。

时空足足停顿了一分钟，“套近乎”咆哮了：

“周发，你妨碍执法，违反纪律，好大胆子！”命令手下，“把苦苦菜没收了！”

其他队员刚要上前，被周发的一条铁臂狠狠挡住。

“套近乎”正在迟疑，周发转向“营长”，闪出的目光竟然那样恐怖，不由得让“套近乎”显得有点发怵。

周发的声音像雷鸣,震得人心颤:“把老奶奶交给我。处理不好,任由你们处罚,开除也行!”

又是沉重的两分钟。

在执法巡逻的现场,当着那么多围观群众的面,一个新来的执法队员,竟然敢公开违抗执法命令,简直是无法无天,胆大妄为到了极点!管你再有天大的后台,这当场让中队长权威丧尽的事也是不可容忍的。“套近乎”发作了:“周发,你今天吃了熊心豹子胆了,竟敢违抗队规!你给我立刻脱了制服……”

“营长”见状走了过来,下了一道让“套近乎”无法理解的命令:“周发留下,其余的人,上车,回!”

“套近乎”临上他的大卡车前,狠狠地甩下一句话:“看回来我怎么收拾你!”

一溜烟,小面包和大卡车开走了,车后尾追来一阵围观者的骂。

周发赶紧趴下帮着老奶奶揽拢散落一地的苦苦菜。好心的围观者也细心地把每一棵苦苦菜都捡进老奶奶的黑布包包里。

周发看看大家,围观者也齐刷刷地盯视着他。

周发回身对老奶奶道:“我把你送到市场里去,行不?”

老奶奶向他求饶:“我可不敢进市场呀!”

周发不解了,只有看着老奶奶。

老奶奶见他不明白，进一步解释:“进了市场,要收管理费,每天两元呀！我这点苦苦菜,还不够缴管理费的哩。”

有几个围观群众开始掏钱包,七嘴八舌地说:“行啦,我们都来帮老奶奶一把,就地把这一点菜分了,省得麻烦。”

周发一把拦住,道:“不行,流动摊贩必须进农贸市场销售,我不能带头违规。”

“同志,求你了,饶我这一回吧。”老奶奶的眼泪快下来了。

大家跟着央求:“睁一只眼,闭一只眼,一忽悠,行啦！”有的已经把钱攥到手上。

“不行！”周发坚持着原则,“按你们说的,我要犯错误。”

“依你说,咋办吧？”一个开大三轮电动车、大方脸、满脸黑胡楂的中年汉子在一旁插嘴道:“你说咋办,咱们咋办,说吧。”天气还不热,这个中年汉子已经是光脚丫耷拉着一双旧塑料拖鞋,那双铀黑色粗糙的大脚大手,一看就是干苦力的出身,说话实在,就是粗里粗气。

“这么办,”周发对大家道,“我把老奶奶送进市场,帮她找到摊位。摊位费我出。到摊位上,我们帮她卖一卖。你们看,行不？”

“行！”大家齐声赞同。

开电动三轮的爽快，一把将黑布包扔上车，“上，我送你们去。”扶老奶奶上了车。周发也跃上了车。

车开了。没十分钟，进了市场。开三轮的也是做小买卖的，有经验，选了个好摊位，车停下，周发把老奶奶扶下车。

刚把黑布包摊到地上，肚子突突的、胸前挂个牌牌、嘴边叼支香烟的市场专管员，摇着摇着过来了，一见穿制服的在帮老奶奶摊苦苦菜，以为是他奶奶，对周发点点头，摆摆手，走开了。

刚才围观的好事者们，有几个特爱凑热闹，有执法的要帮老奶奶卖东西，没见过，骑上摩托、电动车、自行车，还有跟上跑的，都随过来看新鲜，把周发和老奶奶给围上了。

开电动三轮的是个爽快人，掏出一元钱，道：“随便抓几根。”于是，这个抓一把，那个拢一撮，有给五元的，有给十元的，最后上来一位，把剩下的，连同黑布一包，扔下一百元钱，骑上自行车，走了。

老奶奶捧着一百元钱，追了好几步，连声喊：“同志，找钱。”

骑自行车的头也不回，只摆了摆手，一拐弯，没了。

老奶奶手捧一百元，还有大家给的一堆钱，眼泪刷刷刷地流满了脸，只木木地站着。

人慢慢散了。

周发走近她身边,道:“老奶奶,回家吧,给孙子们买些好吃的。”

“我,我,这……”满眼泪水的老奶奶眼看着周发,捧着一把钱,一句话说不出来。

“行了,好人做到底。”开电动三轮的对老奶奶道:“你住哪儿?送你回家。上车!”不容分说,一把要将老奶奶扶上车。

周发道:“我也跟去看看,也许以后还要帮一帮。”

老奶奶没有上车,道:“先请等一等,我给孙子买点吃的。”

她买了两个西红柿,四个馒头,一瓶矿泉水,走回到车边,对开电动三轮的道:“对不住了,这位大哥,让你们等了。我们这就走吧。”

“走!”

电动三轮开动了。

第四章　在路上

电动三轮向老奶奶家开去。

虽说是三人同行，可都不认识，开始都不搭话。

开三轮的是急性子，他憋不住，开腔了：

“同志，你贵姓？”

“免贵姓周，周发。请问您叫……”

“我姓李，大伙儿都叫我大老李。”

“哦，那往后我就尊称您是李大哥吧。”

“不敢，不敢，就叫大老李，挺好。”

“行，大老李！”

“哎！”

气氛轻松多了。

周发道：“您也是做买卖的，时间宝贵，真对不住，耽误了您多少生意。”

“不碍事的。我那胖老婆勤快，我在家，她总嫌我碍手碍脚。我家卖的是生产资料，品种杂，东西多，过道窄，她就嫌我块头大，老挡她的路，总把我朝外撵。除了拉货，店里啥事也不用我管。我呢，乐得痛快，平日无事就满世界转，爱看热闹。”

周发道：“成天满街转？你还不如回去摸几把呢。”

“嘿！你再别提了，可是丢死人了！”

“咋了？”

“行了，算咱俩有缘分，我就把我的那点子见不得人的丑事，全都抖搂给你听听吧。”

周发笑了：“嘀嘀，还真有故事，听听！”

“嘿，我把人丢大了。”

“到底咋回事，说说，说说。”

大老李笑着，说道：“嘿，丢人呐！跟你说，我不是不会搓麻将，馋着哪！可我那帮牌友，说不成！”

“他们不让你上牌桌？”

“可不是。”

“哪能呢？不至于吧？”

“干脆，跟你从头说起。你是不知道，我这人没出息，性子急，屁股坐不住，上了牌桌好嘚啵，输不起。”

“怕输钱？”

“不是。改革开放这么多年，我们个体户，哪个腰包里不是鼓鼓的，谁还怕舍那几个钱呐？我是丢不起这份人！”

周发大笑，拿手点着他：“你呀，你呀！”

“有一次，我连摸几把没和，心里急，嘴里就嘚啵，嘚啵嘚啵，憋不住，就小不声儿地骂出了口。上家不愿意了，道：‘你骂谁？’我嘴硬：‘我愿骂谁就骂谁。’‘我看你再敢骂？’‘我骂了，怎么的？’就这么，你一言，我一语，谁也不饶谁一句，终于动起了手。这事儿越闹越大，牌桌掀了，麻将撒了，我那一拳头过去，大门牙掉下两颗。这怪我呀？怪他大牙长得不结实。110来了，怎么样，见血为输，'是拷进去蹲几天，还是认罚？'还说啥，掏吧，白花花的票子，乖乖儿地放下呗。自打那以后，牌桌边，谁都不准让我靠，馋得我呀，只得自个儿心里发狠：有什么了不起，男子汉，长点儿志气！从那往后，我就满世界逛开了。

"现如今，全世界的人都往咱们这儿跑，来的人里头，有长得黑的，有长得白的，有长得不黑不白的，都说是来观光旅游，不就是来看咱们新盖的一栋栋高楼，新修的一条条马路，还有好山好水，再就是看咱们的人了，一个个红光满面，欢蹦乱跳的。

"人家来，不带成千上万，来不了。能像我？一个钱不花，到处转，随自个儿的心，想逛哪儿，就逛哪儿。这不，今天这一逛，就碰上了老弟你，这是缘分。

"你老弟，好人！今天这事儿，我佩服！我是闲人一个，你周老弟往后有事儿，尽管吩咐，我腿跑得快着呢！这位老奶奶的事儿……"

突然想到，大老李转头问老奶奶：

"你老尊姓？"

"我那死鬼老头子姓高。"

"行了，高奶奶，人家周同志为你，工作都能舍了，咱小老百姓再能说啥，向周同志学呗，把你的困难，当成我的困难。不说那话,我一帮到底,就这样了。”

高奶奶唏嘘了,嗫嚅道:“谢了,谢了,我今天尽遇见好人了,真真的。”眼眶被泪水泡上了。

“不说啦。”大老李把电动车把一松,车停下了。

“高奶奶,你家到了。”

第五章　奶奶的家

周发、大老李、高奶奶，三个人坐着电动三轮，有说有笑，没感到道路的颠簸。等车停下，周发把高奶奶扶下车来，高奶奶的腿发颤，幸好有周发在一旁架着，大老李也赶过来帮忙，高奶奶才没有跌坐在地上——这是一条什么路呀！

高奶奶的家在城乡结合部的边缘地带——三轮车开下公路，走进一条小路，曲里拐弯，小路到了尽头，再往前走，就是一条没有路的“路”了。在这条“路”上，人走一走已经够艰难，电动三轮开上去，三个人就扭起了摇摆舞，腰、腿、脖颈，简直搁不到位子上，七扭八斜，只能以受罪来形容。两个年轻人，扭就扭吧，腰腿灵活，可苦了高奶奶了。周发要去扶她，高奶奶向他笑笑， 摇摇手——这是她第一次坐车被人送回家呀！再拐，再扭，在她，或许都会感到是一种恩赐，一种享受，是做梦也没有想到过的事，心中只会萌生出感恩与欣喜。

没路的“路”终于到了尽头，一座摇摇欲坠的“屋”出现在眼前。高奶奶看看自家的“屋”，再看看两位不请自来的“客”，嘴角边动了动，似哭，似笑，是内疚，还是羞愧？说不清，只嗫嚅地说道：

“你看看，二位远道来的，连口水也喝不上，坐的地方也没有……”

周发二人并没有去听高奶奶说些什么，而是径直走向了屋门。不，这个屋没有门，只是在原来是门的地方，沿着已经朽烂的原门框，挂着一条用拣来的塑料包装袋，俗称蛇皮袋的，再用千针万线缝纳成厚厚的门帘。也管点用，可以挡住点风寒。

这“屋”原来是窗户的地方，已经用拣来的砖块和着泥巴砌得死死的。

两个人掀起门帘进了“屋”，里面是一片黑，刚从阳光下钻进来，一时什么也看不见，只感到一股呛鼻子的酸臭味儿扑面而来。大老李受不住，捂着鼻子退了出来，站在门口等周发。周发原也受不住，刚要捂鼻子，立即把手放下了。他不想退出“屋”去，他要等眼睛能看清东西了，把全“屋”看个究竟。

这个“屋”不大，就十几平方米。最靠里墙拐角处是砌的一盘塌陷了多处的土炕，其余的地方全被拣来的废品占满了。除此以外，屋内别无他物。

他忽然发现，在炕上居然有一床破烂得早已退了色的花布棉被——呀！这床棉被他好眼熟，这不是给爷爷盖过的那床花被子吗？那床棉被早在十多年前就裹着爷爷下葬了，怎么现在又见到了它！他赶紧揉了揉眼睛，再仔细一看，令他更加惊讶，他看到被子里竟然有一个活物在动。他急忙走近炕沿，呀！是一个小男孩儿躺在炕上。

小男孩儿见有生人来，挣扎着歪坐了起来，对这位“天外来客”，他那黑黑的眼珠闪动的是极度的惊恐。自从他爸、他妈和他爷爷相继离开这个家，快一年了，在这个家里，他就没有见到过一个生人。现在见到的这位，又是一身“官服”，他那恐惧可想而知，不由得全身微微颤抖起来。

“小兄弟，小兄弟，”周发坐在了炕沿，道，“不要怕，不要怕，我是专门看望你来的。”

周发刚要伸手去拉小男孩儿的手，“哇”的一声，小男孩儿吓哭了，身子往墙角里缩，满身抖得更厉害。

奶奶赶紧过来，上炕扶住小男孩儿，连声道：“别怕，别怕，他们是好人，天底下最好最好的人，不要怕。”从塑料袋里掏出西红柿、馒头和水，递给小孙子，“快吃吧，一早到现在啥也没吃，把我小牛牛饿坏了。”

小牛牛伸手去抓矿泉水，又去抓白馒头。手是伸出去了，还没有碰到水和馒头，手又吓得缩回来，两只眼睛始终盯着周发，怯怯地，不敢去抓吃的，嘴里却在咽口水。

“吃吧，吃吧。”高奶奶把水瓶口凑到小牛牛嘴边，小牛牛抓住水瓶咕咚咕咚猛灌几口，又停下，眼睛还是死盯住周发。

高奶奶愧疚地说："同志啊，你千万别笑话，我这娃从来没出过家门，没见过生人，唉！"她一面给小牛牛喂馒头，一面四下看看，接着道，"我这个家实在是不像个啥了，有啥办法呢！"

周发不解地问："你儿子他们呢？"

"跑啦！他和牛牛娘，狠心地丢开咱祖孙俩，都跑啦！"

"丢开你们！都跑了？怎么会呢？"

"唉，一句两句怎么跟你说得清呢？就在去年，俺们家可是不顺，我儿子和他媳妇大闹了一场。那一场闹，是我儿媳妇不好，她开的头，可我更得怨我那下手太狠的儿子！"

"这究竟是怎么回事儿？"

"我儿媳妇爱发牢骚，总嫌我们家太穷。这也不是一天两天的话了。可她自个儿也不争气嘛，从胎里就没有把俺家牛牛长好，自打俺家牛牛一下地就是个瘫子，这给家里更添了困难，能怨谁呢！"

"小牛牛是瘫子？"

"都快七岁了，牛牛一直瘫坐在床上。可怜他那两条腿，都成了两根干木棍子了。"

"快让我看看。"周发刚要去碰被子，吓得牛牛"哇"的一声，将头钻到奶奶的背后去了。

高奶奶赶紧回身抱住牛牛，一面对周发道："别看啦，会吓着你的。”

“哦。”周发又问道，“为小牛牛，他爸他妈也不该扔下他跑了呀！”

“那一天是怪我儿媳妇，家里是穷，可她不该硬逼着我儿子立马就去找政府。政府是那么好找的吗！”

周发听得有点发急，道：“咱们的政府不是旧社会的衙门，你们怎么就……”

“这个我懂！”高奶奶道，“可小牛牛他太祖爷爷当年留下话的，不准我们有困难就去找政府，更不准扛着他的名号找政府。我们当后人的，不敢违抗呀！”

“他太祖爷爷？是谁？”周发越听越觉得其中有原因。

高奶奶觉着自己说走了嘴，头低下了，汗都快憋出来了，一抬头，赶紧转换话头，道：“那一天，他们两口子，一个推着逼着催他走，一个挺着犟着不动弹，一来二去，终于动起了手。他爷爷上去想拉，不想被我儿媳一搡，摔到了地上。我儿媳不是故意的，可我儿子不干了，真急了，狠狠地给了我儿媳几下，我儿媳在地上连滚带爬，哭着喊着，从地上猛地翻起来，捂着脸，尖叫着，跑了。这一跑，至今没见再回来。”

“你儿子呢，没有到处去找找？”

“找啦，找遍啦，就是死不见魂，生不见人。有啥法子呢。

“过后，有一天，怪我老头子嘴碎，说了我儿子几句，言词稍稍重了些，我儿子受不住，一跺脚，也跑了，临了甩下一句话：‘不挣下大钱，死不回来！’”

“你儿子他不该再跑呀。”

“说的是呢。”高奶奶抹了一把泪水，接着道，“他这一走，咋办呢？人还得活呀，瘫娃娃得养呀，熬着吧！我们祖孙三口三张嘴，全都压到我那老头子一个人身上了。可他毕竟是六十好几的人，又有满身的病，经不住呀，每天没白天没黑夜地四下里拣废品。这不，拣了这一屋子，没等到卖，一撒手，一句话没留，走啦！他是熬不住了呀……”说着说着，高奶奶已是泣不成声。小牛牛更是“哇”的一声，紧紧抱住奶奶，祖孙俩哭成了一团。

周发听着听着，开始只是流泪，随后抽泣起来，儿时在家里渡过的艰难岁月和爷爷奶奶的死，一股脑儿全都涌上了心头。他控制不住，紧抱住头，哭出了声，蹲在地上。

大老李虽是条硬汉子，可也是苦出身，过去遭过不少罪，现今听着高奶奶的哭诉，心里一阵阵发颤。他独自站在门外，头斜仰着看着天，一口接一口地抽烟，眼泪不由自主地流出来。他一把擦去，揩在身上。

哭了一阵，周发止住悲声，一拍大腿，站起身来，道：“奶奶，从今天起，你就是我的亲奶奶，我不会让我的小兄弟再挨饿了。明天开始，我早上六点，准时来帮你捡苦苦菜,捡得多多的,帮你送到市场上去卖,让你多卖些钱。”

大老李站在门外接口道:“这事儿有我一份,每天接送高奶奶,我包了。”

周发道:“赚钱的门路还有,我们再想想。我不信,现在有这么好的政府,这么好的社会,还有多少热心肠的群众,怎么就养不活你们祖孙俩?”

高奶奶放下牛牛,爬下炕来,倒头就要给周发跪下。

吓得周发一把把高奶奶抱住,喊道:“奶奶,你就是我的亲奶奶,今后我们就是一家人了呀!”

大老李在门外喊道:“行了,啥话也别说了,就这么定了,明天早六点,咱们高奶奶家门上见。”一撩门帘,把头伸进门里,对周发道:“不早了,上车吧,我送你回城。”

周发看了看表,道:“你不是把我送回城,是要把我直接送回单位,还得跑快点,下午我要迟到了。”

“你还没有吃中午饭呢,”大老李突然也感到自己饿得厉害,“你不吃饭,就去上班?”

“还吃啥饭哩,没时间了。你不知道吗,今天我可是不敢迟到呀,再迟到了,那是罪上加罪,今后我的日子就更不好过了。”

大老李明白了,道:“真是,忘了你们那位尖嘴猴腮的当官的了。快上车!”

两个人匆匆上了车，车后扬起一阵泥土。只剩下灰土里的高奶奶，满眼的泪，在门前站着，久久地站着。

第六章　雨过天未晴

大老李拉着周发，紧赶慢赶，总算准点到了单位。

进了单位的门，周发就感到气氛跟平时很不一样，没有了往日上班前的轻松说笑，队员里平时有喜欢来几句荤段子的，今天也缄口不语，只是对周发挤挤眼，朝“套近乎”的办公室方向努努嘴，就赶紧躲开，没事找事地干点什么去了。其余的人也一样，低头记点什么的，在电脑上查点什么的，反正都在“忙”，没有一个顾得上看周发一眼，更没有人来跟他搭腔说句闲话的。

周发反倒很坦然，心想：“我没做亏心事，怕啥？想把我怎么的，由你吧。”于是，从容地倒了杯茶，坦荡地向邻座的小余打了个招呼，还笑了笑。刚要坐到自己的办公桌边，传来“套近乎”的口令：“都到会议室，开会。”

大家齐刷刷地从座位上站起来，快步向会议室拥去。大家都低着头，闷声不响。有谁故意干咳两声，也没能缓解整个压抑的气氛。

进了会议室，大家都默默地坐下，没有一个敢斜瞥一眼中队长“套近乎”的。

“营长”是最后一个走进会议室的。

“套近乎”见“营长”来了，赶紧让出正座，自己坐到“营长”的旁边。

按照“套近乎”原来的意图，是想请求召开全大队会议，要在全大队的会上，好好整整这个公开违抗纪律的家伙。最好是，就在会上宣布开除周发，杀鸡给猴看，以大大提高自己在执法大队里的威信。大出他预料的是，他的这一条整顿全队执法纪律的“正确”建议，竟然没有得到“营长”的批准，只是同意召开一次中队会议，让周发在会上讲讲情况，也可以让周发进行自我批评，大家进行一些帮助。

“营长”的意见，使一中队队长“套近乎”大感困惑，不由得不使这位善套近乎的人想起周发刚调来的那一天，自己心里曾经嘀咕过的一句话：这家伙肯定有后台。

准备好好整整周发的中队会议开始了。一中队队长“套近乎”正襟危坐，十分严肃。

沉默了几分钟。

“套近乎”先是向身边的“营长”低声请示了两句，“营长”点点头。随后，“套近乎”开始清清嗓音，环视一周，威严地尖声说道：

“小余，做好记录。”

“套近乎”提高调门儿，猛喝一声：

“周发！”

全场为之一震。

“周发，说吧，你的脑子里今天是进水了，还是身上的哪根筋不自在？”见周发没出声，他更严厉地道：

“说呀，刚才那股子英雄劲儿哪去啦？怎么不吭声啦？”见周发还是不出声，“套近乎”吼道：

“周发，站起来！”

周发“倏”地站了起来。到底是当兵的，身子朝起一站，就挺得笔直，像当年在军营哨位上站岗似的。

“说呀，究竟是怎么回事儿？说！”

周发心里很坦然，平静地开了头，说了一句：“我要检讨，今天上午我的态度不好。”

“这是态度问题吗？”“套近乎”“啪”地拍了桌子，“营长”手边的一杯茶被震得弹跳起来。

“套近乎”赶紧用手稳住茶杯，拿了几张餐巾纸擦去水杯边的水渍，还似歉意地看了“营长”一眼。

“营长”倒是不动声色，一动不动，紧抿着嘴，严肃地坐着，猜不出他究竟是什么意思。

“好，请允许我向领导作详细汇报。”周发的声音更加平静。

“套近乎”的声音依然威严：“要老老实实如实地讲。”

“是。”

于是，周发从一眼见到高奶奶的那双枯柴似的手说起，一直说到允诺高奶奶明天早六点准时去帮她拣苦苦菜，最后是大老李送自己到单位门口，互相还道了句“明天一早，不见不散”的话。

在周发作“检讨”的过程中，“套近乎”几次发威：

“你这像是做检查吗？啊！”

“行啦，你少给我臭表功！”

他的每一次发威，都被“营长”以手示意，拦住了“套近乎”的话头，让周发接着说下去。

这倒让“套近乎”更加深了对周发的估计：“看来，这家伙的后台还不小呢！我得收着点儿，别充积极，反被翻到阴沟里去。”

临了，周发缓慢庄重地说道：“我向领导汇报的句句是实话，请领导核实检查，并请求对我今天的行为进行处分。”

周发说完了，但没敢坐下，还是挺直地站着，像站岗似的。

会议室的空气凝固了，每个人的心沉重得快被压扁了，呼吸都感到困难。只有窗外路边绿树上的小鸟啾啾啾、啾啾啾地欢叫不停，是在谈情说爱，还是小两口拌嘴？反正挺热闹。

小余毕竟是女同志，心软，尤其听到高奶奶的儿媳妇和儿子扔下小牛牛跑了，高老爷子又累死了，只留下小牛牛每天一个人瘫卧在炕上等奶奶卖掉苦苦菜买回馒头的那一段，她实在憋不住，哭了，只是没敢哭出声，抓了一把餐巾纸捂住脸。也只捂了一小会儿，又赶紧用纸把脸擦了擦，把手放下，接着做她的记录。可是两眼被泪水泡着，手微颤着，字也看不清楚，七歪八斜，笔下记了些什么，连她自己都认不清，只有那像小虫子爬似的字迹旁边，多了几滴晶莹的泪痕。

就连“营长”的眼圈也红了。他赶紧揉了揉发酸的鼻子，身子坐得更直，脸上的表情更严肃。

“套近乎”几次想从“营长”的表情上看出他内心的真实意图，可就是琢磨不透。说他想袒护周发吧？不像。他是同意召开这次中队会议的，并且估计他也不敢，队里的执法纪律从建队之初就是由他亲自制定的，他敢出尔反尔，公开撕毁他自己制定的执法纪律？他要真是敢撕毁执法纪律，这个执法队伍今后可怎么带？会带出什么结果？你向上级怎么交代？你呀，大营长，到那时，嘿嘿，你可就吃不了兜着走吧！真要走到那一步，哼！你可就别怪哥们儿不仗义了，你那“营长”的大办公室，就准备往出挪吧，该换上咱哥们儿进去享受享受了。特别是大“营长”你也会红眼圈，揉鼻子，这就让“套近乎”更有了几分幸灾乐祸的味道，心里直发冷笑，“嘿嘿，看你，还是个当兵的，怎么也娘们儿气呢？”只是说出口的却是另一番话：

“给你处分？给你什么处分？你这是违反执法纪律，当众抗法，该当何罪？你是说过‘开除也行’的，你的这句话,我可是记住了,好啊,那咱就试试。”他转过脸看着“营长”,这是明摆着把球扔给“营长”,逼着“营长”表态,嘴里可是没停下,道:“周发,从今天这一刻起,你就被……”“开除”两个字就在他的嘴边了,他似乎意识到自己的权限还不够,只好把目光转向“营长”。

全体队员的目光也都转向了“营长”。下面似乎就该“营长”表态了。

时间过得真慢,似乎过了很长很长,突然,“营长”“倏”地站了起来,一声“散会”,几大步跨出会议室,走进他自己的办公室,身后“乓”的一声响,门被狠狠地碰上了。

“营长”办公室门上传来的一声巨响,会议室里的人们心里都为之一震,那原本盯着“营长”的一张张脸,都齐刷刷地朝会议室门外望去,又转过脸来望望“套近乎”。

“套近乎”反倒若无其事,嘴角边露出一丝别人或许看不出来的笑。

大家只有面面相觑,又转脸看看仍在挺身站立的周发,都显出莫名地为他担心,只能摇摇头,叹口气。

有几个慢慢站起身来,低着头,静静地走出会议室,走回自己的办公室。

一个一个先后都走了,“套近乎”站起身来也向会议室外走。经过挺立着的周发身后，他的脚步停了两秒钟，从心底里狠狠地发出一声“哼”！然后大步走出会议室。

最后是做记录的小余，当听到“营长”的那一声砸门声，也是为之一颤，惊恐地四顾，随后一头伏在桌上，双臂捂着脸，抽泣了——只有她的后背不住地抖动，显示她是强忍着悲恸，是压抑的无声的抽泣。不知过了多久，她终于止住了那无声地抽泣，抬起泪眼一看，除了周发，见其他人都走了，会议室也空了，又看了一眼仍然目视前方、俨然挺立的周发。她一擦泪，立起身，快步向门口走去。走到门口，脚步突然停下，站了两秒钟，抹了一把泪，猛转身，回到周发身旁，轻声地只说了一句：“明天早上拣苦苦菜，我也去。”说罢，回转身，急步冲出会议室。那满眶的泪水，随同她，一起消失在会议室门外。

会议室里只剩下周发，他仍然挺挺地立着，像在哨位上站岗一样，只是他这一班岗，挺立着，挺立着，不知道什么时候才能下岗了。

第七章　凌晨还是有点儿凉

小余下了班回到家里，一直提不起精神，有点恍恍惚惚。吃过晚饭，小余的妈妈挺关心地问她怎么了，她只是摇摇头，就走向自己的房里。坐在桌边，打开电脑，她不知道想看什么。电脑的页面不停地闪动，她好似什么也没有看见。想跟经常聊天的网友聊几句，变换了几位，聊不上几句，都觉着没意思，干脆把电脑关了。和衣躺在床上，打开电视，连换几个台，也没有找到爱看的节目。碰到一个台，播的是一部青春剧，刚看了没多久，又是冗长的广告。她只好关掉音响，闭目等待，迷迷糊糊，竟然睡着了。她今天的精神状态不太好，精力消耗不少，有点疲劳。一睡着，开始睡得挺沉，渐渐地，忽忽悠悠，走进了梦境。

下班的路上，一拐弯，她见到一个白发老奶奶跪在路边向她乞讨，老奶奶身旁瘫坐着的，就是那个小男孩儿。她心软，见不得这个，立即掏出十元钱，递给干柴似的老奶奶。不想她身后站着周发，上手一拍，把小余手上的钱拍掉在地上。小余回过头来惊讶地看周发，周发却厉声道："她不需要施舍，她是共和国公民，她有权共享改革开放的丰硕成果，这是我们的庄严承诺，也是她的公民权利！"

小余正不解地看着周发，忽然刮起一阵风，把掉在地上的那十元钱刮向天空。小余赶紧跃身去追，追着追着，她竟飘飘忽忽，飘近了云朵。周发却伸出长臂，把她一把拉下来，使她狠狠地摔在地上。

小余被这一吓，一激灵，挺身坐了起来，吓醒了，心还在嘣嘣嘣地乱跳。一看窗外，天色已经泛白。她来不及多想梦中的情景，赶紧下床。坐在床沿，一想，她已经许诺周发，今天早六点要去帮高奶奶捡苦苦菜，第一天要是迟到了，会被周发看不起的。她忙着梳洗，随后出门，身后追来她妈妈的声音："还早着呢，怎么就上班呀？"她顾不上回话，骑上电动自行车跑了。

小余，叫余梅媛，这名字也是她爷爷起的。

她爷爷特敬仰周恩来。爷爷平时逛新华书店，把介绍有关周恩来生平的书籍几乎买全了。据说，生下小余的那一刻，她爷爷正坐在书房里，重温周恩来那波澜壮阔的一生。正看到周恩来在南京梅园那样复杂的情况下与敌人作斗争的一页，身边的电话响了，传来小余爸爸急促的声音：

"爸，我媳妇生啦！"

"生了个啥？"

"完全符合您的愿望，是个女的。"

"好，我们家又多了个教师。"爷爷的兴奋之情难以言表，一步踏向书房门边，一迭连声地嚷："老太婆，

老太婆，你儿媳妇生啦！我们家又多了个女教师。”

爷爷为什么觉得生女的可能当老师呢？这是因为爷爷属老一辈的人，对新时代的急剧变化不能很快适应，总觉着现在社会多元了，男孩子心疯，怕守不住教师这一行的寂寞与清贫，女孩子就会好得多。

电话里又传来他儿子的声音：“爸，您给起个名字。”

老爷子想都没想，随口答道：“就叫梅园。”

“啊？叫梅园？”

“对，学习周总理的高尚品格和艰苦卓绝的斗争精神，继承他老人家的崇高信念和宏伟理想，这有多好。”

“好好，那就叫梅园，叫梅园。”

等老爷子看到户口簿，见上面按照梅园的谐音和女孩子的特点，写的是“梅媛”二字，老人家哈哈大笑，道：“好，好，梅媛也挺好。”

余老先生本是教育世家，他原希望余梅媛继承家业，未曾想阴差阳错，23年后，余梅媛却成了一名城管执法队员。

这是有原因的。

余梅媛在大学读的是社会学系，在老师的指导下，她写了一篇不错的毕业论文，题目是《试论中国目前社会结构的最底层——低保人群的生活现状及未来展望》。为了写好这篇论文,她几乎跑遍全城,访问了社区里的许多低保和残疾人家庭，伴随着访问,她发出过多少声叹息,流淌过多少回眼泪。

论文的质量挺好,被校刊选登了,竟然引起不小反响。还有媒体记者采访过她,写了一篇专访报道,刊登在省的大报上。就是这篇报道,被她现在的单位领导城管局李局长相中了,免试选进了公务员队伍,说:“你很擅长搞社会调查,我们这里天天跟社会打交道,你就来我们这里继续你的课题研究吧。”

昨天当她听了周发的汇报后,心里特别难受。会议后,她趴在会议桌上那么悲恸地抽泣,那不仅仅是对高奶奶一家命运的同情，更是对自己的自责与懊恼！学了几年社会学,跑了那么多地方搞社会调查,怎么就没有跑到像高奶奶住的那样偏僻的、无人问津的地方去呢?高奶奶家是低保户吗?如果是,他们家的生活状况怎么会那么糟？如果不是,难道在低保这个社会结构最底层的下面,还有更低的一层吗？这个层级,有没有社会学家进行过研究？应该给予怎样的定位和命名呢？像高奶奶家这样的生存状态,是个案呢,还是一个虽然极度分散,但总量并不在少数的群体呢？这个群体到底有多大？他们是怎样形成的？他们的生活现状怎样？他们的困境有没有引起决策高层的关注,有没有制定相对应的政策举措,等等。这么复杂的问题,当然不是刚出大学校门的女学士,一个尚显稚嫩的青年女子能够轻易解答的,但它却引起了余梅媛的浓烈兴趣。

她要把内疚化为动力。今天去高奶奶家,她不仅是要帮高奶奶多捡些苦苦菜,她对这个更低层级群体的社会调查,就将从高奶奶家开始。作为立志于社会学研究的大学毕业生,她的研究也许从这里才真正起步。也许她要为此付出毕生的努力。她隐隐约约感觉到,这是关乎实现全面小康的一件大事,为此奉献终身,值!

想着想着,她骑着电动自行车已经到了他们单位门口。她叫开后院的门,把车放下,走到办公大楼的后门一看,门紧闭着,“坏了,是我来晚了？周发已经走了？”她这才想起看手表,哟,才五点过几分,来早了！上四楼男生宿舍去叫他？一个女孩子家,半夜三更的,这不合适,等着吧。

看后院大门的秦老头站在门房前招呼她:“小余啊,你今天怎么来得这么早啊？有要紧事啊？大楼里的小伙子们都还没有起来呢。早上外面的天气凉,先请进屋里来坐坐吧。”

“不啦,您老先歇着吧。”

凌晨的天气真的有点儿凉,女孩子本来就喜欢穿得单薄些,瑟瑟的晨风吹来,身子微微地有点儿抖颤了。不过，还好，身子凉些，脑子反倒清醒了，“是啊，‘有志向，不一定就会成功。’‘世上没有笔直的路。’‘努力了，即使不成功，也应该笑对。因为付出过，尽力了，就应该知足了。’爸爸对我常说的这些话，都对，现在到了实践的时候了。”

树上不知名的鸟儿已经歌唱了，周发，该起来啦，高奶奶还在等着我们呐！

第八章　捡苦苦菜去

四层办公大楼的后门终于开了,走出来的不是周发,却是他的室友小张和小王。

余梅媛着急地问:“周发呢?”

“马上就出来。”小张走进车棚忙着收拾他的摩托车,一面回答。

小王把大包小包的牢牢地捆在摩托车的后座上,推上车,和小张一齐要出大院的院门,被余梅媛拉住了,问:“这么早,你们干什么去?”

小王对余梅媛一挤眼,神兮兮地道:

“保密!”

二人跨上摩托车,一阵风,没了。

周发随着走出大楼,见余梅媛站在院子里等他,歉意地说:“对不起,晚了吧?我们走吧。”一面走进车棚去推他的摩托车。周发的摩托车在前,余梅媛的电动车在后,二人出了大院后门,直向高奶奶家奔去。

周发和余梅媛是一前一后调入单位的,在一起工作也有一段时间了,一起外出巡查,办公桌也是紧挨着,中间只隔了一道玻璃幕墙,但是两人从来没有单独在一起工作过,相互很少说话。为什么?两个人各有各的原因。

周发觉着余梅媛是单位里唯一的大学生，自己才上到高一，家里穷，辍学了，当了兵，人家大学生肯定看不起自己，少到人家面前去讨没趣。所以几个月了，连正眼都没敢多看她一眼。

余梅媛的思想没有那么复杂，只是觉得旁边办公桌的这个小伙子，人挺老实，叫干啥就干啥，不多言语，表现平平，并不像刚来的时候介绍的那样，到哪个单位都会受表扬的，所以对他没大在意，自然跟他就没有多少话好说。

昨天的汇报会，余梅媛对周发突然有了新感觉，“哇！真不简单，到底是解放军培养的，有股子英雄气概，是个男子汉！”她好像头一次发现，周发个头挺高，人又英俊挺拔，天安门的国旗护卫队怎么没有选调他去？真是个损失。

周发的摩托车跑得快，老得放慢速度等余梅媛。他似乎感到余梅媛一直在盯视自己，觉着挺不自在。他不由得也转过脸去看了一眼余梅媛。真的，他好似第一次发现，余梅媛真是挺漂亮，正像人们嘴边常挂着的，说她是我们单位的标致性人物。就连局长们在一起开会，饭前饭后在一起说笑时，这也会成为一个话题，说：“我们城市有座标志性建筑，你们单位有位标致性人物，这‘标志’和‘标致’，虽有一字之差，可是性质相同，都是应该加分的哟！”

“哈哈哈哈！”一句俏皮话，肯定会引来一阵哄堂大笑。

余梅媛经常会成为人们笑谈的话题，也会成为他们单位的人对外夸耀的一项资本。余梅媛自己却生活得十分低调，她一直坚持认为，美丽是天生的，由不得自己。夸耀美丽不是自己的喜好，只有追求一个社会学家的理想境界，才是自己的人生目标。为此，她意无旁顾，专心致志，为了自己的理想目标而努力，她觉得，这才是一个教育世家的后代应有的本分。至于人们平时怎么议论她，她从来不会去理会的。这就是爸爸常对自己说的那句话：“谁人背后无人说，谁人背后不说人，由他们说去吧。”

周发可不行，到底是小伙子，刚才只偏过头去窥视了一眼余梅媛，心却不由自主地蹦蹦蹦乱跳起来。他赶紧别转头去纠正心态，“瞎琢磨什么，人家是大学生！”于是，下定决心，再不去看余梅媛一眼。决心是下了，头也别转过来，放正了，可不知怎么了，人的心上也会长眼睛的，周发的心上就长出了一对眼睛，这对眼睛却仍挂在余梅媛身上，死死地挂着，挂着，再也离不开了。

快到高奶奶家了，周发目视前方地对余梅媛道：“快到了，路不好走，骑慢点儿。”

“没事的，你走吧。”

在这不像路的“路”上又颠簸着骑了一段，周发突然发现大老李就在前面不远处。

大老李手举十字镐，正在对付满“路”的碎石头破砖块，一见周发，大老李吼开了：“周老弟，太阳照到屁股啦，迟到啰。”

“对不起，昨儿一晚上没睡好，起晚了。”

“怎么，昨天回去，挨批啦？”

“没有。”

“没有挨批，大小伙子能睡不好觉？你这一晚起，要少捡多少苦苦菜呢。”

“不碍事的，我自小就随我妈满山野地里捡苦苦菜，手快着呢，用不了多久，保证够你拉半车斗的。”

“行啊，你去捡你的苦苦菜，我来修这条破路。我是筑路工出身，捡苦苦菜，我肯定不如你，要论修路，你可是外行。”

“行，我们这叫各尽其能、各显神通吧。”转对余梅媛道：“我们快走吧，高奶奶家就在前面。”

“去吧去吧。”大老李说着话，手下一刻没有停歇，继续修他的“路”。

到了高奶奶家门前，周发征求余梅媛的意见：“是进去看看高奶奶，还是先捡苦苦菜？”

“都行。”余梅媛并没有定见。

两人在高奶奶家门前停好车，拿上周发已经准备好的铲苦苦菜用的两把小铲铲，刚要离开，高奶奶匆忙从屋里跑出来，道："这么一大清早，把你们同志麻烦的，叫我可怎么过意得去哟！先请家来坐坐吧。"

周发看天已经大亮了，就说："不啦，奶奶，我们还是先去捡苦苦菜。"

"哪有这个道理，到了家门上，不先请进家里来坐坐的？"一面去拉余梅媛，抚摸着她那白皙的手，道："你看看，你看看，多细嫩的一双手哟，哪是干粗活儿的哟！害苦你啦。"掀起门帘，把余梅媛拉进家，"姑娘，你可千万别嫌乎，你看看，这个家，实在是不像个啥啦，真真是委屈你啦，姑娘。"

余梅媛进了屋，首先要看的是挤在墙角炕里面的小牛牛。她慢慢走近炕沿，伸出手来轻轻拍着，柔声地说："小牛牛，小牛牛，姑姑看你来了。"

小牛牛见是生人，吓得直往破被子里缩，身子还微微地发抖。

余梅媛继续哄他："不怕，不怕，姑姑是专门来看你的。"拿出早就准备好的一包糖，递给他，"吃吧，这是糖，好久没有吃过了吧？"拿出几块，"快接着，挺甜的。"

小牛牛把破被角蒙住脸，但留出一只眼睛偷窥余梅媛，只是身上已经不是太抖了。

高奶奶伸手把一包糖接过去，一面说："他姑呀，这娃娃没见过生人，没出息的，你可千万别生气呀。"

周发在一旁对余梅媛道："小牛牛认生，我们还是先去捡苦苦菜，回来再慢慢哄他吧。"

余梅媛挺不舍地说了声"好"，嘴上应着，身子没动。

高奶奶道："他姑呀，俺这娃得慢慢地哄呢，你们还是先去吧。"

余梅媛这才慢慢转过身，向门外挪了几步，又回过头来轻声说了一句："小牛牛，我一会儿再来看你，乖乖的，等姑姑，啊！"这才向门口走去。

刚走到门边，小牛牛突然拉下蒙着头的被子，亮着稚嫩的嗓音，尖细地、大声地喊了一声：

"妈妈！"

余梅媛一惊，脚停住了，脸刷红了，心怦怦地跳开了，一时蒙了。

她尽力使自己冷静下来，慢慢地转过身。她看到一对充满期待的甚至是饥渴的黑亮黑亮的大眼睛，正在紧紧盯视着自己。

"妈妈！"

又是轻轻地一声呼唤，紧揪人心的一声呼唤。余梅媛受不住了，眼泪刷地喷涌出来。是女人的天性？是社会工作者的责任？她不顾一切地一步跪上土炕，把小牛牛一把搂在怀里，轻轻地喊了一声：

"儿子！"

高奶奶的家是在这座城市的最边缘地带。高奶奶家房后不远处就是一片乱坟场。这片坟场的坟头都很低矮，有的几乎平了，只是比平地稍稍高出那么一点点，表明下面还埋有一个人；有的坟前有块矮小的墓碑，字迹大都模糊得看不清；有的坟前连个墓碑也没有。看得出来，这是一块穷人的墓地，即使到了清明，也不会有几个人来扫墓的。看来，当初高爷爷选在这么个阴森可怕的地方盖土坯房，既是出于不得已，也是出于“安全”的考虑：只有在这被城市遗弃的，被人们遗忘的地方建房，才能为他们这些黑人黑户找到最安全的庇护所。谁也不会来查他们，谁也不会来撵他们，谁也不会跑到这么个阴森森的地方来送给他们厌恶和鄙夷的目光。

房后这一大片乱坟场上，可是有一点最大的好处，这是任何地方找不到的，就是坟滩上能随手采到又多又嫩又新鲜的苦苦菜，没用多久，周发就把苦苦菜捡够了，大老李把不是路的“路”也修整得平整多了。周发把自己的一条旧花床单带来，把苦苦菜包好，背上，放进电动三轮的后车斗里。大老李是粗中有细，他专门找来一个汽车上用过的弹簧坐垫，扶高奶奶坐下。电动三轮车在前，摩托车、电动自行车随后，一行四人，向集贸市场浩浩荡荡奔去。

进入市场，找好摊位，铺好苦苦菜，市场胖管理员摇着摇着又过来了，见还是昨天见过的那位穿制服老弟领来的，相互点点头，主动摆摆手，又摇着摇着走向了别处。

大老李对周发、余梅媛道："你们赶紧上班去吧，别迟到。这儿全交给我，就剩下帮着把苦苦菜卖了，给娃娃把吃的买上，把高奶奶送回家，就这些，放心吧。"

"谢谢了，李大哥！"

"别别，从今往后咱们就是一家人。一家人不说两家话，千万别来这个。你们走吧，走吧。"

"行，一家人不说两家话。大老李，我们上班去了。"

二人刚要骑上车走，周发的室友小张和小王上气不接下气地各骑一辆摩托车赶来了，"哗"，从鱼篓子里倒出一堆活蹦乱跳的鲜鱼来，对大老李道："大哥，全交给你，咱们啥话不说，得赶回去上班，要迟到了。拜拜！"

周发他们四个人一溜烟，没了影子。

第九章 较 量

周发的汇报会开过以后,"营长" 的脸就是铁青的。自从会议后,他几大步迈进他的办公室,把门"乓"地碰上,就再没有打开过。他没有对任何人说过一句话,就这么闷着,闷着。各中队的事,都已经定有现成的条例和规章制度,由各中队的中队长们按条例和规章制度去办吧。第二天,他不想随一中队再外出,想静下心来进行一些思考,巡逻的事,任由你"套近乎"折腾去吧。

第二天一早,"套近乎" 照例集合好全大队的队伍,高喊"向右看齐,向前看"。喊了一声"稍息"以后,他就斜过身子看二楼,大家也都随着他的眼光去看二楼,左等,右等,不见"营长"下楼来。

支委小张忍不住,出列走到"套近乎"身边,轻声地在他耳边道:"是不是上去请示一下?"

"再等一等。""套近乎"挺沉得住气。

又是难熬的几分钟过去了。小张到底单纯,沉不住气,说:"我还是上去看看。"说完就要朝楼上跑。

"回来!""套近乎"一声断喝,止住了小张的脚步。"算了,'营长'大概是另有工作,不会来了。"转对全体队员,"套近乎"开始下达指示:"看来,今天'营长'不会来了。'营长'不来,我们各中队也要主动完成执法任务。过去'营长'总是强调他们的那首老歌,什么'军队和老百姓,咱们是一家人,咱们是一家人啦才能够打得赢'。他是刚从部队下来,不熟悉我们地方上的情况。我们现在不是军队嘛,我们是城市管理执法大队,我们肩负着管好这座城市的重任,我们不能再管他那个'军队和老百姓'啦,我倒想试试咱们究竟是打得赢还是打不赢?"

他看了看听他训话的执法队员们,一个个聚精会神,目光专注,他来了劲儿,接着道:"我们不去执法,城市依旧是脏、乱、差;城市面貌不彻底改观,就吸引不来外资;吸引不来外资,我们市的GDP就不能提升;GDP不提升,大家就不能尽快脱贫致富。我们的总设计师说,贫穷不是社会主义,我们继续贫穷,这不符合中国最广大人民的根本利益。所以,我们的工作,和中国最广大人民的根本利益紧密相连。我们的工作做得越好,广大人民就越富裕;我们要是继续软弱涣散,不作为,上面就要找我们的麻烦。现在实行的是绩效考核和末位淘汰制,要是我们被末位淘汰出局了,那可就、就、就……哼哼!大家听明白了没有?"这大概是"套近乎"这一生中发表的最重要的政策性演讲了,整篇演讲简直可以跟天才的演说家相媲美。

"套近乎"的演讲,虽然没有得到他所预期的热烈掌声，但还是有一部分队员听了他的讲话挺提神，知道已经达到目的：没有你“营长”，咱照样可以进行队前动员，今天就要让你看看我们的出色表现吧！于是，“套近乎”开始下达命令：“注意了，按既定路线，既定任务，出发！”

队员们跑步上车，马达发动，三辆面包，三辆卡车，向着三个不同方向开去。

“套近乎”没有了“营长”随队监督，像是受气的媳妇终于熬成了婆，那个舒坦，那个痛快，仅从他脸上露出的那份儿春风得意的劲儿，就已经看得出来。他坐上了过去是“营长”的专座——小面包前面副驾驶的位置。这不是坐着舒坦不舒坦的问题，这是象征地位的转换，和在执法队掌控权力大小的重大问题！“你‘营长’不来，更好！平时有你在，还显示不出咱这点儿能耐。你不在，好，今儿个咱多出点儿力，让你知道知道咱够得上几斤几两，比你大‘营长’差不到哪里去。”这都是他“套近乎”心里的话，嘴头上可是一个字儿没敢漏。

只见这一天，他可是铆足了劲儿。见流动摊贩，命令队员们去追，哪怕你钻进窄巷道，躲进个体户的小门脸儿，都得给我一个一个揪出来，把他们身上挂的货品架夺下来，没收，扔到卡车的后马巢里去。有卖水果的手推车，就更不客气，连车带水果一起扔到大卡车里。想卖烤红薯？没门儿！烤红薯的烤炉可是沉，是大油桶里面糊满黄泥，中间燃烧着红红的火炭，炉子的里里外外全是烤熟的红薯。就这沉沉的家伙，还和手推车紧紧捆在一起，这可是不好朝卡车上抬呀！嘿！执法队有“套近乎”下的死命令，又是亲自扛住最沉的烤炉底座，嘴里也没闲着，高声喊着号子：“一、二、三”，就凭执法队这八九个男女，一鼓劲儿，居然把那么老沉的烤红薯的烤炉，硬是给拱上了大卡车。那烤熟的红薯滚了一地，被人一踩，就像黄稀屎，一路那个难看呀，简直是一塌糊涂。

随着他们的断然行动，那哭的、喊的，拉的、扯的，叫的、骂的，热闹极了！还有一位老年人气得涨红脸，高声叫骂：“你们是一群国民党，比他妈的国民党还国民党，你们不是人，是一帮强盗！”

“骂我是国民党？谁知道国民党是个什么东西？我可是没见过。对不起，你是人老心闲，见什么都看不惯，见什么都会骂的。老同志，你‘正义’，你骂你的，我抬我的，咱们各不相扰吧。”这都是“套近乎”心里的话，他顾不上周围群众的闲言碎语，只要政绩出色就行。

满载缴获的胜利品，大卡车发动，开始慢慢前行，可车后挡板上还吊着两个人。

开大卡车的小张用报话机请示怎么办？

“套近乎”向他下了一道死命令：“狠踩油门，加快车速,把吊在后挡板上的人坚决甩掉!”

小张执行“套近乎”的命令,果然,吊在车挡板上的人的臂力,终究敌不过卡车的速度,两个人的手一松,“啪!”齐齐地摔在马路中间梆硬的路面上,摔出满脸血,上下门牙摔没了。

这一天,三个中队的收获都不小,后院车棚子里堆了半车棚。

第二天,“套近乎”更加得意,出发前的队前动员,调门儿更高,道:“昨天,大家干得很卖力,”他用手一指半车棚的战利品,底气十足,道:“这么大的战果,这是过去不可想象的。”他下意识地斜过头看了一眼二楼,大家也随着他的眼神向二楼看。他兴奋得嘴边没了把门的:“上面已经有了那个意思,说我们不作为,昨天这一天就很有绩效吗,我们要让上面看看,我们是不作为,还是大有作为!我们的潜力大着呢,我们就是要让上头知道,我们能干出怎样的一番政绩来。行,咱们就这么样儿的铆足了劲儿,接着干。出发!”

“套近乎”率领一中队到了昨天他们没收一满车战利品的地方,果然,街面上干干净净,一个流动摊贩都没有了。“套近乎”正得意洋洋地在那再不是脏、乱、差的大街上来回溜达,小张他们几个随着他却是紧张地向显得空旷的马路周边看,只见贴着马路两边,齐齐地站满了人,一个个叉着腰,撸着袖子,抱着粗粗的胳膊，都是怒目圆瞪，紧盯着他们这帮穿制服的人。

更令小张吃惊的是，他见到在一条窄巷里，正有一群人在互相撕扯，几个人死死拉住一个壮汉，还有一个干瘦女人哭着喊着死死抱住壮汉伸得老高的、上面长满黑毛的粗胳膊。那伸出的粗胳膊的手上，举着一把明晃晃的切西瓜用的大月牙儿刀，身子拼了命地挣扎着要往外冲，那脸上贴了几块纱布，缺了牙的嘴里不停地叫骂："你们放开我，放开我，我就是要跟那个尖嘴猴腮的狗日的拼了！他不让我们活，我也叫他狗日的活不成！"

小张一看不是事儿，拉上"套近乎"的胳膊朝汽车方向拽，意思是让他赶快撤。

"套近乎"还在充英雄，嘴里嗫嚅着："我、我、我怕啥？杀人偿命，他、他，敢把我怎么样？"他嘴头子硬，脚下还是随着队员们的推搡，向面包车快步跑去，小腿肚子微颤着，爬上了车。

那举着切西瓜刀的壮汉，终于挣脱了众人的阻拦，冲出巷口，挥着明晃晃的大刀，向着已经渐渐开动的汽车追去，嘴里不停地高喊："狗日的你有种别跑，你就是跑到天边，我也要追上宰了你！"

壮汉的身后，一群人跟着跑，为首的是一个披头散发干瘦的中年女人，一面跑，一面哭着喊："娃他爹，娃他爹，你可不敢呐！你要有个三长两短，叫我们娘儿几个怎么活呀！”

汽车开进了执法队大院，“套近乎”的两条腿还在颤，半天下不来小面包的车座。

小张见“套近乎”瘫在面包车上下不来，又怕他在回家的路上出事儿，就让开面包车的小王把“套近乎”直接送回家。

“套近乎”回到家，一连几天请病假，不敢到单位来上班。连他老婆让他就到巷口的菜市场买个菜，给他鼓了半天的劲儿，他也没敢走出自己的家门。

支委小张送走了“套近乎”，赶紧跑上二楼，敲开“营长”办公室的门，向他汇报这两天的情况。

“营长”铁青着脸，一句话没说。他能说什么？最近上面是有这样的传言，说他不像是部队的营长，太软，缺乏魄力，不作为，几个月了，治乱不见成效，政绩太差。下面呢，“套近乎”这几个又蠢蠢欲动，恨不能撒开手脚大干一场，显摆显摆城管执法大队的能耐！上压，下挤，“营长”他怎么也没想到，十几年的革命生涯，干到今天，他竟然会尴尬地被挤在一条窄缝之中，也想动弹，就是动弹不得。

小张来汇报，意思是“套近乎”他们这么干，太过了，遭了老百姓的骂，差一点闹出群体性事件来，现在已经捅下娄子，这往后，咱们该怎么办？

“营长”对“套近乎”这两天的行为没有表态，而是问了问周发帮助老奶奶的情况。

小张如实作了汇报，并把余梅媛、小王和自己今天一早都加入到这一项援助行动中的事说了出来，并请示道："我们这样做，合适吗？"

"营长"沉思着，他不由得想起自己在临调入执法队前，市委金副书记曾专门找自己进行过的一次长谈。金书记说："这是一项全新的工作，是过去谁也没有做过的事情，没有现成的或是可供借鉴的经验。这项工作自身的工作规律需要我们去探索，所以才派你去啃这块硬骨头。这项工作的难点就在于，它既要把城市管理好，彻底改变过去脏、乱、差的城市环境，创造出一个优（优秀）、美（美丽）、雅（高雅）的全新的符合现代文明的宜居的让人民爱居的绿色城市，又要关注到普通群众的基本生活面不要受太大影响，要执政为民。这二者之间会有矛盾。要在这二者之间找到平衡点，找出解决问题的最佳方案，这就是你的任务。"

现在，矛盾就摆在自己面前，怎么解决？把矛盾上交？交给谁？交给金书记？笑话，这是把球踢了回去，还要你坐在这个位置上干什么？踢皮球，不符合自己的性格，可眼下并没有一个现成的答案。反正是鱼和熊掌不可兼得，可又必须兼得！

"营长"看着眼前这位积极却单纯的小伙子，思虑良久后说道："你去通知二、三两个中队，暂时先不外出巡逻，就在家学习、讨论，总结这两天行动的经验和教训，先把我们自己的头脑武装武装再说。"

小张迟疑地说："这样是不是不太好……"他欲言又止。

"怎么，你顾虑什么？"

"现在上面不是有人说我们……"

"说我们不作为？那就听他们的，乱作为，胡作非为，行吗？"

"那我们就在家……"

"就在家，学习，争论，争得脸红脖子粗，关起门来吵架、骂娘，都行，就是不准出外去胡作非为！"

小张两眼紧紧盯着"营长"，迟迟疑疑地说了声"是"。隔了一会儿，他又问："那，我们，我们一中队呢？也在家……"

"营长"斩钉截铁地说："不！一中队跟着我出去，明天一早，两部车，你们跟我一起去。"

"去哪儿？"

"白发老奶奶家。"

第十章 回到了过去的“家”

第二天一早五点半，一中队全体队员，除了“套近乎”请病假外，都到齐了。早晨的凉风一吹，头脑特清爽，一个个特有精神。

“营长”神采奕奕，站在队前，微笑道：“今天的行动，还要我动员吗？”

“不要了！”大家的声音好齐哟，震得满院子嗡嗡地响。

“行！上车！”“营长”一声令下，大家精神抖擞地冲向小面包和大卡车，冲出执法大队后院儿。

不多一会儿，两部车开上颠簸的乱石子路，见大老李已经在举着十字镐修路。

“营长”喊：“停车！”

两部车停在大老李面前。

“营长”冲下面包车，走向大老李，紧紧握住他的手，道：“李大哥，好样的！谢谢你，谢谢了！”

大老李面前突然停下这么两部车，车上还下来这么一位大官儿，叫自己大哥，把大老李闹蒙了，连声道：“我，我，我不是你大哥，我是大老李。”

一句话，说得围在他身边的队员们都笑了。

周发赶紧上前介绍：“这是我们‘营长’，不不，不是‘营长’，是我们执法大队大队长，专门来看望高奶奶的。”

“这么一大清早？”大老李盯视着“营长”。

“对，就是这一大清早，难道就不准我跟你们一起去捡苦苦菜？”“营长”的一番话，把大家说乐了。

大老李两只眼睛瞪圆了，吃惊地问：“就你？这么大的官儿，来捡苦苦菜？”

“怎么啦？在过去，我能吃上苦苦菜，就算不错了，只怕连苦苦菜还吃不上呢！你不信？哈哈哈哈……我可不是天生就是当官儿的，我跟你一样，不，过去我还不如你呢！”“营长”又是一阵爽朗大笑。“走，我们一起去老奶奶家看看去。”

“营长”拉着大老李，大踏步朝高奶奶家走去。

“营长”刚走到高奶奶家门外，看到高奶奶家那快要倒的破土坯房，他猛地停住脚，愣住了。他不敢相信自己的眼睛。“这是在哪儿？怎么走回到二十年前我那个破家门上啦？”他的两条腿挪不动了，他不敢去掀那破门帘，更不敢走进破门帘后面的那个在他的心底已经被尘封得太久的破烂的“家”。

高奶奶听到门外的动静，赶快走出来，见她那破门前停着两部大汽车，她认识的周发、余梅媛等人齐齐围着一位魁梧高大的同志，她看出来了，这是一位大领导！她慌了神，手忙脚乱，不知道该怎么办好了。

余梅媛赶紧上前拉住高奶奶的手,亲热地说:“奶奶,我们领导专门看望您老人家来了。”

高奶奶用手掌抹着泪,哆哆嗦嗦地掀破门帘,道:“我这家,你们大领导,可咋进呢?”

“营长”一把拉住高奶奶,笑道:“咋进?就这么进呗。”拉着高奶奶一步迈进屋去。

高奶奶请“营长”坐在破炕沿上,想给“营长”拿点水什么的,可什么也没有,她颤颤巍巍地嘴里念叨:“可真是,真是的,让你们大领导干坐着……”

“营长”看高奶奶忙活的样子,把她扶着坐在自己的身边,道:“您老人家别忙啦,先坐下,我就是来陪您说说话的。”

这屋子太小,只有余梅媛能跟进来,其余的人都只能在屋外,各忙各的去了。小张和小王,昨天偷偷摸摸骑着摩托车去钓鱼,还得紧紧张张赶回来上班,今天可好,用不着偷偷摸摸,也不需要急着往回赶,他们今天干脆开上大卡车,跑到更远、鱼更多的一个大水塘边去,穿上遮挡大半身的橡胶裤子,带了一张打鱼的网,痛痛快快地打鱼打了个够。周发带了几个人去捡苦苦菜,还有几个帮着大老李去修路。他们昨天晚上就都知道了今天一早的行动,有小张的组织安排,昨天晚上已经分好工,各人去找各人要用的工具,所以今天一早各就各位,井然有序,都是为了一个目的——帮助高奶奶多挣点钱，大家高高兴兴、有说有笑地干起来，干得可开心了。

余梅媛乘着“营长”和高奶奶说话，自己爬到炕里，抱住小牛牛，掏出来一包吃的，有糕点糖果香蕉苹果，都是好吃的，哄着小牛牛，一点一点地喂给他吃。

“营长”一面陪老奶奶说话，一面四顾这屋内，面对白发老奶奶那瘦骨嶙峋的模样和她这瘫痪的小孙儿，见他们的生活已面临绝境，不由得想起自己惨痛的过去，那埋藏得太久的记忆，“倏”地一股脑儿全都跃到自己的眼前……

“营长”的出身不好，是个“右派分子”的家庭出身。

这个“分子”可了不得！在“文化大革命”的那会子，阶级斗争是要年年抓，月月抓，天天抓的。抓谁？抓阶级敌人。敌人是谁？刘少奇太高，美帝国主义太远，都跟咱们普通社员距离太大，没有什么直接关系。跟咱们普通社员有直接关系的，每天能看得见、摸得着的，只有本小队的这些“分子”。“分子”属敌我矛盾，不抓“分子”，抓谁？

“分子”又分五种，叫“五类分子”，是地主分子、富农分子、反革命分子、坏分子和右派分子。其实，这都是一些模糊的没办法科学准确界定的政治概念。那时又时兴极“左”思潮，越“左”越革命。

更要命的是，那时给各基层单位都下达了硬指标，必须抓出多少多少个分子来。有的，没有的，都得抓。“营长”他老爸是个现成右派，外来户，“文革”开始后才下放来的，属于好捏的软柿子，当然在必抓之列。这么抓，究竟有没有抓对过？一共抓错多少？是不是全被抓错了？未来的历史会作出正确判断。至于这个判断是什么，当下谁也不知道，这就是人们常说的：前面的路是黑的。反正是，上面叫抓，就抓呗。不抓，不天天开批斗会，怎么体现“以阶级斗争为纲”呢？

“营长”那时是少年，已经记事了。他记得父亲整天提心吊胆，拿了张凳子坐在家里的门背后，竖起耳朵等着。别的小队开批斗会，要集合人，或是敲学校的钟，或是打过去耍社火时用过的锣。他们小队穷，没有那些个，小队长只好满庄子吹哨子。什么时候吹哨子，集合全小队的人开批斗会，那是由着小队长的性子，随时都有可能。所以他老爸就老得坐在门背后等着。一听哨子响，他老爸把时刻放在手边的上面写了名字、名字上画了黑叉叉的大木牌子挂到脖颈上，快步跑向集合点——批斗大会的会场，村头的那个打麦场。几个“分子”齐齐站好，手捧大木牌，低着头，等待社员们来批斗。

社员们可没有这一条铁的纪律，都是姗姗来迟。什么时候人到齐了，批斗大会才正式开始。

最初两年挺好，像个抓阶级斗争的样子：打麦场四周红旗招展，批斗会上人情激愤，口号声不断，喊得震天动地。批人的慷慨陈词，挨批的心惊肉颤，有那么股子“阶级斗争，一抓就灵”的味道。时间一长，天天这一套，车轱辘话来回转，再是火一样的热情，也会逐渐转凉。渐渐地，来的人越来越少，口号声越来越稀，批斗时的口水沫越来越飞不远。再往后，参加批斗会的人，从青壮年换成老头老奶奶，从老头老奶奶换成半大娃娃，最后从半大娃娃变成细碎娃娃。这些细碎娃娃可不管“阶级斗争”抓了灵不灵，跑来围着“分子”们转几圈，见不好玩儿，于是，“分子”的娃娃和贫下中农的娃娃都混到一堆，跑到麦场边撒尿和泥玩儿去了。

他们这几个“分子”在打麦场上一共站过几个酷暑严冬，连他们自己也记不清，只是每天能来站着的“分子”也在逐年减少。“营长”他老爸就是属于逐年递减中的那一个。

“分子”们站打麦场，只是属于政治上的羞辱，站就站吧，好在都是本庄子上的父老乡亲，谁不知道谁？丢人丢不到哪儿去。即便是游街，顶多在邻近几个庄子上转转，跑不远的。好在天天站，油了，多几个人看，少几个人看，无所谓了，严酷的是经济制裁。

说起那时的事儿，今天的年轻人肯定感到奇怪。干了一天的活儿，一个月的活儿，一年的活儿，都不给工资，而是每天由小队长给每个出工的人记工分。记了一年,按照每个人的全年工分累积,再与全小队一年的总收入相联系,除去全小队一年的各种“合理”开支,剩余的,再计算出每个人和每个家庭一年的劳动所得。你千万别小看这个计算,这可是一道特别艰深的数学难题。而要来解这道难题的,却是广大的文化程度很低的人民公社的天才的小队长们。

你可别小瞧了这些小队长们, 他们可是了不得!北大数学教授们不一定能解开的这一道数学难题,对于他们简直是小菜一碟儿——反正这是不用公布收支明细账的,也是无法公布的,永远不会有人来审计核查的一本糊涂账。

你看他们是怎样来解这道难题的吧:

每天一大清早,小队长在大麦场边一蹲,张三干什么,李四干什么,三下五除二,分配完了。按他们自己说,每天的这种分配是最公平不过的了。“分子”们本来就是被劳动改造的对象,最脏、最苦、最累的活儿,当然得分配他们去干。记工分,更不能让“阶级敌人”占便宜,这是阶级立场问题!就这样,日积月累,工分的差距越来越大,一年下来,差距大到什么程度?只见“营长”家的房子越来越破,可吃的越来越少,人越来越瘦,他老爸的病越来越多,越来越重,终于有一天,他“装病”再也“装”不下去了。他腹内空空,满身抖颤,头晕目眩,虚汗溢出,一头栽倒在打麦场上,再不动弹了。

第十一章　苦瓜是怎样变甜的

“营长”本姓阎，叫阎书柏。他家除了父母，还有一个姐姐，叫阎书清。

按照他爸原来的意思，阎书柏不是现在这个柏，而是清清白白的白。他是想通过名字告诉儿女，我们现在虽然身处逆境，可不要忘记我们是书香门第，清白之家。当他走进公安派出所，要给阎书白报户口时，一见户籍管理员，他蒙了。

管理员问他：

“姓什么？”

“姓阎。”

“你要报的小孩儿，他叫什么？”

“叫阎书白。读书的书，白，白……”

“哪个白？”

“哪个白？”心有余悸，已成惊弓之鸟的老爸没敢把话说出口，只是自己心里嘀咕：“我要说是清清白白的白，不得立即把我拉出去批斗呀！罪名明摆着：‘你竟然敢说自己清白？你喊什么冤，叫什么屈？你是想右派翻天！’算了算了，我求饶了，我被折腾够了，少给自己添麻烦吧。”于是，回答户籍管理员的，竟是一句违心的话：

"是，是松柏的柏。"

就这样，阎书柏这个名字正式诞生了。

阎书柏跟其他男孩子一样，小时候也挺淘的，爬树上房掏鸟窝，啥都干过。自从他老爸一头栽倒在打麦场上那一刻起，他忽然感到自己再不是小男孩儿，而是个大男人了！全家只有病弱的母亲和辍学的姐姐，两个女人只会哭。这种时候，哭有什么用？得找吃的，填住三张嘴；后墙快倒了，得找根粗木棍把它撑住；炕面子快塌了，得找些草来，和上堆泥巴，打成炕面子，晒上，再挖些土坷垃来，把火炕修好；秋风起了，要过冬了……

阎书柏没时间哭，他张罗着把老爸埋了，就开始忙开了。每天一身泥，一身汗，从天不亮到月亮升，一刻不停歇。渴了，到小河边捧几捧水，猛灌几口。饿了，家里是刚分下一点点粮食，那可是老妈和姐整整一年得靠它活命的，这份活命粮，怎么敢乱动呢？"我就不信，一个大男人在外头，竟顾不住自己的一张嘴！"于是，自己再饿，忍着，坚决不回家！都是刚收完秋，那种胡萝卜的地里还有一些挖剩下的胡萝卜，抠出来，泥一抹，吃！种土豆的地里也有挖剩下的土豆，捡些碎柴，在地头上拢把火，土豆放在火上烤，再放进灰堆里捂，捏一捏，软了，熟了，皮一剥，吃！实在累很了，想起老爸的死，狠抹一把泪，身子一挺，爬起来，接着干。本想叫姐来帮忙，不行，老妈有病，她得在家照顾老妈。老妈要是再有个三长两短，这世上就真的活不成了。

他就这么拼了命地干着，干着，不想有一个人竟在暗地里窥视着他。他有的时候实在忍不住，仰起头，号哭几声，死了命地洒出几把泪来，狂吼一声“爸呀！”那个人竟然也抱住脸，贴着树，哭出了声。

这倒把阎书柏吓了一大跳！他原以为在这荒郊野地里，离庄子远，自己哭几声，吼几下，不会被人知道的。要是有人知道了呀，这个家，我老妈，都得毁了呀！真没想到，竟然有人会追到这么远的野地里来陪自己哭！这是谁呀？一看，竟是小队长的小女儿赵瑞芳。

“你来干什么？”阎书柏既恐惧又生气地问。

赵瑞芳脸都没抬，趴在树干上继续哭，只是从衣兜里掏出一个手帕包着的两个雪白的大馒头递给了他。

阎书柏一见大白馒头，顾不上赵瑞芳了，张开大口，三口两口进了肚，噎得他眼珠子往外突，大口喘粗气，轻声问：“还有吗？”

丫头继续哭，没吭声，也不抬脸，只是从另一个衣兜里又递出两个大白馒头。

阎书柏赶紧接过大馒头，打开包着的花手帕，张开大口，刚要咬，忽然，张开的口停下了，偷偷看了一眼赵瑞芳，悄悄把馒头塞进自己的衣兜里。

赵瑞芳一直在抽泣，脸也没抬，可眼睛始终在暗暗地睨视着他，见他偷偷地把馒头塞进口袋，哽噎道：“你放心吃吧，你妈和你姐的，我已经悄悄送去了。”

听她这一说，阎书柏掏出馒头，又狼吞虎咽起来。

“别噎着，慢点吃，饿久的人，猛一吃，反倒会撑坏的。”

“哎。”嘴里应着，速度只稍稍地减慢了一点。

几个月过去了。赵瑞芳悄悄接济阎书柏家的事儿，终于被小队长发现了。了不得啦，这是阶级路线问题！你个小丫头片子，要害得我这个小队长跟着你犯大错误！于是，把赵瑞芳关呀，打呀，饿饭呀，一切招数使尽了，没用，只要一眼没看住，丫头照样会偷偷揣上馒头跑了。没办法，谁叫你们家丫头把她的那颗心裹在馒头里，一起送给阎书柏了呢！

起先，瑞芳对书柏只是一些童稚的友情。前些日子，瑞芳见书柏不顾命地干活儿，也只是深深的同情。谁知仅几个月工夫，这同情竟然迅速膨胀成了生死不离、非他不嫁的爱情了呢！走到这一步，任你赵小队长有天大的本领，也拉不回姑娘那颗已经远飞的心了。

不行，得想办法。开批斗会!老右派死了，批右派他老婆？没劲。批他儿子？这小子滑，不像他爹。这小子心眼儿特多，嘴又犟，嗓门儿也大，说起话来像撞钟似的，咱农村人闹不住他。咋办？

正在赵队长抓耳挠腮、愁得整夜睡不着觉的时候，你说赶巧不赶巧，县上的人武部早不来，晚不来，偏偏这时候来招兵了。悄悄一打听，这次招兵，是定向送西藏边防的。太好了！把这小子送去当兵，送到西藏边防去，几年以后，谁能知道他是活的是死的，还能不能回来？即使能回来，到那时，对不起，我们瑞芳早成娃他妈啰！

赵队长越想越得意，立即把小队会计找来了。会计是他的侄儿，队里舞文弄墨的事都交给他侄儿去办。

“县上不是催报参军的人员名单吗？你现在写，写好就往上报。”

会计准备好了笔，等他发话。

“我们小队就一个名额，你就写……写阎书柏。”

会计不敢动笔了，回过头来望着他，道：“他是右派的儿子，能行吗？政审能通过吗？”

赵队长没好气地说：“你就知道他爸是右派，你就不知道他爷爷是中农，团结对象。写，出身中农，政审怎么通不过？”

“他爷爷是中农？我怎么没听说过。你知道？”

“我不知道，能当队长？你尽管把心放到肚子里，写吧。”

“要是上面追查起来，这可是重大政治问题呀！”

“上面来人调查，是问我，还是问你？人嘴两张皮，还不是由着我说。我说什么，他们信什么。贫下中农的话他们不信，他们依靠谁去？你就放心大胆地给我写吧！”

“他年龄还不到。”

“他个头高,就写 18,没问题。”

阎书柏的事儿算是搞定了。

赵队长又想,不行！这小子可是个孝子,有他老妈在,摸不准这小子过不了几天就得往回跑。不把他妈弄走,断不了这小子在队上的根。

可巧,现在政策放宽了,右派都允许回城了,何况是右派他老婆？对,赶快给他老妈办手续,让他一家子的人尽快都离开,一个去西藏边防,一个回原籍江苏的大海边,一西一东,都是相隔几千里,任你瑞芳小丫头片子能耐大,追去吧！

赵队长不愧是当队长的,有本事,办事从来是干脆利落,不拖泥带水。这点小事,三下五除二,不露痕迹,不留尾巴,没几天,全办妥。没等赵瑞芳反应过来,就在明天一早,他们母子三人就要各奔东西了。等到瑞芳知道了准信儿,已经是当天的晚饭之前。

那天晚上,赵瑞芳约出阎书柏,两个人坐在村外河边的小树下,紧紧地偎依在一起,脸紧挨着,眼泪糊在一起。心贴在一起,可话却说不到一起。这个山盟海誓,说一定要等他回来;那个说,那是雪域高原,相隔好几千里,哪能说回来就回得来？这个说,我一定等你,哪怕是等到白了头;那个说,就怕你爸你妈不让你等呀,你还是趁早死了这个心吧。两个人就这么哭着,说着,一直坐到月亮偏西,东方现出鱼肚白。

他二人一夜未眠,还有一个人就坐在他们的不远处,也是一夜没合眼,是怕他们再闹出什么事儿来,只好两眼直勾勾地死盯住他们,也够辛苦的。幸好,两个年轻人毕竟纯真,心都是透亮透亮的,赵小队长的操心倒是多余了。

第二天终于到了, 县人武部接新兵的车来了,接走了阎书柏,捎带着把他姐和他老妈一起送上县城火车站,各奔东西。

阎书柏一家临走,什么也没带。县人武部帮着把他老爸的坟挖开,取出骨头架,送到县上烧了,装了盒。他们唯一带走的,只有这个骨灰盒。

阎书柏一家人走了,庄子上的人散了,熬了一夜的小队长也回家捂到热炕上补觉去了。只剩下赵瑞芳一个人在村头小土冈上站着,站着,泪水随着风势,飘成丝,飘成带,一直飘向迷雾蒙蒙的千里之外……

第十二章　通往雪域高原的路

离开了他老爸倒下的穷庄子，就像逃出笼子的鸟,阎书柏长长地舒了一口气。

忽然,他感到浑身酥软,脸色刷白,两手发麻,脑袋昏沉,像是要晕倒。他赶紧靠在火车车厢的后靠背上,动弹不得。这可把来带新兵的县人武部陈副部长吓坏了,心想,新兵体检是我亲自带去的,他的体检报告也是我亲自审查的,报告上说他一切正常,只是长期缺乏营养,建议到部队后给他加强营养就行了。可怎么刚上火车,人就不行了呢？急得陈副部长一面扶阎书柏先躺下,又要找列车员,请她在列车广播上喊一喊,看乘客里有没有医生,快请一位来帮助抢救。

阎书柏虽然头感到挺沉,心里却明白,自从老爸倒下，全家的生活重担一下子压到了自己的肩上,心里急,又劳累,再加上吃的不行,先只是在地里刨食,不久有赵瑞芳送来馒头,后来各家各户也有接济一碗半碗的,总还是饥一顿饱一顿吧,快半年了。现在可好,肩上的重担突然没了,老妈和姐回了原籍。老妈原来就是专带毕业班的优秀小学老师,现在正在喊复课闹革命,她这一回去,肯定是个宝,学校能不把她安排好吗,所以不用为她老操心。

还有赵瑞芳，心里虽然放不下，可那穷庄子，只要一想起它，脑袋都会变得比磨盘大！那是老爸倒下的地方，是我们全家的伤心地，是心头一块永远抹不去的疤，我永永远远再不会回去了。所以，瑞芳，我感激你，我们是患难之交，我几辈子都不会忘了你对我的恩！咱俩谁都不会忘了谁，永远不会！可咱俩也真真切切永远不会再见面了，真的是永别了。你嫁人吧，生个大胖小子，祝你一辈子快快活活，别总想着我。

行了，心里就这么些事儿，全放下了，没有什么可牵挂的了。

肩头的担子没了，人也突然瘫软了，这很正常。他伸手一把拉住陈副部长，虚弱地说："陈副部长，你别让广播了，别惊动人家，我没事的，帮我倒杯水，一会儿就会好的。"

"你过去常晕倒吗？"

"从来没有过。这怕是一早起来到现在，忙老妈，忙着走，没顾上吃喝。你帮我喝口水，缓一缓，就会好的。"

陈副部长给他拿来了水和饼干，坐在他对面，看着他。真的，过了一会儿，先是嘴唇，后是脸色，慢慢泛红了，缓过来了，陈副部长这才松了一口气。

火车开到省城，各地应征的新兵到齐了，又上火车，一直开到四川西部的一座小城，开始了入藏前的严格集训。几个月下来,人被刷掉一小半。

说起来也真怪,严格的新兵训练,好多战友身上都掉了几斤肉,个别的,像是被扒了一层皮,坚持不下来。在训练场上"啪"地晕倒一个,不是发生一回了。

凡是被训练营刷下来的,就要被退回原籍。阎书柏最怕的就是这个。他能回哪儿去?回到他老妈现在回去的那个原籍?不可能。他原籍的户口,早在他老爸和全家下放的时候就被注销了。现在老妈和姐是回去了,可他并没有跟着回去。按这个道理讲,他只能被退回原先的那个穷庄子。真要走到那一步,可就惨啰,那是令他伤心透顶的地方!幸好,这种事没有发生。

阎书柏到了军营,如鱼得水,他们连长都说他:"这是一块天生的当兵的料!"真的,别人会掉几斤肉,他可好,就像久旱逢甘霖、阴霾盼日出那样,几年没闻过荤腥,落到只能在土里刨食的他,忽然间,天天,顿顿,都能吃上大块大块的肉呀!那时国家还困难,可对准备进藏的部队特殊,伙食标准高,正被他赶上了。那肉也怪,像是被刷过胶水,碰到他身上,是吃一块,长一块,吃一斤,长一斤,没过半年,一个原本瘦弱的人竟然变成魁梧威猛的壮汉。肚里没食的时候,还能没白没黑地苦干,现在更像是浑身安上了弹簧,一蹦能窜八丈远。原本就是大嗓门儿,现在中气更足,偶尔那一次代替值星排长喊口令,一声"立正,向右看齐,向前看。”然后带领全连跑步，领呼“一、二、三、四”，震得满山谷嗡嗡嗡地响。从此，被连长发现了这块“当兵的料”，就时不时地让他带领全连出操、训练，这也是连长对新兵人才的培养吧。半年的新兵营适应性强化军事训练，还没等到达边防哨所，已经把他提成了副班长。他是新兵里头一个被提升的。

新兵营的训练在逐步深入，从四川西部到拉萨，从拉萨到日喀则，从日喀则直到西藏阿里地区的一个叫狮泉河的地方，这才结束了训练营的集训任务。经过短暂休整，部队正式分头开赴边防哨所。

骑了近一个月的马，向哨所挺进。一路上，一片戈壁，荒无人烟，只有偶然会遇到赶赴神山（冈仁波齐峰）和圣湖（玛旁雍错）去转山祈福的虔诚的藏族同胞。在这渺无人迹的地方，竟然能偶遇同类，都十分欣喜。部队同志赶紧下马，恭候在路旁；藏族同胞一见是金珠玛米，更是欣喜若狂。互赠了哈达，互道了扎西德勒，相互紧紧地拉着手，久久不愿离去。

可以这样说，没有到过藏北高原，你对祖国大地的“辽阔”二字，就不会有那么真切的感受。荒凉吗？不！高山，大湖，人类之“最”，都在这儿集中展示着。放眼望去，野牦牛、野驴、藏羚羊、黄羊，一群一群，自由自在地遍野奔跑。那数不清的大川大湖，是黑颈鹤、野鸽子、雪鸡和成千上万不知名的鸟儿的狂欢乐园。一派生机盎然的和平景象，充满了蓬蓬勃勃的生命活力。多美的大自然，多美的大地，多美的祖国呀！如果没有人类自身自制的纷扰，人类是多么的幸福美好！

阎书柏一路欣赏着藏北大自然的美景，一路在心里不住地触景生情发着感慨，不知不觉地已经到了最终目的地——边防哨所。

到了边防哨所，当他第一次肃立在祖国的界碑前，举起右手，向祖国庄严宣誓的时候，他才真切地感受到，与一路走来所欣赏的和平景观完全不同，边防线上充满国际间的风云变幻。作为边防战士，必须时刻保持警惕，决不可掉以轻心。他感到了祖国对自己的无比信任和肩负的重大责任。被人太久蔑视的右派儿子，终于甩掉屈辱，扬起脖梗，成为顶天立地的中国人民解放军中的一名光荣战士和受全国人民崇敬的最可爱的人！

在边防哨所，日常生活单调而孤寂，就这几位战友日夜厮守着。哨位上站岗，边防线上巡逻。在相对平静的日子里，并没有重大敌情发生，更不会见到一个生疏人影，只有雄鹰在高山间翱翔，山鸡在哨所旁欢跃，还有夜半狼群在嚎叫。

白天，他们几个战友各有分工，紧张而忙碌。到了夜晚，人一进入梦乡，那自由的鸟儿就任意地飞翔了。最想见到的老妈，偏偏很少来到梦里；最怕见的赵瑞芳,倒是经常来光顾,真是一点办法也没有。

一想起瑞芳,就想起老爸,想起那伤心透顶的打麦场,想起挖土豆、胡萝卜。更不愿想的是,众人那厌恶的目光,见到右派儿子,就跟见到右派分子一个样,像是见到麻风病人,连跑带藏地躲开了。就是有人看不过,想给自己送碗吃的,也得等天黑,悄悄放到自家那破屋的窗根下。等听到动静,赶紧追出屋来,人早跑得没了影子,连想说声谢谢,都不知道谢谁去。

瑞芳被拖累的,更是受了多少冤枉气,挨了多少打和骂。后来她干脆撕破了脸,当着全小队众人的面,生生地拉着我的手,把两个大白馒头放到我的手心里,引得众人"哇"的一声惊叫开了,她却脸不红,心不跳,不紧不慢,推开众人,昂着头,走了。气得她爸,那个赵小队长, 跳着蹦着在她后头指着骂:"我们家祖宗缺了啥德啦,怎么生下你这么个烂婊子……"从此,"烂婊子"就成了赵瑞芳的代名词,无论她走到哪里,这个声音就会追到哪里,气得她那一天一头就要栽到河里去,幸亏阎书柏冲上去一把将她死死地抱住,就到这时,赵瑞芳眼里却只有喷发的怒火,没有一丝眼泪。

"瑞芳呀,你现在生活得怎样了?我真想在这雪域高原上向你磕个长头,报答你对我永生永世也报答不尽的恩!"

在那特殊的年月, 在中国那特殊的时空条件下,为了排除地方上“文革”的纷乱干扰，尽快组建起一支负有特殊使命的新兵训练营，培养出一批能承担驻守藏北边防的合格的解放军战士，经上级批准，训练营作了一条特殊规定：把地方上的来信一律由后勤部门代为保管，暂不分发。就这样，阎书柏确确实实过了半年“无忧无虑”的生活，尽情享受了军旅生涯的新鲜与快活。

被分配到藏北哨所后，在这与世隔绝的孤寂环境里，这些新战士最盼望的，就是后勤部早一点把积攒了半年的亲人们的信给送到哨所来，只是路途太远，终于有一天，军邮员来了，大家一阵狂喜和欢呼，全都是大丰收。后勤部门的工作很细，把每个人的来信按收到来信的前后，打成一个小捆。大家见到来信后，谁也顾不上谁了，抱起自己的那一小捆，都钻到自己的床边去了，一时哨所里静得比雪域的冰川还要静寂。过了不大一会儿，有的大笑，有的饮泣，挺有意思的。

随着这批信件的分发，师政治部专门作了指示，要求以营为单位，由营教导员负责，除值勤人员外，所有营连排干部，包括各连文书，分成几个小组，下到所有前沿哨所，做好每一个新战士的思想政治工作。要了解每一个新战士的情绪波动，帮助解决他们的每一个实际困难，用一两个月时间，把这项工作一定要做好。

师部的指示还附加了一条特殊的规定：考虑到新战士很久没有接到家信的实际情况，要专门拿出几天时间，全由老同志巡逻、站岗、值勤，让新同志们集中精力看信。看完了的，恢复执勤；看不完的，继续看，直到看完、看好为止。

阎书柏收到的是比别的同志大得多的一捆来信，写信的只有两个人，一个是妈妈，其余的肯定都是赵瑞芳写来的。

接到了信，阎书柏强压住狂跳的心，硬是先不看瑞芳的信，先打开了妈妈的来信。

看了妈妈的信，心里特别兴奋。

妈妈说："现在复课闹革命，学校特缺老教师，正准备写信请我回来，我倒正巧回来了。学校隆重地给我开了欢迎会，说邓小平正在抓各方面的整顿。我们一定要把教育搞上去，为祖国多培养些后备人才。"

妈妈又说："已经给我们娘儿俩分配了全校最好的一套平房，里外两间，还带厕所，里间是我和你姐住。你爸的骨灰盒就放在我床头，让你老爸天天陪着我，我心里踏实，工作起来有劲儿。"

另一封信说："现在大学要复课招生了，你姐正在复习功课，没白天没黑夜的，拼上命啦，她决心要当'文革'后的第一批大学生。外间屋成了你姐的专用书房，成天全家静悄悄地，一点不敢打搅她。我现在是在里间放你爸骨灰盒的小桌上给你写的信。有你爸陪着,想你看着信一定会更高兴。”

妈妈的信还说:“你来信总是牵挂家里,牵挂我的身体,说等分配到边防哨所,就有休假,一定回来看我。”妈的信上说:“你千万别回来。不是我不想你,好儿子,妈想你都快想疯了!可是每一转头看看我床头你的老爸,我就清醒了。他要是活着,肯定也是这个意思。我们国家太大,我们一东一西,来回几千里,得花两个月,这得耽误国家的多少大事啊!想想过去我们家受的那个苦,想想你老爸的死,现在国家对我们这么好,你是革命军人,光荣!我是老教师,受人尊重!我们都已经是人上人了。是谁给的?我们要懂得感恩,要知恩图报,即使舍了性命,也是值得的。我想儿子,可你妈不是糊涂的妈,你要是为了想妈跑回来,妈会生气的,你爸也一定不会高兴。”

妈妈接着说:“你把你的假期让给更有需要的战友,让他们回去。即使你十年不回来,只要你是为国站岗,兢兢业业为国尽了责,你就是为你爸争回了荣誉,争回了信任,表明你爸和他的儿子都是好样的,不是坏人,是最好最好的好人,是祖国最靠得住的人!你妈会感激你,你爸更会感激你!这就是你对你妈、对你爸最大的孝顺。千万千万,记住你妈对你说的这些话,就是记住了你爸对你的最终嘱咐。”

阎书柏看着妈妈的信，边看边哭，边哭边看。看完信，冲出营房门外，迎着倾泻而下的鹅毛大雪和那藏北高原凛冽的寒风，脸上喷涌着滂沱的泪水，面对西藏的雄伟群山，发狂地大吼了一声：

"妈妈！"

第十三章 喷涌的泪泉

强压住急迫的阅读欲望，阎书柏把赵瑞芳的信先平平地铺在枕头底下。花了一整天时间，看完妈妈的信后，本想连夜接着看瑞芳的信，熄灯号响了，看不成了，只好睡下，可就是翻来覆去睡不着。用手轻轻伸到枕头底下，抚摸着瑞芳的信，眼泪不由自主地淋湿了枕巾，滴在瑞芳的信上。就在这泪眼迷离中，阎书柏渐渐进入梦乡。

一大清早，阎书柏打开营房的门，呀，营房门外站着一个人，在雪影闪烁中，见门外站着的，竟然是瑞芳！

“瑞芳，你怎么来了？”

瑞芳只是笑，不搭话。她轻轻推开挡在门上的书柏，拉着他暖暖的手，径直走向书柏的床边，瑞芳一屁股坐在床上，伸出双手，紧紧握住书柏的手。两个人相互望着，笑着，都有一肚子的话，竟不知道该从哪儿说起。

书柏像是第一次见到瑞芳，从来没有发现过，她长得怎么这么好看，真美呀！她的皮肤是那样的白皙、细腻，就像皎洁的月光照在晶莹的冰川上，是那样的纯净、洁白；再看她那红红的双颊，又像三月的桃花，是那样的艳丽、鲜亮，过去怎么没有注意过她的美呢？哦，在那穷庄子上，人人都是蓬头垢面，她要是显示出这么漂亮，不被立马拉出去游街，被打成资产阶级臭小姐才怪！对对，那时还是灰头土脸些好。

现在不一样了，她也像小鸟儿一样，自由自在地飞到千里之外，是来看我的呀，当然得打扮得漂漂亮亮的。不，她没有刻意打扮，只是为了出远门，略微地梳了梳头，洗了把脸，换了件出门的衣裳，一只土母鸡竟然就变成了金凤凰！

书柏笑问道："这几千里的路，你是怎么来的？"

瑞芳扑哧笑出了声，微嗔道："你是怎么来的？你是怎么来的，我就是怎么来的呗。"

"现在正是隆冬季节，路都被大雪封死了……"

"我就不会飞？飞着来，比你们的火车、汽车快多了。"接着一串银铃般的笑。

瑞芳爽朗的笑声把营房里一个班的人全吵醒了。在这与世隔绝的男人世界里，来了一位美丽仙女，大家那个欣喜呀，把阎书柏和赵瑞芳团团围住了。这个问："你怎么来的？"那个问："来找谁的？"一个小个子兵代为回答："是找阎书柏结婚的呗。""哗……"营房里爆发出少有的大笑。

师长、师政委怎么也笑么呵呵地推开营房的门进来了，拍着手笑道："好，好，我们就是来参加他们的婚礼的。你们都动起手来，把隔壁的小储藏室腾出来，打扫干净，布置得漂漂亮亮的，今天就在这营房里给他们举办婚礼，让这两个思念太久的小两口过上一个团圆和美的新婚之夜吧！”

“好！”一片欢呼后，大家七手八脚地忙开了，不一会儿，一切停当，婚礼开始。师长是主婚人，政委是主持人，只是赞礼的词儿改了。

政委唱道：“一拜领袖。”

阎书柏和赵瑞芳向挂在正中的毛主席像深深地一鞠躬。

政委继续唱：“二拜双亲。”

师长拉着政委站到中间，笑道：“来来来，我们两个暂时代替。”

他俩又向师长、政委深深地一鞠躬。

政委接着唱：“三拜战友。”

他俩向全班同志深深地一鞠躬，引来一阵热烈的掌声。

政委最后唱：“夫妻对拜，送入洞房。”

在一片欢呼声中，二人被推推搡搡地拥入小储藏室，门被随手关上了。

师长对身后的警卫员嚷道：“把我带来的茅台酒、肉罐头全都拿出来，喜庆的婚宴开始啰！”

大家那个乐呀，吃着，喝着，一瓶茅台没喝完，储藏室的门开了，跳着，蹦着，跑出来一个光着圆圆小屁股的小小男孩儿。小小男孩儿后面跟着的，是甜蜜蜜笑着的一对新人。

看着大家惊奇的目光,阎书柏爽朗地说:“这是我们爱情的结晶,幸福的小花朵。”

“哗……”营房里的欢乐达到了高潮。

小小男孩儿特调皮，一会儿钻进师长的怀里,一会儿骑到政委的脖子上,小嘴里还不住地亮出清脆的童音:“我爱北京天安门,天安门上太阳升……”

营房里被这小宝贝搅的,变成了一片欢乐的海洋。

正在激荡的狂欢之时,一没留神,活泼好动的小宝贝竟然把营房的门打开了。他唱着、蹦着,拨动小脚丫,跑出营房外,钻进大雪纷飞的夜空,径自向对面的雪山顶峰奔去。他还站在雪山顶上向着营房这边招手呢!

大家一时都被惊呆了!

赵瑞芳狂呼一声:“宝贝……”向着雪山顶上冲去。

阎书柏紧随其后,也向雪山冲去。正跑着,见瑞芳已经在雪山顶峰抱起了小宝贝,还没等书柏跑到雪山脚下,突然,“轰”的一声巨响,震得天摇地动,一座大雪山只在瞬息之间垮塌了,眼睁睁看着瑞芳抱着小宝贝摔下了万丈深渊!

阎书柏痛心疾首地狂嚎着:“瑞芳，宝贝……”一个愣怔,坐了起来,耳边正巧响起了起床号。

阎书柏顾不上擦拭一身的冷汗，赶紧穿好军衣、军鞋,整理好内务,班长的集合哨音已经吹响。

天还只是微微亮,战士们已经开始一天例行的作业:打开营房门,全班齐出动,推扫一夜落下的堆堵在营房门上的大雪,把雪推扫到营房台地的下面去。紧接着是晨练,围着营房门前的训练场,人人跑出一身大汗。

晨练结束,开早饭。早饭完毕,老战士们有的去巡逻,有的换站岗,各忙各的。新战士们这才能继续坐到床前去看信。

阎书柏捧起瑞芳的第一封信。手捧来信,他的心跳加剧,忐忑不安。他急于打开,又不敢打开,他怕,怕那满纸肯定是像被水洗过似的淡黄色的滴滴泪痕和饱含着无助弱女子的悲愤倾诉。他深深地呼了几口气,使心境平复下来,才小心翼翼地一点一点撕开信封。

瑞芳的来信,几乎是每天一封,有时甚至一天写了两封、三封。是啊,她有一肚子的委屈、无奈、愤懑、激怒,这世界再大,她又能向谁去倾诉?这世界上除了阎书柏,还能有任何一个人会理解她,关怀她,愿意耐着性子听她这字字血泪的倾诉呢?

在这第一封信里,她写道:送走了阎书柏,她一个人在庄子外的小土冈上一直望着,望着。她知道书柏走了,望不回来了。可是她总不愿相信,也不死心,盼着那开走的车开不远就坏了，或是别的任何原因，书柏突然又回来了，笑着站到她的面前，两个人能再一次相拥着大哭一场！她就这么盼着，望着，一直望到中午，她才姗姗地往回家的路上走。

刚进村口，“烂婊子”的骂声就袭来了。她赶紧捂上耳朵，急奔回家，跑进自己的房里，紧关上房门，可那骂声一直追到家门上，钻进房里来。她只好钻到床上，拉被子把头紧紧地捂住，放声号啕大哭了一场。

在接着的几封信里，她写道：自从书柏走后，她再没有走出过自己的房门。她不愿看到她爸那充满敌意的目光，更不愿听到从家门外传来的无端的辱骂。每天只有老妈几次蹑手蹑脚地走进自己的房间里来，陪着坐一坐，劝几句，见她一动不动，只好叹一声，嗫嚅着，又走了。

老妈还会按时送来三顿饭，可她的心情这么坏，能吃下吗？每天拌和着泪水，只吃几口，就想吐。这也挺好，一个人关在房间里，有充足的时间，可以给书柏写信。现在也只有写信，才能宣泄满腹的愤懑和对书柏的无尽的思念。

每隔一个星期十天的，瑞芳会乘着黑夜，偷偷地摸出门去，跑十几里地，把信投进公社门前设的邮筒里，再偷偷地摸回自己的房间。

有一封信里，她不无埋怨地说：“我给你写了那么多信,你怎么不给我回信呀？是忘了我,还是不愿理我了？不,我知道你不会。可我怎么就接不到你的信呢？”

在接下来的一封信里,她自己作了回答:“今天上午,我那堂哥,就是小队会计,他来我们家找我爸,临走的时候,故意对我做了个鬼脸,我就猜到了,肯定是你来了信,是被我堂哥取来偷偷交给了我爸。”瑞芳接着写:“他们不让我看到你的信,难道就能阻断我们紧紧贴在一起的心？看不到你的信就看不到吧,我照样每天给你写,难道他们有本事把邮局封了,把邮筒砸了？只要你能看到我的信,我就心满意足了。”

又打开一封信,她写道:“那天当着全队人的面朝你手心里放两个大白馒头,我是故意的。老右派死了,为什么把右派儿子又当成小右派,继续歧视？我就是不服气,就是要给你出出这口闷气！随后遭来无休无止的辱骂,是我自找的,我情愿,我认了。我的书柏怎么了？人正派,坚强。就说你老爸,他是谁的敌人？是咱们贫下中农的敌人？谁信啊？他是老实得不能再老实的一个大好人！就因为他是历史老师,专门讲帝王将相,不宣扬咱们贫下中农。过去的书里,有写贫下中农的吗？他讲帝王将相,就说他是影射毛主席,是在攻击党中央,他就成了十恶不赦的反党右派分子！他们就是死抓住你老爸的那句‘右派言论’不放,你老爸当年是在课堂上说过:‘历史是一面镜子，后世的领导人都要经常拿起这面镜子照一照，才能知道自己的功过得失，兴衰存亡。'你老爸是一再解释，'这不是我说的话，我只是把《资治通鉴》这本书的书名翻成了白话，这不是右派言论，是真话。'可谁信啊？就为这句话，把你老爸从反右一直斗到'文革'，使你老爸成了老实得不能再老实的老右派。怎么就没人出来说句公道话呢？书柏你那次对我详细说了，把我气得不行，可你又不能对旁人去说。我是贫下中农的女儿，心红根子正，我怕啥？没想到，是我爸领着头开骂。这有什么，大不了是个死呗！上次是你一把拉住了我，现在好了，没人会再来拉我了，真要把我逼急了，我面前只有这一条路。也好，一了百了，免得你在几千里外牵肠挂肚地念着我。"

阎书柏看到这里，泪水早把两眼迷糊住了，真想抱头大哭一场！正在这时，炊事兵小马喊："开饭啰。"书柏只好忍住泪水，把信放回枕头下面，缓缓地站起身，走向饭桌。

这两天开饭的时候可热闹了，说的，笑的，一个抢一个的话头，不知道听谁的好，都是一些在这雪域高原、与世隔绝的环境里想都不敢想、从来不知道的新鲜事儿。

"唉唉挨，听我说，听我说，天安门前出了一件大事，为了纪念周总理，天安门前是人山人海，有献花圈的，有献诗的，诗都写得特别好，你们静一静，静一静，我给你们念几首……”

“嗨嗨嗨,你那已经是旧闻了,我给你们说一条爆炸性新闻。”

“什么什么?”大家都竖起了耳朵。

“‘四人帮’被打倒啦!”

“啥?你说啥?”

“‘四人帮’全被抓了,一窝端!”

“真的?”

“你这不是小道消息吧?”

“这是真的,是我爸专门用大红纸写来的。‘四人帮被打倒了’,几个字写得特别的大,你们看,你们看。”

一饭桌子的人,饭不吃了,都来抢这张大红信纸,你抢我夺,一个班全乱了。

班长干脆跳到板凳上,大声嚷道:“同志们,同志们,让我们以水代酒,共同庆祝这一伟大胜利!”

“好!”

班长接着道:“祝愿我们伟大祖国从此一帆风顺,走向健康发展的康庄大道!”

谁带头喊起了:“祖国万岁!中国共产党万岁!”

营房内一片欢呼:“万岁!”“万岁!”在喜庆欢乐的祝福声中,午餐结束了。

阎书柏在心里默祷着:“瑞芳,瑞芳,你可是要挺住呀，只要挺到‘四人帮’倒台的这一天，我们就有希望了。”

他姗姗地走到自己床边，继续看瑞芳的来信。

他打开信封，吓了一跳，在信纸里竟然卷着一缕用白丝带缠着的、从瑞芳头上铰下来的发丝，阎书柏的心一下子沉得有千斤重。

信里写道：“早知道这一天要来，没有想到这一天真的来了，并且来得这么快，这么突然。刚才我爸猛地推开我的房门，恶狠狠地丢下一句话：‘准备一下，明天你就出嫁，一早你婆家就来接人。’难怪我那不常回家的早就出了嫁的二姐，前几天突然回来了，拐弯抹角地老说起她们公社一个大干部的儿子，凭着他家有权有势，‘文革’前把一个同学打成重伤，被学校开除了。‘文革’开始后，他成了他们那个公社造反派的头头，把开除他的那个校长打得死去活来，把他的班主任逼得上了吊。二姐那天回来，为什么闪闪烁烁地专门来说这些？对，明天要我嫁的，肯定就是这个禽兽不如的家伙。好嘛，好呀！让我等了好久的这一天终于来了。今天半夜我偷跑出来给你投出这最后一封信，公社旁边的那条河，就是我最后的归宿。

“永别了，书柏！我们能够相识，相知，相爱，我满足了。从此，我终于跳出苦海，彻底地解脱了。人要知道知足，我知足了。他们能生生地把我们分开，可他们不知道，我们是分不开的。从今天半夜起，我就可以自由地飞翔了。我要飞到你的身边，永永远远陪着你，伴着你，再不会离开你，一直陪你到天长地久，千秋万代……”

阎书柏早已颤抖不已，泪泉喷涌。他把信和那一缕瑞芳的秀发紧紧抱在胸口，冲出营房的门，冲到山崖底下的角落里，对着苍天，对着群山，对着漫天飘落的茫茫大雪，仰头大哭！他不想让战友们看到他那极度悲苦的模样，可他那雄浑嗓音发出的凄怆的号啕声，震得山谷回响，虎啸山鸣，大地为之震颤！

班长和全班战友齐拥到营房门前，在那地动山摇般的号哭声中，被震呆了。

第十四章 “西部第一哨”

隆冬季节，要给雪域高原的边防哨所送一封信，可不是一件简单的事。军邮员得随着送后勤补给的牦牛队一起行动，一个哨所一个哨所地跑。

随着军邮员把信送达哨所，营教导员率领的政治思想工作队也随之出发了。就在阎书柏读完赵瑞芳来信的当天晚饭后不久，教导员披着一身白雪，喘着大口热气，终于赶到了前沿哨所。

阎书柏所在的哨所，在他们营辖区也是全师辖区的最西端，他们自己戏称为“西部第一哨”的地方，距离营部有二三百里。特别在这个季节，营教导员、连指导员及几位领导同时来到前沿哨所，这在过去很少有。

全班同志挺惊奇，以为出了什么大事，或是上面有什么重要指示需要传达。是为四人帮被打倒的事儿？有可能。当时新兵正骑马行进在藏北无人区，在赶往前沿哨所的路上，国家那时发生的大事，他们当然不知道。现在教导员来，是为向新兵作传达？大家心里这么瞎琢磨，就都紧紧围着教导员，静静地等候着。

教导员微笑着环视大家，见大家那严肃紧张的神态，笑了，道：“我们来，没有什么大事。在这严寒日子里，你们孤悬边陲，非常辛苦，我和你们的指导员一起来，就是为看望同志们，向同志们道一声辛苦，代表祖国，向同志们说一声谢谢。”

营房里响起一阵掌声。

班长代表全班同志向教导员和指导员立正答道：“感谢首长关心，感谢祖国人民的关怀。”

教导员问：“两天前，后勤补给都送到了吧？”

“都送到了。”

教导员道：“肉罐头要吃，瓜果蔬菜更要多吃。”转头对班长道：“一会儿领我去看看你们的冰窖，只要储存好了，瓜果蔬菜都不会坏。”转头又问大家：“吃一个冬天，没问题吧？”

大家齐声道：“没问题，足够足够了。”

班长道：“请首长放心，我们会非常重视身体健康，保证不出一个病号，让一个个都吃得壮壮实实，出色完成驻守边防的任务。”

教导员笑着用指头点点他，道：“可别瞎吹牛哦，你的这一条保证，我记住了，明年开春我一定来亲自验收，小心那时候被我打屁股哦。”

大家望着班长嘻嘻嘻地笑了。

教导员又环视一周，看看新战士们，道：“都接到家乡亲人的来信了吧？高兴吗？”

一声爆响：“高兴！”

小个子战士挤到教导员身边，一个立正，高声道：

“报告首长，我们家的田都分到手了，包产到户，我爸正准备放开手脚大干一冬，明年一定要夺个大丰收！”

“好啊！”教导员带头鼓起掌来。

营房里欢声笑语，七嘴八舌，都在夸说外面世界发生的巨大变化，越说越是群情激昂，一片欢腾。

正在欢乐海洋的巨浪峰巅，传来了炊事兵小马的尖嗓门儿：“开饭啰，请首长们用餐。”

大家一阵忙碌，拼好餐桌，放好碗筷，请教导员坐在正中，连指导员和其他几位营连干部坐在他两边。

小马往餐桌上上菜。

教导员道：“同志们都坐下，都坐下，一起吃。”

班长道：“不不，我们刚刚开过晚饭，请首长们自己吃吧。”班长一面说，一面忙给几位领导上酒。

教导员笑道：“那我们就不客气了。”

营房里又引起一阵笑声。

教导员一面拿起筷子，一面随口问道：“接到家乡的信，有没有想家的？有没有哭鼻子的？”

刚才还是欢声笑语的营房内，陡然静了下来，大家不约而同地转头看着正随在小马身后端菜的副班长阎书柏。也就只看了一眼，大家又赶紧把头低下了。

班长忙打圆场缓和气氛：“没有没有，同志们都是特别高兴，有说有笑的。”

营房内气氛的变化，当然逃不过政治工作者的敏锐感觉。教导员微微笑道:“不会吧?人有悲欢离合,月有阴晴圆缺,此事古难全嘛,怎么会都是有说有笑,就不准有哭鼻子的呢?”说着,也把头转向了阎书柏。

阎书柏是个刚强的人,本就不愿意别人为自己遮掩。现在见教导员转头看自己,便挺身一步上前,一个立正,向教导员和指导员行了军礼,道:“报告,是我,我哭鼻子了。”

教导员一把拉住阎书柏,道:“现在不是在哨位上站岗,现在是吃饭时间,不要你这么严肃地立正报告。”推了推身边的指导员,指导员赶紧挪动座位。教导员把阎书柏拉到自己身边,把他按在座位上。

阎书柏还是挺身站了起来,道:“报告,我们已经开过晚饭了,首长,您请吃。”说着就想离开座位。

教导员把他又拉回来,道:“你坐下,请你做陪客,陪我喝两杯,总行吧?王班长,你也坐下。还有谁,愿陪我喝两杯的,都坐下。”他的头转向两位皮肤略显微黑的同志,道:“你们二位藏族战友,我知道你们的酒量好,坐下,陪我们喝两盅。”

班长示意几位战士坐下。

教导员又道:“不行不行,你们这几位新同志更得坐下,都来陪我喝两杯。还有你,这位炊事兵小同志,辛苦一晚上了,你也来,我先敬你一杯。”

小马接过教导员递来的酒,一饮而尽,双手捧着酒杯送还教导员，道："谢谢首长。我火上还做着菜，恕我不能陪了。"

"忙去吧，忙去吧。"教导员尾追着小马的背影喊了一句："谢谢你啊，小同志。"

"不谢不谢。"小马钻进了伙房。

教导员道："同志们，都把酒斟上。我先向同志们报告一件特大喜讯：党的十一届三中全会已经召开，邓小平同志重新主持中央工作，正在为我们国家制定新时期建设发展的宏伟蓝图。这一切都预示着，我们国家的前途将无比辉煌。让我们共同举杯，为我们伟大祖国的振兴，为我们党的伟大胜利，为邓小平同志的健康，干杯！"

"干杯！"全班同志齐声高呼。

"同志们都请坐，请坐，咱们边吃边聊。"教导员笑道："对不起，这一路跑的，我可是真的饿了，得先吃几口馒头压一压。你们吃你们的，随便吃，随便喝。"

指导员他们几个也都大口吃起来。

班长代表大家象征性地动了几筷子。

教导员见身边的阎书柏只是默默地坐着，一动也不动，就接连给他夹了几块肉，道："哎哎，副班长，我可不是请你来只陪我坐坐的，要吃呀。"他自己连噎了几口馒头，吃了几口菜，见阎书柏还是一动不动，于是一面吃着，一面跟阎书柏慢慢聊起来："说说，接到几封信啊？"

阎书柏轻声回答："不少。"

"哦，丰收啊，好。都是谁来的？"

"是我妈和我的未婚妻写来的。"

"哦。"教导员似漫不经心地一面吃，一面问："都写了些什么呀？"

"我妈和我姐生活得都挺好。"阎书柏把母亲回去后的情况作了简要汇报。他特别强调了母亲最后的谆谆嘱咐，道："请组织上考虑母亲对我的严格要求，满足她希望我长期驻守边防，为保卫祖国竭尽全力的愿望。"

"嗯，"教导员静静地听着，连连点头，道，"我羡慕你有一位好母亲。她对你的要求，她的爱国情怀，都是很真诚、很朴实的。我向你的这位伟大母亲表示敬意，也会非常尊重你母亲的意愿。我一定把你母亲的愿望如实向上级党委汇报。我相信上级党委也一定会认真听取你母亲的意见的。"他抿了一口酒，继续道，"不过呢，同志们都知道，我们这是高寒缺氧地区，长期驻守对同志们的健康会有损害，包括我们干部，包括你们藏族同胞，"他用手指了指二位藏族战士，接着说，"我知道你们二位是从日喀则参军的，对高寒缺氧比较适应，但是，在保护健康方面，藏汉同志一视同仁，在工作了一定年限以后，都必须岗位变换。所以，你母亲的良好愿望只有到该你岗位变换的时候再作适当考虑，你同意吗？”

阎书柏轻声应答：“同意。”

教导员站起身来，举起酒杯，大声道：“来，让我们共同举杯，为我们这位伟大母亲的爱国热情和身体健康，干杯！”

“干杯！”营房里又一次响起欢呼声。

教导员喝了满满一杯酒，又夹了一口菜，然后站着，半弯着腰，用两只筷子撕扯着小马刚端上来的一碗清炖土鸡，道：“不简单，不简单，在这雪域高原，能吃到清炖母鸡，不简单。”他示意大家：“来，都来吃一块，特别是要喝一口汤，这清炖鸡汤是特别的鲜。”他先喝了一口，倒吸了一口气，摇了摇头，眨巴眨巴嘴，道：“好喝，鲜，在这么边远的地方，能喝到这么鲜美的鸡汤，没想到，不容易。”再次邀请大家，“来来，都来喝一口，尝尝鲜。”

乘大家都在拿勺子舀着喝鸡汤，教导员似不经意地说了一句：“副班长，你也来喝一口，顺便说说你的未婚妻，她现在的情况怎么样？生活得还好吧？”

阎书柏正拿起汤勺，半站起身子，准备也尝一口鸡汤，听了这一句问，又慢慢坐了下来，嘴里极轻声地嗫嚅着：“她……她……”

“嗯？”教导员回过头来看他，“她，怎么？”

阎书柏的声音极其微细，轻到几乎是听不到的程度，答道：“她……死了。”

教导员舀着鸡汤的勺子刚碰到唇边，听到阎书柏的回答，他跌坐在木凳上，一勺鸡汤倒在面前的小碗里，惊得出不来声。相隔约一分钟，才小声问道：“什，什么？死了？怎么死的？”

“她是……”阎书柏原本想如实说，她是投河自尽的，不知怎么了，话到嘴边，舌头不听使，话却自己拐了弯，说出口的却是这样一句话：“她，病故了。”说完，头深深地低下了。

“她，病故了？你是怎么知道的？”

“我，接到了她的遗书。”阎书柏控制不住，伏在饭桌上，号啕了。但就只出了一声，他就死死地把自己的下嘴唇咬住，一直咬出深深的一道血痕。

整个营房静默了，只有营房顶上落下大雪团传来的刷刷刷的声音。

教导员目视前方，沉默着，思绪全乱了，不知道该说什么好。

指导员轻轻伸出手来，慢慢拍打着阎书柏剧烈颤抖的后背，两眼怜爱地盯视阎书柏深埋着的头。

大家的头都低垂着，有的已经在擦拭眼泪。

良久，教导员在自言自语：“是啊，是啊，少年丧妻，老年丧子，都是让人难以接受的！”又过了许久，他继续自言自语：“病故！是啊，一场‘文化大革命’，多少好同志没有熬过来哟！”他看了一眼两肩颤抖、强压悲恸的阎书柏，也用手轻抚着他，叹息道：“唉，好男儿有泪不轻弹呀，这么彪壮的汉子，不到极度伤心处，不会痛苦到这般地步。你肯定还有多少难言之隐深埋在心里，说不出口哟！”

一句话引爆了阎书柏心底的痛，他实在再难抑制，“哇”的一声终于哭了出来。但也就只哭出一声，他又死死咬住下唇，直到咬出了血。可他的心里温暖多了。他就像一个在外面饱受欺侮的孩子，经过七灾八难，终于回到家里，扑到最疼爱、最理解自己的母亲的怀里，那受尽委屈的恸哭似乎变成了感激的热泪，双肩和后背的颤抖也逐渐平复了一些。渐渐地，他抬起头，用袖口擦拭了泪水，本想站起来说，被教导员按回到凳子上。他声音不大，但态度坚定、语言明晰，说：

“我的痛苦，是我个人的私事；守卫边防，是国家的大事。请首长放心，我能分清是非，控制住自己。对不起同志们，让大家为我担心了。我向首长保证，我现在的家，已经毫无牵挂；我已经是孑然一身，更可以让我安心戍边。我只有圆满完成守卫边防的任务，才能实现我母亲对我的殷切期望，也才能对得起我那死去的……未婚妻……”一句话未了，他的眼泪又喷涌而出。他一头趴伏在饭桌上，紧紧咬死已经出血的下唇，只是双肩和后背又剧烈地颤抖起来……

第十五章　山崖上的鹊桥会

阎书柏驻守边防已经三年，真是转眼一瞬间，现在该到他换岗的时候了。

三年前，教导员和指导员来“西部第一哨”看望他们，他至今历历在目，犹如昨天。

自从教导员走后，王班长不露声色，却是特别细心地关心阎书柏，也观察着阎书柏。老班长发现他渐渐地发生了不小的变化：他的言语少了，脸上再不见有笑容，可是工作得更积极，更勤奋，有的时候简直像是不顾命地到处忙活，不是忙这，就是忙那。实在找不到干的了，他就一个人跑到营房门外训练场上去铲雪，铲得一身大汗，好似铲上了瘾。只要他在营区，就不见他有一刻停歇。

外出巡逻，这是全班同志轮流执勤的主要任务，也是最为艰险的一项任务，尤其是在冬季巡逻，阎书柏总是争着抢着要去。轮着他，他去；不轮着他，他还去。他总是说：“我是副班长，我有责任带领巡逻小组外出执行任务；你是班长，你应该在家掌握全盘，如有情况，好及时向排长和连部报告。”老班长怎么也拗不过他，只好把外出巡逻的任务全部让给他。每次执行任务，总得三五天，以至七八天才能回来。

他回来住不了两天,又抢着出发。从此,营房里更少见到他的身影。

转眼老班长复员了，他当然地接替了老班长的职务。肩上的担子重了，他干起工作来更是忘记了白天和黑夜。他觉得只有这样，才能实现老母亲对自己的殷切期望，才能报答赵瑞芳对自己的挚爱深情。也只有这样，他才能把深埋在心底里的无法宣泄的也无法表述的极度的悲痛暂时地得到一点缓解与“忘却”。

副排长复员了,他接替副排长;排长复员了,他接替排长。三年了,该到他复员了。他提前向上级打了报告,并且写了血书,坚决要求留守边防,做一名光荣的戍边战士。

三年前的营教导员，现在已经是师政治部主任，对阎书柏的情况当然非常了解。他接到阎书柏的报告和血书,就从师部给阎书柏直接打来电话:

“你是小阎,阎书柏同志吗？我是你的老教导员，还记得吗？”

“记得记得,您现在是金主任了。三年前,您冒着那么大的风雪来看望过我。”

“是啊是啊,三年前,我向你作过承诺,轮到该你岗位变换的时候,我们一定认真考虑你母亲对你的真诚愿望，没想到这么快就到了该我兑现承诺的时候了。时间过得真快呀！我说话，你听得清楚吗？”

“很清楚，非常清楚，我正在听您指示。”

“我们接到了你的申请和表决心的血书，师部领导已经进行了认真研究，现在由我来征询你个人的意见。

“我们的第一个意见是：现在国家正在进行军队现代化建设，需要一批能指挥现代化战争的军事人才。我们建议你去上军校，你同意吗？”

阎书柏不假思索就作了回答：“报告首长，我感谢师首长对我的关心。建设现代化军队是非常重要，但是，军队再怎么现代化，守卫边防还只能是一个一个荷枪实弹的战士。我热爱边防，热爱西藏，还是让我当一名边防战士吧。”

电话里传来声音：“是啊是啊，我们已经考虑到你可能的意向。既然你不愿去上军校，那，你听听我们的这第二条建议，看怎么样？”

“请金主任指示。”

“我们建议调你去新兵训练营，每年担负接运和训练赴藏戍边新战士的任务，这样，你就可以在川西和藏北之间来回地走动，身体会有个调节，不至于太影响你的健康，又可以直接为保卫边防服务。你看，这样的建议，行不行？”

阎书柏真的被感动了，激动地说：“谢谢，谢谢首长，为我考虑得太周到了。行！我服从组织上对我的安排。”

“好，很好。你现在担任的是排长职务吧？”

“是。”

“我现在就给你口头下达命令，命令你到新兵训练营报到以后，要担任副连长职务，把一批批新兵认真带好，为边防哨所不断输送能适应藏北高原生活的合格的优秀战士。”

阎书柏立正，向着话筒行军礼，大声应道：“是！保证完成任务！”

话筒里继续传来金主任的声音：“师部的命令，我们会立即向你们的团、营、连层层下达，等到你接到连部的正式通知后，你把工作交代完毕，就可以直接去川西训练营基地报到了。”

“谢谢师首长对我的信任。”

“去吧去吧，我们相信你一定会圆满完成任务。”

阎书柏在新兵训练营一干就是七八年，从副连长干起，一直干到训练营营长。

把新兵训练好，并安全地送达藏北阿里地区狮泉河训练营前沿基地，交给驻防的团、营干部，他们训练营就完成了任务，训练营的干部可以返回川西基地休息。在下一批新兵到来之前，中间有几个月的空闲，他们可以回家探亲，和父母、妻儿团聚，都行。把新兵一个一个送到各边防哨所,这不是他们的任务。可阎书柏不行,这几个月休息,他没处可去。

几年没见到母亲,他很想回家去看望老人家。可他妈不知道训练营的工作规律,只认为他一直是在边防驻守。在老妈看来,他儿子是在藏北无人区守卫边防,无人区的边防就更得有人看守,这是国家的一件最神圣的大事,所以她一再叮嘱儿子,一定要把国家的大事办好,不准为了想妈,放松国家大事。你这也是为你死去的老爸争一口气。老妈的每一封来信,几乎都要重复这样一句话:“你要是为了想妈,从边防跑回来,老妈肯定会被你气死的。”妈老了,她分不清驻守边疆也有前沿与后方的区别,向她怎么解释也解释不明白,她老人家只是一味地重复:“我是在放着你老爸骨灰盒的床头桌上给你写的信,你的一举一动都得对得起你死去的老爸呀!”为了不伤她老人家的心,阎书柏也就再不向老妈作任何解释,再不向她老人家提回家探亲的事了。

几个月的休息他能去哪儿呢?只有一个去处。每次把新兵送到狮泉河,训练营的干部都返回川西,只有他一个人留下来。他要随同当地驻守的团、营干部,把新兵一个哨所一个哨所地护送,一直送到最后一个点——“西部第一哨”,并和他“老家”的这一个班的战士们度过整整一冬天。

“西部第一哨”的战士们习惯了，都把他们这位老班长当成他们班的当然成员。他在梦中曾住过的新房——那间小储藏室，现在真的被腾了出来，成了先是连长后是营长的他的专用宿舍。一冬天，他虽然不像过去当班长时那样抢着外出巡逻，但总还要跑一两次近程巡逻。只有在大雪封冻的山林间艰难地行进，在临时搭建的厚厚的棉帐篷里与战士们挤在一起暖暖和和地过夜，耳听着远远传来的野狼群凄厉地嚎叫，他才感到躺在大自然怀抱中的舒畅、清新与自由。

住在营房里时，每天清晨和同志们一起起床、扫雪、出操，没有任何特殊。虽然在营房内活动空间有限，但他一点不寂寞，也没闲着，他忙着呢——找战士谈心，向藏族战友学藏文、藏语，组织战士们拼起桌子进行乒乓球比赛。实在闲空了，钻进自己宿舍里看书，《毛泽东选集》《邓小平文选》等等，他都反复阅读，他知道自己没有系统学习过马克思主义理论，他要充分利用这一个一个冬季，补上这一课，探寻共产主义的真谛。

还有一件更重要的事，他是一定要去做的，就是每当天气晴和的日子，他要去营房不远的那座山崖底下，就是那一年他读了瑞芳来信后，冲出营房，跑到山崖底下哭得山摇地动的那个老地方，他要怀揣瑞芳留给他的用白丝带紧紧扎着的黑黑的秀发，默然伫立很久很久。班里的战士换了一茬又一茬,当然不会有人知道营长为什么喜欢一个人在这个山崖上总是站得那么久,更不会有人敢直接去问营长。有几个调皮的小战士趁营长外出巡逻,几次悄悄跑到山崖上去查看,见山崖上就是一个光光的平台,地方也不大,只是山崖外视野很开阔,对面不远处有一座长年冰封的雪山,阳光一照,晶亮晶亮的,特别好看。大家就瞎猜,大概营长喜欢看对面这座雪山吧?好事的现任班长于是带领全班战士把积攒在山崖上的雪和冰全部铲去,扫得干干净净,也不知道从哪儿找来了一块平平的石头,好让营长站久了,站累了,可以坐下来歇一歇。等到下一次阎书柏又去山崖上时,见到山崖平台上的变化,不禁哑然失笑,摇了摇头,坐到平平的石头上,眼望对面晶莹的雪山,坐了很久很久。

战士们怎么会知道,这个小小的山崖,面对高高的雪山,对于阎书柏有着很不平常的意义哩!只有在这静静的山崖上,抚摸着瑞芳的秀发,面对晶莹的雪山,他才能进入一个只属于他和瑞芳的幻化的世界。在那个美轮美奂的世界里,他和瑞芳在冰川雪海之间可以自由自在地神游,开怀狂热地大笑,那份情,那种爱,在这尘世间不会再有了。他好似又见到瑞芳那天晚上冒着铺天盖地的鹅毛大雪,忽地推开营房的门,拉着他的手,笑盈盈地走进来,一屁股坐到他的床上,甜甜地笑看着他。那像冰川一样纯净洁白的肤色和像三月桃花般粉红的脸庞,那是人世间永远不可能再见到的美丽!

他俩就这么相互久久地凝视着,凝视着,直到地老天荒,地久天长……

第十六章　外面的世界很精彩

原师政治部金主任，现在是师政委，自从在“西部第一哨”与阎书柏相识、相知，十几年来，他始终关怀着这位沉郁却忠厚的汉子。虽然难以洞悉他的内心，但从他坚守“西部第一哨”这种坚忍不拔的精神里，他看到了这位战友纯净而高尚的品格；同时，又为这位年轻同志的身体状况十分担忧。阎书柏虽然热爱边防，热爱西藏，但他毕竟是内地出生的同志，长期生活在高寒缺氧的藏北地区，他的身体经受得住吗？为此，金政委几次亲自给阎书柏打电话，劝他冬季还是要回内地，看望母亲，去各地旅游，都行。特别是，阎书柏确实不小了，他的未婚妻毕竟已经走了许多年，劝他不要总是沉溺于对往事的追忆与怀想之中，要面对现实，要懂得超脱，重新寻觅一位可心可意的吧，该过上正常的家庭生活了。

每次金政委来电话，阎书柏都特别感动，内心感到十分温暖，并也真诚地向政委作了许诺，说，这次到了狮泉河，一定随训练营的同志返回内地。可不知怎么了，他人一到狮泉河就身不由己，别人怎么劝也劝不住，他说，只陪新兵走几站，想到边防线上去再看一眼，就往回返。可只要一出狮泉河，到了边防线，他就更由不得自己了，说，只去“西部第一哨”看一眼同志们就往回返。真是到了“西部第一哨”，他可真的走不动了，很自然地把背包放进他的营长宿舍，再不愿动弹了。这是习惯成自然吧，真是没办法。

每到暮春返回狮泉河，他总是立即给金政委去电话，又是检讨，又是道歉的，保证下不为例。政委对他没办法，只好说一句：“你啊你啊，真是‘不可救药’，今年冬天可是一定不准了，啊！”

这一次算是混过去了，到了下一次，他依然故我，任凭政委给训练营和当地驻军的其他团、营干部直接下命令，要求他们到了狮泉河一定把阎书柏拦住，不准他继续往西走。政委的命令也没用，只要到了狮泉河，挡不住这位阎营长向各位又是作揖，又是打躬，连拽带赖带发誓，说：“就走一站，就一站，保证！”谁也闹不住这位老营长，没办法，只好任由他又赖过一冬天。可他们谁能猜想得到，他们的这位老营长每年都要这么耍赖，是有他不可告人的秘密的：他要赶到“西部第一哨”旁边那个“老营长的山崖”，去和他的瑞芳举行最可珍贵的一年一度鹊桥会的呀！

赖过一冬又一冬，金政委终于忍无可忍了，赶在新兵训练营从川西基地出发前，他下达了命令，命训练营营长阎书柏立即前往师部参加全师英模大会，会后，要组织全师英模前往全国各地，观摩改革开放的伟大成果。训练营的工作,交由原副营长,现为代营长的同志全权负责。

一年一度的鹊桥会赶不上了,没辙了,交代工作,前往师部,报到去吧。

开罢英模会,就要去全国各地参观了。

十几年来，阎书柏是第一次离开川西基地往东走,去内地。十几年的改革开放,国家发展到什么程度,报纸上屡见报道,实际究竟什么样,没见到,没体会。所以他对这次组织参观,还是很期待,很兴奋,激动得几晚上没睡着觉。

为了这次阎书柏去内地，金政委更是作了细致安排。

他物色了师卫生队的一位尚无对象的女医生,名叫邢文静,亲自找她来谈话,向她详细介绍了阎书柏这位同志在西藏十几年的工作情况，他的性格特点,他母亲和姐姐的情况,等等,凡是他知道的那一点事儿都和盘托出了。

现在的女同志,哪个不是聪明绝顶的,政委的意思还要多说吗？小邢笑道:“政委,什么任务,您布置吧。”

金政委见小邢那个聪明劲儿,也笑了,道:“派你到阎书柏同志的家乡去一趟,把阎书柏的母亲接到北京,陪她在北京到处游览、玩儿,等我们的英模参观团到了北京，再和我们汇合。”

小邢调皮地笑问：“就这任务？”

金政委笑道：“就这任务。”他又转得严肃起来，道：“考虑到他们母子已经有十几年没有见过面，她母亲年岁也大了，我很担心他们一见了面，她母亲会受不住的。为了防止意外，专门照顾她老人家，所以才把你这位大夫请来，以防万一。”

“哦！”

“你把必要的急救药也要带上，有备无患嘛。”

“是！”

“你可以在你们闲聊的时候，不要让她感到太突然，你又要有意识地向她说明，接她来北京，就是让他们母子团聚的。一定要让她有一个充分的思想准备，这样可以尽量避免发生意外。”

“我明白了。”

“当然了，对阎书柏，我们可就让他有一个意外的惊喜啰，到时候就请你看一幕惊喜剧吧！”

说得两个人都笑了。

西藏边防部队英模代表内地参观团，仅凭这一长串名字，各地党政军各级机关就得全体动员，热情接待。他们所到之处，标语口号，大会小会，参观游览，盛大宴请，自不必说；参观团成员每到一地，也都是大吃一惊，感慨万千，真是闻所未闻，见所未见。阎书柏就时常在吃惊之余自问：这是我的祖国吗？没有走错国家吧？它不是极贫极弱，到处是红宝书，到处是大字报，到处是喊口号，到处是打砸抢的吗？这才几年呀，简直像是在一夜之间，全变了，到处是高楼大厦，到处是宽阔马路，到处是秩序井然，到处是欢声笑语？不认识了，不敢认了，太不可思议了。

他有个奇怪的习惯，每见到高楼，他就会傻傻地站在马路对面的人行道上，对着高楼，一层一层地数：一、二、三……十七、十八、十九……二十二、二十三……从下往上数，数着数着，错了，重来，改成从上往下数，数着数着，又错了，数得眼花，怎么也数不准，真是有趣，直到参观团的同志催他好几遍，他才赶紧跑步追上队伍。不错，万丈高楼是平地起，但也不可能起得这么快，这么高呀，神奇，神奇，太神奇！这神奇，害得他一夜一夜睡不着，激动呀，兴奋呀，愣是睁着眼睛到天亮。第二天，接着参观，接着激动，接着睡不着。就这样，他一夜一夜不睡觉，竟然始终精神抖擞，神采飞扬，他这个平时不爱说话的人，竟然也高谈阔论，大发议论起来。不行啊，不说，心里憋得慌；一肚子的话，说了出来，痛快！

一路参观，一路激动，终于走到此次参观的最后一站——北京。

到了北京,住进一家豪华酒店。一走进酒店大门里的大厅,阎书柏傻眼了。看着大厅中央那么大的吊灯,照着大厅一旁放着的一架三角大钢琴,一位身穿漂亮旗袍的女孩子在弹琴,那优美的琴声在整座大厅内轻悠悠地弥漫。再看脚下,像镜子一样光滑的彩色地面和从地一直铺到顶的人物山水壁画……不对不对,我不是刘姥姥,可怎么有刘姥姥进了大观园一样的心态,直感到眼睛不够用,看不过来了呢？这一切,和我那“西部第一哨”,还有“老营长的山崖”,同在一个祖国,可二者之间简直没有可比性。只能这么理解吧:我们的祖国太大,太多元,太丰富！真是不可想象。

阎书柏正傻傻地站在大厅中央胡乱琢磨,参观团的一位负责接待的同志走到他身边,递给他两张入住房间的卡片，教给他使用的方法，并且特别关照他:“你先用上面的这一张，打开房间看看，下面的这一张,才是你住宿用的。”

这位同志的话,听得他一头雾水。

“请吧,我领你去。请上电梯。”这位同志带路,向电梯走去。

阎书柏稀里糊涂地跟着这位同志上了电梯,到了一间住房的门口,这位同志从他手里取回上面那张入住卡,帮他打开房门,闪到一边,很有礼貌地说了一句:“请进。”

阎书柏大大咧咧地走进房间，才走两步，他愣住了，脑子一阵晕眩，房内沙发上坐着的，那是谁？不敢认呀，那是妈妈！妈妈的两边，站着金政委和一位女同志。

他什么也不顾了，一头跪倒在妈妈的脚前，扑到妈妈的怀里，号啕大哭起来，嘴里不住地喊着："妈妈！妈妈……"

他母亲虽然早有充分的思想准备，可到这时还是泪如泉涌，泣不成声。母子俩就这么抱拥着，号啕着，号啕着。

站在一旁的小邢医生也早哭成了泪人儿。

金政委擦拭着红红的泪眼，轻轻拉了拉小邢的袖口。两人抽泣着，蹑手蹑脚地轻轻走出房间，慢慢带上房门。

第十七章 大路在这儿拐了个弯儿

乘着英模代表们在北京参观游览的机会，金政委请部队 301 医院的专家给全体英模作了一次全面的身体检查，结果出人意料，壮壮实实的阎书柏竟然心脏、全身骨关节、神经，那儿那儿，一身都是病，再不能回西藏了，必须立即住院，治疗，疗养。

阎书柏像是被判了死期，不顾诊疗室里有那么多其他病人，对着老专家，大声地喊叫起来："怎么，不准我再回西藏了？"

"是的，你永远不能回去了。"

"这怎么行呢？怎么行呢？那儿有我的工作岗位，西藏离不开我，我更离不开西藏呀！大夫，我求求你，求求你了！"说着，喊着，眼泪都快掉下来了。

老专家也是一位老军人，他听这一类的央求不是第一次了，面对阎书柏的喊叫，他十分冷静，只淡淡地说："同志，这是科学，科学，你懂吗？"

阎书柏无言以对，含着两眼的泪，被身边的邢文静搀扶着，慢慢走出诊疗室。

已经住了半年医院，该做的治疗都做了，好在他的身边有妈妈和小邢的照料，医院上下都知道他是一位驻守西藏边防十余年的老营长，很不简单，都对他特别敬重，进行着精心治疗，因而，取得了很好的治疗效果。他该出院了。

按照大夫的意见，出院后，他还必须选一个条件较好的疗养院，疗养一段较长时间，才能完全康复。

送阎书柏到哪儿去疗养呢？金政委且动了一番脑筋。

送他回他的故乡？那是南方，一到黄梅天，多雨、阴冷、潮湿，显然不适合他这个心脏、关节等处都有损伤的人长期居住。

北方太冷，不行。

把他留在北京？更不行。像我们这些久驻藏北边防的人，无人区待得太久，突然来到这样繁华的大都市，人来车往，一片嘈杂，偶尔来看看还可以，要是长期居住、工作，肯定不适应。

思来想去，对，把他安置到中原地区去，最好是靠海，或是临江，或是靠河。一年四季，不要太冷，也不会太热。还要有山，有湖，气候宜人，风景优美，适合疗养。左思又想，想好了一座城市，那儿有个东湖，就在湖边，建有一座不错的部队疗养院，那儿的院长，是自己的老战友、老伙伴，老友情特别深，把阎书柏交给他，最放心。

这座城市，不太大，也不算小，居民人口有一二百万，是座中等城市，将来工作起来，不会有太多困难。

尤其是，内地同志在边防工作，一般都会有个时限，将来我也会调离部队，转业地方。到那时，我也争取去那个城市，有阎书柏在，我们是老上下级，老搭档，都是老藏北边防，相互能理解，容易沟通，我们在一起配合工作，还可以为党好好地再干一番事业。

对，就是这个主意。

哦，可别忘了，阎书柏特别孝顺，前十多年他是因为戍边，不能和老母亲生活在一起，现在不同了，他怎么肯再跟老母亲分开呢？对，动员他请老母亲也留下来。虽说老年人都是穷家难舍，故土难离，可是为了儿子的身体，相信她会同意的。

想到这里，金政委拿起电话，拨通了阎书柏，详细谈了自己的意见。阎书柏和他的母亲，除了感激，还能说什么。

没过多久，东湖疗养院联系好了。是老战友介绍来的，疗养院的老院长表示对阎书柏和他的母亲，还有邢文静，他都非常欢迎。

阎书柏母子和小邢三个人正准备上路，阎书柏的姐姐、姐夫和他们的孩子，从老家风尘仆仆地赶来了，也来看望和送别久别的弟弟。他们来北京前，在她母亲的一再嘱咐下，她们随身带来了老爸的骨灰盒。

阎书柏见了老爸的骨灰盒，趴下来磕了三个响头。

终于到了离开北京的这一天，一路火车，部队车接车送，顺利到达了东湖疗养院。姐姐、姐夫回去上班,把她的弟弟和母亲留在了疗养院。

邢文静和阎书柏他们母子已经生活了半年多,虽说这是组织上交给邢文静的任务，可组织上的意图，她是心知肚明。虽然她还是尊称阎书柏为阎营长,称呼他母亲是阿姨,精心尽着她护医的职责。可她一直在细心地观察着这母子俩的行为,心里老是蹦着一句话:能跟他们一起生活一辈子吗?

他们母子俩的性格都是沉郁的,和自己活泼的、无忧无虑的性格形成极大反差。这母子俩的内心都像是一坛幽静的池水，深不见底。她几次想探寻那池水的深度，都是一无所获。只要她提起他们母子的过去，或是当着他们母子的面凝视那骨灰盒,他母子俩都会立即把话头岔开，有意回避她投射过来的疑问的眼神。

她曾经在电话里把她的困惑向金政委作过汇报，没想到金政委的回答大大出乎她的预料:

“小邢啊,你知道我们的老祖宗是怎么说的,古人说‘和而不同’,才是‘大同’。你们性格的反差,正是你们可以互补、组建幸福家庭的基础嘛！”

一句话说得小邢涨红了脸。

金政委继续说道:“至于你一提他们家的过去,他们总是回避,这个问题很好回答嘛。有些在‘文革’中无端受过迫害的家庭,他们就是不愿意回顾过去。他们母子俩，正是这种情况。不是他们淡忘了过去，正因为他们把过去深深地埋在了心底，他们才不愿意再去揭那刚刚愈合的太感痛苦的疤痕。你不看他母亲总是把他父亲的骨灰盒放在自己的床头吗，这不就已经给了你明确的回答了嘛。”

“哦。”

“对于他们的回避，你要加以理解和体谅，今后，永远，在他们面前，你再不要提这一类问题，这要成为你的终身禁忌。你明白我的意思吗？”

“明白了。”

“对于他母亲放在床头的他父亲的骨灰盒，你要克服恐惧心理，慢慢习惯就好了。他母亲的这种出乎常理的行为，肯定有很深的历史的和情感的原因，你不用多问，要学会尊重。不仅是尊重，还要多体贴，例如每天主动去擦拭骨灰盒和他父亲的遗像，更换供奉在像前的炷香，添加长明小油灯里的油料，等等，日久天长，他们就会非常喜爱你，觉得你很懂事，他母亲就会视你比亲女儿还要亲了。”

“哎呀，政委，你交给我的任务太繁重了，我怎么完得成呢？”

“我相信你能完成。其实这都是一些举手之劳，时间长了，习惯了，就好了。何况阎书柏同志在藏北边防十多年，作出了很大牺牲，有贡献，我们对他和他的母亲给予适当照顾,是应当的。你说对吗?”

“政委说得对,我听政委的。”

“对嘛,你的性格虽然挺活泼,又挺聪明,但我也了解到,你的内心特和善,特有同情心。对他们母子俩,你虽然难以很深地了解,只要你与他们相处久了,对他们的境遇,我相信你会产生深深的同情。”

小邢笑着说:“我已经对他们非常同情了。”

“对呀!这说明当初我选你来担此重任,我没有看错。”

一句话把小邢说得脸更红了。

“你如要想更好地完成这项任务,你还要学会多看到他们的长处……”

小邢立即接口道:“他们的长处我都看到了,他们的为人都特别纯净、忠实、厚道,和他们在一起,我感到有了很牢实的依靠,心里觉得踏实。”说完这一句,她直感到自己的脸烧乎乎的,心里蹦蹦蹦地乱跳。

“好啊,好啊,你能感觉到这一点,就很好了嘛。你等着,我也快转业了,我会争取也到你们这座城市来工作。等着吧,等到了那一天,还是由我来给你们主持婚礼。”

“哎呀,政委,你真坏!”邢文静赶紧挂断了电话。

第十八章　闲不住的人

阎书柏是个闲不住的人，让他在疗养院里享清福,简直要了他的命！住进疗养院的第二天一早,像在“西部第一哨”的凌晨先要清扫营房门前的积雪那样，他习惯性地拿起扫把,想从住房门前扫起,要把“驻地”打扫干净。可这个疗养院太大,他扫出一身大汗，扫了快两个小时,也只扫出这个疗养院的一部分。只是这儿不像“西部第一哨”,没有那么深的雪,只有一些浮土、树叶、纸削之类,比“西部第一哨”一人多深的冻雪好扫多了。

这个疗养院的老院长人长得不算高，胖胖的,见人老是笑眯眯的,特和善。他的资历挺老,级别也不低,可见了他们疗养院的疗养员,不论这位疗养员或只是个班长、排长,他都会按照他们在部队的职务,很亲切地称他们是张班长,李排长,表示对疗养员的一种尊重。

在老院长的影响下,疗养院的医护人员对来这里住院的疗养员也一律这样称呼,没有一个会直呼其名的,这就形成了整个疗养院里的一种相互尊重与和谐的氛围。

阎书柏第一天来住院就扫了几个小时的地,这可惊动了疗养院老院长。他把全院的医护人员全叫来了,专门为此事开了个大会,把大家狠狠地批评了一通:“人家营长同志肯定是嫌我们疗养院太不卫生,看不过去,才自己动手扫院子的。看看我们的工作做到了这个地步,我这个当院长的首先得检讨!”

第二天一大早天还没亮,全院的清洁员、护士、大夫全起来了,一个个都在拼命地扫地、擦玻璃、修理草坪、打扫卫生,忙得一身大汗。阎书柏的病房门口还专门安排了两个人,像是在打扫卫生,见阎书柏一出病房门去找扫帚,他们赶紧上前,连拉带拽加劝说:“阎营长,你快去休息,养好你的身体要紧。这些打扫卫生的活儿,有我们呢。”硬是把他推进了病房,弄得阎书柏莫名其妙,只好站在窗前往外望,见满院子都有人在忙活,还以为今天有首长来视察呢。一连几天都是这样,他终于弄明白了,原来这几天全院大扫除,全是自己惹的“祸”。他赶紧找到老院长作检讨,说:“实在对不起,一大清早扫地,这完全是自己在边防哨所养成的习惯,害得全院同志们辛苦了好多天,真是太对不住。我再不扫院子了,请同志们再不要起早,都正常上班吧。”

有了这一次教训,阎书柏“老实”了,他这才意识到,他这是在住院,是个疗养院的疗养员,不是在自己管辖的“西部第一哨”,不能随心所欲,连扫个地都会惹出这么大的“乱子”来，只有扶上老妈在院子里散步，还有教小邢下象棋，才是自己的正经“工作”。

毕竟和老妈分开十多年了，分开的时候是那样凄惨，相逢的时候又是这样奢华——是在北京的上等宾馆里，连师政委都亲自来接待，还专门安排了陪医大夫。一个地下，是地下的十八层地狱；一个天上，是天上人间。他和老妈被这一切惊呆了，都不敢相信这一切是真的。

不对不对，我们是普通老百姓，哪能经受得起这般的宠爱！老妈对她儿子不止一次说起她心中的忐忑，几次说实在经受不住，闹着要离开疗养院回去。当儿子的又能作何回答？只有苦苦地劝说老妈接受组织上的安排，把一份感恩的心深深地藏在心里，等到自己痊愈，能重新走上工作岗位以后，再以加倍地努力，向党报这份恩吧。

住在疗养院期间，是母子俩这一生里从来没有遇到过的最空闲的时光。长久的分离，又使母子俩有多少心里的话要畅述啊。再加上金政委交给的“任务”，使邢文静已经自我感觉是这位“阿姨”的准儿媳妇了。虽然嘴里仍然叫着阿姨，可心里早已是一口一个“妈”了。这一家“三口”的幸福生活，还需要再详细描述吗？

但是，阎书柏毕竟是个闲不住的人，没有个正经事情干，心里憋屈得不行。有一天他终于憋不住，跑进了老院长办公室。他知道老院长是金政委的老战友，肯定会帮助自己，他恳切地央求道："老院长，您看我的身体已经恢复得挺好了，能不能帮我找一点正经事儿，让我边疗养，边工作，行不行？"

老院长挺为难，道："按你身体恢复的情况，离你能够出院重新工作，还要有一段时间。不过，给你找一点轻松些的事情，增加一些与社会的交往，对于你尽早恢复健康或许会有好处。你说吧，想干点什么？"

"什么都行，扫马路，看厕所，都行。只要有件事儿干，心里就不憋屈，人就感到有精神，活得痛快。"

老院长笑了："你真会开玩笑，一个营长，去看厕所，扫大街？这不要被人笑掉大牙？还会骂我这个老家伙是糟蹋人才呢。"

"这有什么，当初我们还不都是从贫寒里熬过来的。"大概他又想起了在野地里挖胡萝卜，在地头上烧土豆的那一段生活了。

"不行，不行，我不敢出这个洋相。"

"那就请老院长给我出个主意。"

"这样吧，你去给各个学校的小同学讲讲课，怎么样？"

"什么什么，你让我到学校去讲课，当老师？你不是开国际大玩笑吧？"这个阎营长确实被吓得不轻，"我个大当兵的，除了会站岗放哨，还会给同学上课？

亏你想得出来。”

“让你去上课，不是要你讲别的，只是请你去讲讲你在藏北高原苦守十多年的英雄模范事迹。”

“那有什么好讲的？站岗，巡逻，四个字，讲完了。”

“就没有偷越国境抓特务之类的故事？”

“那在电影小说里被写得神乎其神，是瞎编的。我可是平平淡淡，没有那么些英雄故事可讲。”

“这是你的谦虚，哪能什么事迹都没有呢？你就能随随便便参加英模代表团？”

“这是领导的爱护，跟我个人一点关系也没有。我说的是真话，千真万确。”

“那就请一位记者来采访采访？报上登一登你的英模事迹，对大家也是爱国主义教育嘛。”

“哎哟，我的好院长啊，你是下决心把我放到火上烤去呀？看来，你是不把我烤熟了，烤化了，你是不会死心呀。算了算了，咱们话不投机，到此为止吧。”

过了几天，老院长兴冲冲地一把推开阎书柏病房的门，气喘吁吁地一屁股坐在沙发上，笑道：“好了好了，我可给你找到一件你一定愿意干的工作了。”

“老院长，您快说。”

正在阎书柏病房里的邢文静赶紧砌了一杯好茶，给老院长端过来。

老院长不紧不慢，让气息平复一些，抿了一口香茶，这才慢慢地说道："法院里想聘请几位品格优秀、道德高尚的老同志当陪审员，以防止司法腐败，监督司法公正。我推荐了你。怎么样，去不去？"

"哎呀，老院长，我这个同志可并不老呀，至今连老婆还没有娶上呢！"阎书柏说着，偷偷看了一眼站在一旁的邢文静。

邢文静轻轻搡了他一把，红着脸，微嗔地闪到一边去了。

老院长赶紧看了一眼邢文静，笑道："人家说的这个'老'，不是指年龄。你在西藏工作十多年，从一名战士升到了营长，要不是因病住院，你现在说不定都当上团职干部了。论军龄，论资历，也可以算是'老'了吧。"老院长说着，一面看着站在窗前的邢文静，惭愧地笑道："怪我，怪我，一兴奋，说话就跑调了。"他更爽朗地笑开了，看着邢文静，道，"快了快了，你们的金政委快回来了。"

"什么，金政委快回来了？"阎书柏和邢文静都惊喜了，两个人齐声发问，说完，两个人一对视，都微微笑了。

"是啊，我和你们政委是老战友，有这么好的事儿，他当然得先给我来电话报喜啰。"

"真的？"

"这还能假了？省委下发的文件，我已经看到了。"

"文件都来了？上面怎么说？"阎书柏挺急地问。

“文件的大意是说，金浩然同志是副军级干部，已经是军政治部主任了。转业到我们市，被任命为市委副书记。他在西藏工作的时间不算短了，现在让他转业到地方上来，在新的岗位上经受锻炼，对他也是一件好事吧。他电话里还对我说，等他把军队的工作交代完毕，回家乡去给父母扫扫墓，看望看望亲朋故旧，再去几个地方稍转一转，就可以来报到上班了。”

“哦。”阎书柏和邢文静两人一对视，邢文静的脸微红着，把头转向玻璃窗，用手指轻轻擦拭着玻璃上的一个小斑点。

他们两人表情上的这一微小变化，没有逃过老院长细致关注的眼睛，他笑了，道：“怎么，是不是有点着急了？不要着急嘛，他也是在西藏工作了二十多年了嘛，现在难得有这个机会，让他去转一转吧。你们的好事，耽误不了几天的。”

“老院长，看你说的。”邢文静的脸一直红到了脖子。

“你们的政委电话里说了，他一到，第一件大事，就是给你们操办婚礼，要我现在就为你们张罗。”

阎书柏赶紧说：“老院长，您可别忙活，咱们都是当兵的，不用像社会上那样搞得那么复杂，简简单单一办，就行了。”

“再简单，也要准备一间新房吧？你们的新房，我已经给你们准备好了，一会儿就带你们去看看，怎么样？”

阎书柏偷眼看了看邢文静，只见她一个劲地抠玻璃上的那个小斑点，只是她那纤细的手指在玻璃上来来回回地动得更快了。

老院长接着道：“你们今后的工作，你们的政委也已经给你们想好了。”

“是吗？”两个人不约而同地转头紧盯住老院长。

“阎营长呢，你就随着你的老首长一起转业吧。你们是老上下级，到了地方上，你还是在他手下工作。你们相互了解，友谊也深，继续在一起工作，一定会很默契。”

“行，我听金政委的。”

“至于你文静呢……”

“我也转业地方？”

“不，你就留在我们这个部队疗养院，继续从事你所热爱的医疗工作，怎么样？”

邢文静调皮地一笑，道：“我不是早就参加院里的工作了吗？”

“你那是帮忙，不算的。只要你同意，明天我就把你分配到科室里正式上班。我让人事处也尽快给你办理调动手续。你看行不行？”

“老院长考虑得这么周到，我高兴还来不及呢。我一切听老院长的。”文静的声音脆脆的，说起话来总是这么好听。

老院长继续道:“你既然是在我们疗养院的正式编制之内了,所以嘛,嗯……”老院长故意卖关子,只微笑着,不说了。

等了好一会儿,老院长只是笑,就是不吭声。

还是邢文静憋不住劲儿,含羞地笑道:“所以什么吗,老院长,你快说呀!”

老院长这才慢悠悠地笑道:“今天给你们准备的这一套新房,也就是疗养院分配给你们俩的长久住房,明天你们就张罗着收拾吧。”

“谢谢老院长!”邢文静说完这一句,捂着红红的脸,冲出病房的门,大概是给她“妈”报喜信去了。

老院长和阎书柏都含笑看着她兴冲冲跑出门去的背影。

过了一会儿,老院长转过脸来,对阎书柏道:“现在让我们来谈谈你去法院当陪审员的事儿吧。”

“哎呀,老院长,这法院的事,我可是一窍不通。”

“不要紧的。不会,可以慢慢学嘛。他们现在正办一个陪审员培训班,你明天就去培训班报到。”

“是!”

像在边防部队一样,阎书柏向老院长立正,行了个军礼。

第十九章　外面的世界很无奈

阎书柏到陪审员培训班报到了。还好,培训班刚刚开课还不到一个星期,除了开学典礼,还开过几次小会,相互介绍认识,互报个人简历,培训班领导介绍办班目的、课堂纪律等,正式课程刚要开讲,阎书柏正好赶上。

这个培训班的最大特点,真的是老同志多,有抗日战争的,有解放战争的,有抗美援朝的,只有阎书柏资历最浅,是藏北边防的。不仅如此,他还是唯一的一个没有经受过战火洗礼的军人。一个没有经过战火洗礼的军人,是军人的一大缺憾。但这正是中国人民的一大幸事,是中国人民有了这支威武之师作为坚强后盾的结果。

培训班还把全市唯一的一位老红军,九十多岁的宋老请来了。不是当学员,是当培训班的指导、顾问,实际是挂个名,以提高培训班的档次和权威性。这位老红军在培训班开学典礼的那一天来过,用轮椅推着在主席台上坐了坐,把麦克风拿到他老人家面前,请他说了几句话,激起全会场一片掌声。

阎书柏到培训班报到晚了,没有能参加开学典礼,也没能见到这位老红军,但还是听到培训班的老同志们一再提起这件事。确实,老红军的到场,是象征意义大于实际意义,正如培训班主任在开学典礼的讲话里说的那样:“今天,从中央到地方,在位的各级领导人大都是新中国成立前后出生的,没有经历过我们共产党打天下时那漫长历史进程中的血雨腥风、艰难岁月。老同志们都是经历过打天下时期各种生死考验的,一定会比我们更加看重、更加珍惜今天这得来不易的革命成果。今天把老同志们请来,就是要请你们从老同志的思维角度,给我们这些后继者们不时地指出在执政过程中有哪些缺点和不足,起一个监督和提醒的作用,使我们为民执政可以少走弯路,取得更好的工作成效,让人民对我们的工作更加满意。”培训班主任的话是诚恳的、真心实意的。

培训班的学习正式开始了。课程首先是学习共和国《宪法》,此后陆续学习了几部主要的民法和刑法,更着重地,是学习我们党的建党宗旨与从严治党相关的领袖论述、党的文件和党内法规,等等。

阎书柏虽说出身于书香门第,父母又都是老教师,可他自己毕竟是在藏北雪原跃马驰骋多年的戍边军人,现在又让他重新走进课堂,真还有点不习惯。法律条文又是必须死记硬背的,挺枯燥,开始屁股真的坐不住。就有几位老同志说是老啦,记忆力减退啦,中途借口暂时退出了培训班,到实际陪审时再来。好在这些陪审员都是发挥余热,是义务的,又都是老同志,法律条文少记就少记些吧,有他们的革命素质和经验,对共产主义事业的无比忠诚和坚定信念,与对党内滋生的某些丑恶现象的深恶痛绝,也能起到监督执法队伍的廉洁奉公和执行法律时的公平与公正吧。

阎书柏比所有的老同志都年轻多了,记忆力挺好,何况他的血液里保留了不少他父母的遗传基因,最初的不适应,咬咬牙,也就挺过来了。

在学习法律条文的同时,为了联系实际,也逐步加进了一桩桩具体案例的分析。那一桩桩贪污受贿、腐化堕落的个案、窝案,确实让这位在雪域高原那纯净世界里待久了的人大吃一惊,使他不由得想起他在“西部第一哨”他的“营长小屋”里一遍又一遍熟读过的《毛泽东选集》中的那一段经典名句:可能有这样一些共产党人,他们是不曾被拿枪的敌人征服过的,他们在这些敌人面前不愧英雄的称号;但是经不起人们用糖衣裹着的炮弹的攻击,他们在糖弹面前要打败仗。我们必须预防这种情况。

在他接触到那些贪污腐败案例后,毛主席的这一段经典论述一再地在他的脑海里回响。

经过近半年的学习,培训班结业了。临结业前,培训班领导既没有要求大家写结业论文,也没有让写学习心得，而是别开生面，让大家开座谈会，摆上水果瓜子糖，一连开了几天，大家七嘴八舌，畅所欲言。老红军听说大家谈得热闹，也兴致勃勃地坐着轮椅来了几次。每一次来，他会在大家争论的关键处，忍不住插上一句两句，那都是言简意赅、振聋发聩的。

有一次，一位同志提出："这些贪污腐败分子是怎么出来的？就是因为搞了改革开放，邓小平让一部分人先富起来嘛。这些公务员们一个月才拿几个死工资？眼看着被他们一个一个扶起来的个体、私营老板们的腰包一天一天往外鼓，心里能平衡吗？记得新中国成立初期，毛主席大笔一挥，枪毙了刘青山、张子善，管了党内几十年没有出过大的贪污案件，哪能像现在呀，一抓一大把……"

这位同志的话还没说完，老红军听不下去了，用他那浓重的江西口音发了话："胡扯！我们在瑞金就枪毙过一个贪污分子，那也怪改革开放？怪邓小平？那时候的邓小平，在毛泽东眼里还是个娃娃呢。"

老红军的一席话，赢来一阵热烈的掌声。

还有一次，一位同志提出："现在社会上流传一句话，我们的一些干部也跟着说，我就觉得这句话有问题，大家帮助分析分析。"

大家问："是哪句话？"

"说是'君子爱财，取之有道'。"

老红军又发话了："又是胡扯！我就是君子，我们在座的都是君子，我们哪个爱财啦？我们要是爱财，那雪山草地，我们能爬过来吗？"

老红军毕竟年岁大了，他没有理解社会上流传的这句话是什么意思，所以他说完话，大家没有鼓掌，都沉默着。

阎书柏在这么多老前辈面前，他一直静心凝听，不敢多说话。这一次见讨论会冷场了，才怯怯地小声道："我来说两句，行吗？"

老同志们见这位年青同志要发言，当然十分鼓励，都道："说说，说说，谈谈你的看法。"

有一位老八路说话挺风趣，道："我们这些老家伙都老啦，思想跟不上趟啦，今后的任务，全要托付给你们年轻同志哩！大胆说说吧，不要见了我们这些老家伙就发怵，拿出你跃马边防的气概来。"

"是。老首长们，我就大着胆子说了。"阎书柏在老同志的鼓励下，开始发言了，但也就只说了一句，"我觉得这句话的毛病，是缺乏辩证法。"

"哦？"老同志们来了兴趣，都想听听这位年青同志的看法。

"我觉得这句话不完整，要是在这句话的后面再加上一句，就符合辩证法了。"

"嗯？该加上哪一句？"刚才鼓励他的那位老八路

来了劲头。

“要在‘君子爱财，取之有道’这一句后面加上‘用之更得有道’，这就符合辩证法了。”

“嗯，有道理。”老八路继续鼓励他，“你把你的想法可以往深里说说嘛。”

阎书柏道：“行，我就试着说说。我觉得用合法手段取得社会财富，这是‘取之有道’。但是，我认为，在取得社会财富，逐步改善自己生活质量的同时，也要承担起一份社会责任。也就是说，在如何使用你手中的财富时，得有一份社会责任心。这是我们的财富观，与资本主义财富观的根本区别。”

“两种财富观！嗯，你看问题的角度不一般，有高度，好，你接着往下说。”老八路再次鼓励他。

“是，我接着说。”他是接着往下说了，可是心里发怯，毕竟在座的都是身经百战的老首长呀！所以说话的时候，声音一直难以控制地在微微发颤，眼睛只敢看着前面的地面，有点发虚地轻声往下说：“资本主义的财富观，他们的表现是：利用手中掌控的财富，到处挑动纷争，制造战乱，让世界各处都保持“适度紧张”，他们才能火中取栗，从中趁火打劫，发灾难财，发战争财，贪得无厌地吸吮社会财富，以保住他们世界霸主的地位。他们手中的财富集聚得越多，世界上的穷人就越多，世界越不得安宁，这，大概就是当今世界出现各种动乱的根本原因。”

老八路听得蛮合口味，大声鼓励他，道：“说得挺好嘛，继续说。”

“是，我就试着再说几句。”阎书柏的声音比刚才的稍稍大了一点，接着说道，“我们则不可。按照我们中国特色社会主义的财富观，我们手中有了财富，就必须依据‘共富’的指导思想来使用我们的财富，去惠及更多的人，使全中国十三亿人民逐步都能达到共同富裕。是起始于小康，归向于大康。当全国再没有一个穷苦人，虽有差别，但都能生活富足幸福的时候，那将是怎样的一幅美妙情景啊！”

他把想说的话说完了，长长地喘一口气。不想老八路听着挺高兴，说道：“好小伙子，想得远，想得好！你刚才怎么说来，是‘起始于小康，归向于大康’。对嘛！我们多少代共产党人出生入死，顽强奋斗，不就是为了这一天的早日到来嘛！说得好啊！小伙子，你接着说。”

阎书柏被老八路一夸，反倒更拘谨了，小声道：“谢谢首长的鼓励，我，我说完了。”

另一位老同志道：“你说得挺好嘛，还可以再说几句嘛。我们都是当兵的，一家人，说错了没关系，你就大着胆子说吧。”

老八路道：“按照我们当兵的性格，既说了，就要说个痛快。接着说！”像是在下达命令了。

另几位老同志高声附和:"对,对,朝痛快里说。"

"是! "阎书柏挺了挺腰,轻轻咳了一声,嗖了嗖嗓子,真的是壮了壮胆子,方才继续说,"我觉得,我们十三亿人一旦达到共富,这是实现了和谐中国。但这还不够,花疏难为春,独木不成林,只要这个世界上还有穷人,我们只想独富,这不应该,也不可能,所以,我们讲互惠共赢,共图发展,使全世界人民都能逐步走向共同富裕,实现和谐世界的伟大理想,真正实现我们老祖宗所企盼的:天下为公,世界大同! 这,就是我们的财富观,就是我们财富的'用之有道'"。

老八路带头鼓起掌来,道:"有道理,有道理。你还可以再展开来说。"一面给阎书柏捧过来一杯茶。

阎书柏挺不好意思地欠身接过水杯,向老八路歉意地道了声"谢谢",又稍视了一下都在静静地等他往下说的老同志们,他微微地抿了一点水,只好接着说:"如果你只想取得社会财富, 没有想到同时还要承担社会责任,而是把你所取得的,仅仅看成是你用辛勤劳动获得的私产,只想是由自己独享的私产,这样,你当然不会仅仅满足于用它来改善自己的生活,而是可能会未富先奢,刚富就奢,开始折腾。富裕了,反倒迷失了生活的方向和继续前行的动力。这是另一种悲哀,是走入灵魂荒漠的悲哀! 所以,我们对邓小平同志有关'先富'的论述,必须完整地、准确地理解和掌握,不能只记住他前面说的一句话,忘掉他后面说的一句话,把他的话片面地割裂开来,这不出问题才怪。”

老八路道:“那好,就请你把邓小平同志的表述说完整。”

“这一段话,邓小平同志是这样说的:我们允许一些地区、一些人先富起来,是为了最终达到共同富裕,所以要防止两极分化。这就叫社会主义。

“我理解邓小平同志提出的‘先富’,不是无条件的,而是有条件的。‘先富’,这不是目的,这只是为了达到理想目标的一种手段。他的理想目标是:‘允许’,请注意‘允许’二字,是‘允许’先富,但不要两极分化。‘先富’是为了,这里必须强调‘是为了’三个字,是为了最终达到共同富裕,这才是他所希望实现的中国特色社会主义。

“正因为邓小平同志的‘先富’论有这样一个严格的前提与制约条件和紧随其后的最终目标,所以我才觉得在‘取之有道’的同时,必须‘用之也有道’。

“不把邓小平同志的这一段话完整地加以理解,牢记在心头,那‘取之有道’得来的财富,要他‘用之有道’,肯定是难了。”

老八路频频点头:“嗯,说得挺好。”

“或许更有少部分人,从根本上就不想‘用之有道’,他们的‘财’,他们的‘富’,从来就没有想过要与社会分享，使全社会能‘共富’，他们没有这种社会责任心。他们的‘道’，与我们的‘道’，从根本上是不相同的，也是不相容的，这就是所谓‘道不同，不相与谋’。按照他们的‘道’，肯定走不到中国特色社会主义，而只会走向欧美特色资本主义道路上去。更有极个别的，按照他们的利益诉求，不向我们大扔糖衣炮弹才怪！就像赖昌星们，他们建起了一栋栋大大小小的‘红楼’，更是想把老同志们千辛万苦建立起来的社会主义大厦彻底拱翻掉。我们这些年轻后继者的任务，就是要教育他们不要想着盖‘红楼’，要严防他们盖‘红楼’。如果他们真的盖了，盖成了，我们就要坚决炸毁他们的‘红楼’，同时，要努力加固我们的社会主义大厦，以坚持我们的理想、信念与目标。

“现在我们党内是有这么一小部分人，他们不仅不想炸‘红楼’，而是和那种人狼狈为奸、沆瀣一气地盖‘红楼’。行贿者与受贿者已经形成一种‘双贿结构’，他们已经不是权钱交易，而是权钱合一。对于他们的‘双贿结构’，连同他们在建的一栋栋‘红楼’，我们要坚决把它炸毁，连根挖尽，这才能使我们的社会主义大厦江山永固，以保证我们‘共富’理想的最终实现。老首长们，我的理解对吗？”

阎书柏讲完了，激动的脸涨红了，特别是在这么多老首长面前说这么多的话，自己觉得说多了，分寸不对，嘴头子没有把握住，说完了又后悔，不由得心律加速，蹦蹦蹦地一阵乱跳。

会场静默了两分钟，突然，老同志们热烈地鼓起掌来。

老红军让推着他轮椅的警卫员，要他推着自己到阎书柏身边去。阎书柏一见，赶紧几大步上前。老红军紧紧拉住阎书柏的手，上下不停地晃动，用他那苍老却强有力的声音，微颤着道："小同志，小同志，你对邓小平同志的论述理解得很好，有深度。你能这么理解，我就放心了，我们就放心了！今后的任务，就全托付给你们啦！"

第二十章 新的征途

阎书柏参加培训班才一个多月,金浩然主任就转业来地方工作了。

阎书柏和邢文静他们母子仨见金政委回来了,比谁都高兴,特别是见金政委一来到这个市工作,先跑到疗养院来看望他们,更是感动得不行。只见阎书柏的妈妈紧紧拉住金政委的手,不停地摇晃,眼里流着泪,就是说不出话来。

金政委对阎妈妈笑道:“我不会忘记我对你们的承诺。等我在市委的工作安排有了一点头绪,就来忙他们小两口的终身大事,让你老人家早一天娶上儿媳妇,抱上胖孙子。”

金政委的话,把邢文静说了个大红脸,低着头,背过身去。

金政委一见,哈哈大笑,道:“不要害羞嘛,人不小啦,该给你阎妈妈做点贡献啦!”

说得邢文静实在羞得不行, 微嗔道:“哎哟,政委……”

“好好好,我不说,不说了。”金主任笑着把话题转向阎书柏:“小阎啊,听说你正在学习,有收获吧?”

“收获挺大的。这次是系统地学习法律知识,比较好地补上了这一课。只不过……”

“什么？”

“看到的那些贪污受贿的典型案例，确实把我吓了一大跳！”

“是啊，”金主任道，“我们在藏北工作，情况也复杂，可要比起现在转到地方上工作，情况就单纯多了。这就要求我们重新学习，也可以说是从头学起吧。”

金主任抿了一口水，接着道：“你的工作关系，我也给你带回来了。根据你的身体状况，你已经不适合在藏北边防工作，所以决定你就地转业，今后还是跟我一起工作，没有意见吧？”

阎书柏笑看着他妈。

阎妈妈可是笑着抢开了话头：“跟着你老领导，我最放心，这是我们娘儿俩最为盼望的，今后还要靠你政委多多教育他呢。”

“阎妈妈，今后我不是他的政委，也不是他的主任，是他的书记啦。”

“对对对，金书记。”阎妈妈笑着，“哎哟，政委叫惯了，叫着亲切，一下子改口叫书记，还真有点叫不顺口呢。是不是，儿子？”

当儿子的赶紧接口道：“是，妈妈说得对，刚开始是挺不习惯的。”

“慢慢就会习惯了。”金副书记稍微停了停，接着道,“你呢,就先在培训班这么学着,等你们培训班结业了,我再正式分配你的工作,你看行吗?”

“我听金政委……不对不对,我听金副书记的。”

大家对他这改口改得别扭,都笑了。

金副书记转头又对邢文静道:“你的问题简单,属军内调动。你的关系早过来了,知道吗?”

“知道。”

“你在这儿工作得很不错。”金副书记看了一眼一直笑微微坐在一旁不吭声的老院长,道:“我的这位老战友对我不止一次地表扬你, 说你工作得很勤奋,技术也过硬,对一个个疗养员就更好了,把他们都看成是亲人。”

阎妈妈笑了,插口道:“害得我都要吃醋了。”

一句话惹得哄堂大笑。

阎书柏的身体康复得不错,可以出院了,正好培训班也结业了,分配他到哪个单位工作,金书记早就安排好了。市里正要成立一个城市管理的执法单位,这是一个新单位。一个偌大的中国特色社会主义的大城市,怎样才能科学地管理好,这是一个全新的课题。嗯,这件事交给小阎,让他去摸索,去积累经验。年轻人,相信他能圆满完成任务。

事情就这么决定了。

阎书柏要去城管执法队当大队长，他先去了执法队的主管局报到。

主管的城管局局长姓李，叫李建军。阎书柏一迈进局长办公室，先向李建军局长立正，行了个军礼，大声道："李局长，执法大队大队长阎书柏前来向您报到。"

李局长赶紧从他的大办公桌后面走过来，紧紧拉住阎书柏的手，把他拉到沙发前，请他坐下，道："早就听说你要来，欢迎啊。"李局长笑着，又道："这里不是你那军营，今后我们见面就不用行军礼啦。"说得两个人都笑了。

阎书柏虽然已经脱掉军装，换成了便服，头上也没有了军帽，但十几年的军旅生涯，他习惯了。见了上级，如果不行军礼，该怎么打招呼，怎么开口说话，他真的不知道。

有一次更可笑。在疗养院，他要随邢文静出去逛街，走到疗养院门口，他停下脚步，左顾右盼，就是不再往前走了。

邢文静笑看着他，问："你这是怎么了？"

阎书柏迟疑了半天，才木木羁羁地说："咱们俩就这么走啊？"

邢文静不解地笑道："不这么走？还怎么走？你是想等小轿车来接你？"

“我不是这个意思。我是说……”他自己也说不清要表达什么意思。其实这是从部队刚转业到地方上的人的一种共同心态:在部队待久了,习惯了部队的集体生活,突然间脱离了部队集体的依托,“自由”了,自己想干什么就可以干什么了,外出不须要跟任何人请假,连打一声招呼都不必要了,反而产生了一种孤寂感和无所适从,“怎么,出了门,不喊一声‘集合,向右看齐,向前看,报数……向右转,齐步走。’没有了这一整套口令和程式动作, 自己就可以这么随随便便上街,想走哪儿就能走哪儿了?”

阎书柏就这么傻愣在疗养院大门口,心里这么琢磨着,半天没动弹。

邢文静把他一把拉着, 笑道:“别发愣啦, 快走吧! ”拉上他向公共汽车站跑去。

阎书柏现在坐在李局长办公室的沙发上,上身挺得直直的,静等局长的指示。

局长看他那拘谨而严肃的样子, 反而笑了, 道:“小阎啊,今后我们就要经常在一起工作了,平时我叫你什么好呢? 是叫你阎大队长呢? 还是按照你在疗养院里那样,仍然叫你是阎营长呢? ”李局长一面说话,一面给他砌上一杯龙井茶端过来。

阎书柏赶紧站起身来接,被李局长轻轻按回到沙发上,道:“我也是从部队下来的,知道从部队下来的同志，对部队都有很深的感情。这样吧，还是按照你在疗养院里人们对你的称呼，仍然叫你‘营长’，行吗？”

阎书柏感激地看着李局长，大声应道：“行！”

“说说你今后的工作吧，有没有具体设想啊？”

“我刚从部队下来，对地方上的情况一无所知。这又是新组建的单位，连任务都还不明确，我能有什么设想呢？一切请局长指示。”

“我能给你什么指示？为了加强城市管理，上级要求我们组建这样一个新单位。我也反复想过，这座城市究竟需要我们管理什么？”李局长一面说着，一面在办公室里来回慢慢地踱步，像是边思考边在说，“当然啦，一座城市，方方面面，它的构成非常复杂，该有效管理的方面很多。可是，政府的各个职能部门，把需要管理的，都已经在管了。工商企业有工商税务这些部门在管；安全交通有公安交警在管；城市卫生、垃圾处理，有街道和环卫部门在管；即使像家庭暴力、生娃娃，都有妇联、计生委在管。有人管的，我们就不必去插手，那会越管越乱。只有没有人管的，才需要我们去管。哪些是没人管的呢？你说说看。”

阎书柏茫然，只有听局长接着往下说。

李局长端起茶杯，坐回大办公桌后面他的沙发转椅上，像是自言自语，继续轻声地说：“就说这脏、乱、差，这是有损城市形象的三大害。可是你分析分析，我们对消除这三大害能起多大作用？先说‘脏’，得靠环卫部门和各街道下属的环卫工人去尽力，只靠你们这几个人，不行。再说‘差’，这得财政金融部门筹措资金，规划部门拿图纸，什么城市广场、城市花园、居民小区，等等，都得交由建筑部门一栋楼一栋楼地去盖，一座花园一座花园地去建设，靠你们几个人，也不行。剩下就只有一个‘乱’字了。‘乱’，也要分析，它是有‘大乱’与‘小乱’之分的。‘大乱’，例如整治贪污大案，或是发生了群体性事件，你们这几个人管不了，得靠公安、监察、司法、特警。遇到大的自然灾害，你们更管不了，那得靠消防，专业救护队，可能还要动用人民解放军。这一切‘大乱’，你们一件也管不了。我看你们只有在管理一些‘小乱’上，还能尽一点力。”

“您说，我们可以尽什么力吧？”

“也就是这一部分，我看现在还没有人来管。凡是没有人管的，我们就来管。我看，这就是你们的任务。”

“行，只要有任务就行！”这个闲不住的人，从离开川西新兵训练营到现在，先是参观，后又住院，一晃一年多，他感到自己一直在游手好闲，浪费青春，心里早就憋得不行了。现在只要听到有任务，不管什么任务，他都会不顾一切地扑上去，抢到手，使出一天干出十天活儿的力气，把那已经浪费掉的青春，重新夺回来！

李局长看着他那摩拳擦掌的劲头，心里想:“小伙子，这可不是在部队呀，你即使有满身的劲儿，怕你想使就是使不出来呀！”他心里这样想着，可是嘴里说出的却是一句鼓励的话：“好！有完成任务的决心就好！”又说，“只怕这项任务完成起来并不容易哦。”

“不怕，不管有多大困难，我们也能圆满完成任务。您说吧，这还没有人来管的都是哪些事儿，我们就把它都管起来。”

李局长心里真是为他捏一把汗，只看了他一眼，可表面上还是显得很平静，说道：“这些没人来管的事还不少，就像那些满街乱串的小商贩啦，还有那些把商品铺满人行道的占道经营啦，等等。不办营业执照，就是无照经营，工商部门不可能满街追着去管，他们也管不过来。那占道经营，人家没有妨碍你的交通，交警也不会去多管。还是那句话，凡是没人管的，就得由我们来管。就这么个任务，你看行不行？”

“行，这事儿交给我试试。”阎书柏嘴里是这么说，心里的话却是：“我就不信，天下有管不好的事情！”他毕竟是在藏北无人区待久了的人，不知道地方工作的复杂性，这可真叫是初生牛犊不怕虎呀！

李局长见他那跃跃欲试的劲头，于是就给他交代具体情况了：“你们执法队的编制，编办已经批下来了，先给你三十几个人，是一个大队，下面可以分几个中队。办公地点给你们选好了，开办经费已经给你们拨到位了，有一部分已经在我的副手，城管局钱长江副局长的亲自领导下按计划在使用。我检查过，他们的前期工作做得不错。总之，万事俱备，我就等你们那个培训班结业，等你这位‘营长’走马上任了。”

阎书柏站起身来，习惯性地拉了拉已经不是军装的上衣，立正，向李局长又行了个军礼，大声道：“是，我立即就去组建队伍，开展工作。”

李局长哈哈大笑着走到阎书柏的面前，把他的手从前额拉下来，两只手抱住阎书柏的手，紧紧地握着，道：“当兵的人呀，习惯了，习惯了。我们都一样哦，哈哈哈哈……”

阎书柏歉意地微笑着。

第二十一章　新版"第一哨"

这个市的城市管理执法大队筹建小组,早在几个月前就成立了。这是由城管局副局长钱长江亲自领导的筹建小组,组内成员却只有两个,一个是小张,张荣生;另一个姓陶,因为他出生在上海旁边的嘉定,他爸就给他起了个名字叫近沪,叫陶近沪。他这个人表面上工作积极,就是爱看上级的眼色办事,好跟上面套近乎,大家自然而然地就把他叫成了"套近乎"。久而久之,"套近乎"竟成了他的大名,陶近沪这个本名反而没有几个人知道了。

就在李局长和阎书柏谈话的第二天上午,在钱副局长的安排下,张荣生开着刚购进不久的新面包车,座旁坐着"套近乎",他们把车开进了东湖部队疗养院,找到阎书柏的家。"套近乎"下了车,走到他们还没有见过面的领导"阎营长"的家门前,轻轻敲了两声,阎书柏出来给他们开了门。

"套近乎"道:"您是阎营长吧?我叫陶近沪,他是小张,张荣生。"

"哦,知道,知道,昨天李局长已经对我提到你们二位。快请进来。"

小张和小陶小心翼翼地进了阎书柏的家,四面张望着，见还是新房的一派新气儿，门上贴的大红喜字还在，两个人看着都笑了。

陶近沪赶紧套近乎，笑道："真可惜，我们晚了几天，要不然，真得来讨营长的一杯喜酒喝喝呢。"

"那好说，我一定后补，后补。"

第一次见面的拘束场面一下子打破了，像是久别重逢的老朋友。

新娘子邢文静上班去了，家里只有阎妈妈在。阎妈妈见有客人来，忙跑出来给客人倒茶。

"套近乎"赶紧上前接过阎妈妈手里的茶杯，道："老妈妈，您坐着，我们年轻人怎么敢让您老人家给倒茶呀。"他就像在自己家里一样随便，先倒了一杯给阎妈妈捧着送去，再倒一杯捧给"营长"，最后才给小张和自己各倒了一杯。他手里一面忙着，嘴里也没有闲着，道："老妈妈，以后'营长'就是我们的领导，我们就在'营长'的领导下工作了，您府上我们今后会经常来的，您可千万别跟我们客气，把我们当成是您的两个小儿子看待就行了。"

阎妈妈连声道："好，好，我们家小阎，有你们这些好儿子帮助他工作，我就放心了。"

"套近乎"道："没事儿。'营长'刚从部队下来，对地方上不熟悉，有我们呢，您老人家就放心吧。"他转头对阎书柏道，"'营长'，我和小张今天来，是专门接您去我们的办公大楼看看的。您如果有兴趣，我们就陪您跑一趟？”

“好啊，现在就走。”阎书柏站起身来，对他妈道，“妈，我去一下就回来。”

阎妈妈道：“去吧，去吧，国家把你养了一年多，人也养胖了，该给国家出力了。”

“套近乎”和小张随着站起身。临出门时，“套近乎”当然不会忘了向阎妈妈道别。

阎妈妈把他们送出门，看着他们乘车远去。

局里给他们安排的办公地点离东湖疗养院不远，也就是四五里路的样子，车走了一会儿就到了。阎书柏下了车，见这是一栋独立的四层大楼，临街，占着街拐角。一楼大门，有一个圆形转门，挺气派，只是平时不多开，大家上下班可以从大楼后面一个挺大的院子的侧门进出。今天“营长”来了，“套近乎”掏出钥匙，把圆形转门打开，请“营长”从转门进去。

进了转门，是一个圆形大厅，各办公室以大厅为中心，向西和向北两个方向辐射出去。圆形大厅的上面二三层是会议室，全大队的会议可以在二楼会议室召开。四楼是男生宿舍，中间会议室的位置就成了体育运动室，这将是年轻人的乐园，每天下了班，大家可以在这里活动一段时间，再带着一身臭汗回家。

阎书柏一路看着，“套近乎”在一旁一路作介绍。

原来，这是一个单位在两年前就已经盖好的大楼，全部完工了，可以往里搬了，那个单位的头头不知道抽的哪根筋，就是不肯搬，说是离市区太远，工作起来不方便，硬是鼓着上面给他们在市中心另盖了一栋六层大楼。被他们废弃的这么好的一栋楼，仅雇了个老头看大门。闲置两年了，现在要组建新单位，正好拨给执法大队。

“套近乎”介绍完了，紧接着问一句：“‘营长’，您看这个地点不偏吧？我们就在这儿办公，行吗？”

“行，很好！”阎书柏心里想，“在这儿办公都嫌偏远，我那‘西部第一哨’还有谁肯去呀？”他大概又想起他那永远回不去的老家“西部第一哨”了。

能不想吗？十几个春秋是在那儿度过的，还有那一批批好战友，更有那只能由他独自怀念的那“营长的山崖”和战友们专门为他抬上去的那块平平的山石，让他坐在那山石上，与他挚爱的情侣赵瑞芳一次次“重逢”的鹊桥会。

不错，他现在是有了美满婚姻、幸福家庭，他现在的生活里只有欢乐，没有悲伤。邢文静那活泼的性格，那总像是在唱歌一样的银铃般的声音，和像是飞来飞去的小鸟一样轻盈的身影，在他母亲面前总是一口一个“妈，妈”，叫得老人家一天到晚笑得合不拢口，逢人就夸：“我也不知道哪辈子修下的这个福分，修来个这么好的儿媳妇,比我的亲闺女还要亲呢。”

阎书柏现在的生活越是感到无比幸福,在他的内心深处,不知怎么了,却更会时常想起那永远丢不下的赵瑞芳。一个邢文静,一个赵瑞芳,他不知道哪一个更让他牵肠挂肚?

与赵瑞芳的爱,那是浸泡在泪海里的糊满了滴滴鲜血的爱,那是地老天荒都不会忘却的爱。与她的爱,是那样的纯真,那样的凝重,那样的至死不渝。直到与邢文静结婚的那天晚上,小两口并排坐在婚床边,邢文静偎依在他的怀里,他用手轻轻抚摸着文静了,他的心里还默默地念叨:“瑞芳呀瑞芳,你在冥冥之中能见到我的今天吗?我知道你会很豁达地笑看着我和文静相爱的,这一定也是你对我的真诚祝愿吧!”

是啊,与瑞芳的爱,和与文静的爱,同样都是赤诚的,炽热的,但是,阎书柏非常分明地感觉到,二者有着明显的区别。这两种不同的爱情,正反映了两个不同的时代。一个是那样的悲苦,悲苦到只能以身相殉、别无他途的地步;一个是这样的幸福,幸福到每天生活在黄鹂那甜美的歌声之中。人的命运呀,你怎么会是这样的坎坷迷离、变幻莫测呢?究竟是怎样的一双无形的巨手在左右乾坤、执掌沉浮呀?

好在现在城管执法队只是在筹建中,并没有具体任务,肩头也没有实际的压力,可以任由阎书柏的脑海里天马行空，自由翱翔，只要脚下随着"套近乎"的引领走，耳朵里不断灌进去"套近乎"那喋喋不休的介绍就行了。

"所有这些办公室，就数这间坐北朝南的阳面最好，您进去看看，可满意不？""套近乎"掏钥匙打开"营长"办公室的门，把"营长"让进门里。

嘀，这是怎样的一间办公室呀，大且不说，那落地的大玻璃窗前，悬吊着暗花的金丝绒毯；用挂钩拉起了金丝绒毯，里面还有一层洁白的薄细纱，正好挡住直泻的阳光，柔柔地照射在斜放着的大写字台上。写字台上有电脑、电话和精致的文笔架等。写字台后面是皮转椅，大转椅后面是书柜。在写字台前面，还放置了大小沙发、茶几；茶几上有精美的茶具。茶几前、窗台上，到处摆放着一个个盆景，红的花，绿的草，锦上添花，把一个偌大的办公室装扮成了一座清香悠悠的大花房。地上是打蜡地板，地板上铺着米黄色纯毛地毯，再有空调、电风扇，反正是一应俱全，看得阎书柏眼花缭乱，对耳边"套近乎"的提问："您看，还满意吗？"他只有莫衷一是，无言以对，只是心里在想："这是我的新的'西部第一哨'吗？在这样一座豪华宫殿里，我还能工作吗？还能全心全意为人民服务吗？"只是嘴上把就要脱口而出的话强忍住了，耳边不断地响着毛主席的那句名言：不要"下车伊始，哇里哇啦"。他嘴上虽然什么也没有说,可脸上的表情,那紧锁的眉头,还是显示了他的不悦。

他的细微表情,居然被仔细观察着他的“套近乎”看出来了,“套近乎”赶紧解释道:“‘营长’,我们是遵照李局长和钱副局长的意见办的。钱副局长指示我们,说您在藏北无人区工作十多年,太辛苦了,现在回来工作,要我们把您工作的环境搞好一点。改革开放这么多年,我们也有这个条件了。现在哪个机关也都是这样,您并没有搞特殊,您可千万别为这个批评我们。”

“套近乎”把李局长和钱副局长都抬了出来,阎书柏还能再说什么,只有摇摇头无可奈何地说了一句:“今天我们就到此为止,明天我来正式上班,调动人员,组建队伍,开始工作。”

“是!”“套近乎”和小张齐声作了回答。

第二十二章 路漫漫其修远兮

在阎书柏昨天来办公大楼之前,小张和“套近乎”已经在钱副局长的领导下,开始工作好几个月了。这几个月,从接管这座被闲置的大楼时起,他们的工作就非常繁忙:雇人清扫,补充装修,购置家具和办公用品,在一楼大厅和各个楼层楼梯的拐弯处都置放了一面大整容镜,以使队员们每天上下班能整理制服和“军容”,使大家能保持一个严肃的执法状态,更可以引申为自我审视,是不是做到了廉洁自律、克己奉公。

正因为这座大楼的位置略为偏远些,在大楼的后面就有了一块较大的场地,这是位于城市中心区的单位无法具有的。这块场地也被充分利用了:在大家每天主要进出的后院门边,看门老头过去住的简易工棚被拆了,重新盖成有里外间并带厕所的警卫室,让老头住着也觉着身价高了许多。沿边墙盖了一排车库和车棚。车库共盖了六间,车库里已经停放了新购置的六部汽车,是三部面包车,三部大卡车,这是为计划中的三个执法中队分头外出巡逻用的。在场地中央,又建了一个标准的篮球场和排球场,让大家工作之余,在四楼健身房玩得不过瘾时,还可以到球场上来拼搏一番。

你千万不要以为小张和“套近乎”在拼命地乱花钱，是奢侈浪费，不，这几个月钱副局长和他们两个真是绞尽脑汁，精打细算，一直到现在，他们也没有把上级拨付的开办经费用完，还留下一笔经费，等队员们来了以后，可以量体裁衣，做制服用。

阎书柏今天第一天正式上班了，“套近乎”专门请示，要不要派车去接，被阎书柏断然拒绝。他的回答很明确：“不是公务，不准用车。”他对“套近乎”的请示都感到奇怪：这几步路还要用车？在藏北边防巡逻，在那齐腰深的崎岖雪路上一走几天，谁给我们派车了？即使给我们派了车，在那大雪封山的无人区，再好的车，谁能开得动呢？到底这是大城市，动不动就要用车，不知道这是不是就叫作人类的进步？

疗养院与执法队大楼，相距只有四五里路，阎书柏是跑步来的。他觉得这距离太近了，还没有出汗，用不着大口喘气，就已经到了，太不过瘾，比在川西新兵训练营基地每天一早为增强体能的跑步训练，少得多了。

阎书柏跑到大楼门前，看了看表，八点差十分，刚好。他远远就看见大楼门前，小张和“套近乎”已经站着等他了。

小张和“套近乎”估计到从部队刚下来的“营长”时间观念肯定强，一定会准时到达，可不是，被他们真的等着了。他们把“营长”引上二楼，帮他推开“营长”

办公室的门，阎书柏见在他的办公桌正中，已经整齐地放好几页纸，在纸的上面，放着一串钥匙，有这个办公室的钥匙，有办公桌和后面书柜上的钥匙等。

阎书柏看了看，对毕恭毕敬站在自己面前的这两位新部下道了一声“谢谢”，就坐进他那沙发转椅里，翻看起放在面前的那几页打印好的纸——这是拟调入执法队的人员名单和他们的情况简介，他翻了翻，反正一个不认识，这是局里的人事部门早就拟定好的名单，之所以拿来给他过过目，只不过是表示对他这位新领导的一种尊敬而已。他看了看，就推给了“套近乎”。

“套近乎”道：“‘营长’，看您还有什么意见？如果没有意见，请您签个字，马上就可以朝里调人了。”

阎书柏公事公办地签上“同意”二字，下面签上自己的名字，再将这几张纸推给“套近乎”，他来执法队的第一件公事就完成了。

“套近乎”还有话要补充：“这一分名单上只有二十几个人，按照编办给我们的批文，我们的人员还不够，局人事处的同志说，他们继续给我们物色人才，以后陆续调入。您看可以吗？”

阎书柏点点头。

“还有，这几个月上面给我们的批文，都归总在一个大文件夹里，就放在您身后的大书柜里，请您慢慢阅读。”

"好,谢谢。"

"'营长'还有什么指示?"

"没有了。"

"那我们就先告退,有事请随时叫我们。"

阎书柏看着他们二人退出办公室,把门轻轻地带上了。

见他们走了出去,阎书柏从圈椅上一下子蹦了起来,在办公桌前的大地毯上转了几大圈,长长地舒了一口气,"嗬,这比跑五里路要累多了。这还不是官场嘛,怎么和'西部第一哨'里无拘无束的战友深情大不一样呢?"他一面心里这么念叨着,一面按照"套近乎"的指点,打开大书柜,拿出放在上面的大文件夹,打开来,坐进圈椅里,一页一页地开始仔细阅读起来。

调入的人员名单是早已拟定的,局人事处一纸调令,没有几天,二十几个人都来到执法队报到上班了。

二楼会议室第一次被启用,执法队的第一次全体大会召开了。阎书柏首先讲话:

"同志们好!我们城市管理执法大队今天正式成立。"

响起一阵掌声。

阎书柏接着道:"我先作自我介绍:我是本大队的大队长兼党支部书记,姓阎,叫阎书柏,刚从部队下来。前面来单位的几位同志按照我在部队的职务,习惯性地喜欢叫我‘营长’，行吧，叫我阎‘营长’、阎队长、阎书记，都行，反正都是我这一个人，不会闹错的。”

“哗！”一句话把大家说乐了。

阎书柏接着道：“我们的党支部经过上级批准，已经在两天前成立了。支委是两位，一位是小张，张荣生同志。请你站起来，大家认识一下。”

会场上响起掌声。

“他在支部里分工是组织和纪检。另一位是陶近沪同志，大家喜欢叫他‘套近乎’，陶近沪，‘套近乎’，大家随便叫吧，反正也是他这一个人。”

没等阎书柏说完，会场上已经响起笑声，有笑的，有鼓掌的，会场活跃起来。

“他在支部的分工是宣传和文体，今后单位里死气沉沉了，大家就找他。”

“好！”又是一阵掌声。

“现在请大家进行自我介绍，自报家门，也可以说说自己的简历吧，还有脾气、特长，等等，随便说一说。从我身边的这位开始吧。”

自我介绍开始，一个一个地，沿着长长的两头是圆形的会议桌转了一圈，介绍完了。

阎书柏布置近期的工作：“从今天起，我们就是正式上班了。我们这个单位的任务同志们是不是明确啊？”

大家沉默，表示都不清楚。

阎书柏道："坦率地告诉同志们，大家不清楚，我也不清楚。我们这是新单位，我们要执行的也是一项新的使命，要整顿城市脏乱差的局面，每天要外出巡逻。巡逻回来，要有巡逻记录，要积累经验，也要积累教训。在工作中究竟会遇到什么问题，发生什么矛盾，如何处理问题，化解矛盾，以及城市治理到什么程度，才可以说是解决了脏乱差的问题，可不可以分级验收，什么程度可以算是验收合格，这一切，上面的文件没有明确指示，我的心里也没有数。这是一项既没有量化标准，又是一项为创建卫生文明城市和争取被联合国认可的人类宜居城市而努力的政府认为必须尽快成立的不可或缺的必要的政府职能部门。身处这个部门进行实际工作的我们，怎样来进行具体工作呢？既没有前人的工作经验可借鉴，又没有现成的工作模式可参考，怎么办？只有我们自己去实践，去摸索，这就是邓小平同志说的那句话，叫'摸着石头过河'。你们看，是不是这样呢？"

在座的有的点头，大多数无言以对。

"好了，我的开场白说完了，大家还有什么意见？对我们的工作有什么设想，对我，对我们支部，有什么要求，都可以说说。还有你们二位支委，有什么要说的，也可以说一说。"

会场一片沉默。

“好吧，既然大家没有什么要说的，我就把近期工作，暂定为一个月吧，把这一个月的工作安排一下。”他看了看大家，接着说，“这一个月，我打算暂不外出巡逻。我们都是来自四面八方，也就是五湖四海吧，互相都不熟悉，思想也不一致。为了今后更好地完成任务，我看这样吧，我们在家先培训一个月，学学文件，学学政策法规，学学《邓小平文选》，再请几位老革命、老同志来给我们讲讲过去的革命战争，怎样继承革命传统，先来武装武装我们的头脑。同时呢，我们还要进行军训，跑跑操，练练队列，使我们穿上制服，走到马路上像那么个样子。我是新兵训练营的营长，训练新兵，我是有经验的。大家不要怕吃苦，经过训练，大家既有了良好的军容军貌，也强健了体魄，增进了健康，好不好呢？”

有的在伸舌头，有的在低着头偷偷地笑。

“不要伸舌头嘛，有什么好害怕的？我那新兵一训练起码是半年，才要求你们练一个月，只能练一点基本步伐和队列嘛，不要害怕。我们说练就练。现在听我的口令，注意了：全体起立！目标：楼下操场，集合、整队、跑步、走！”

会场一阵乱，大家稀里哗啦，向着楼下大操场跑去。

第二十三章 革命传统就是力量

前半年在陪审员培训班认识了许多老同志，这些老同志对这位年轻战友的印象都不错，现在请他们给这个新组建的执法队的队员们来讲讲他们在战争年代的故事，进行革命传统教育，阎书柏心里是有把握的，相信老同志们不会拒绝。

阎书柏先敲开老红军的家门，老红军坐在轮椅上，伸出枯瘦的手，热情地紧紧拉住小阎，道："小阎啊，你怎么想起要来看我呀？培训班结束后，我一个人在家，很寂寞呢，想念你们呀，就盼着你们有人会来看看我，给我讲讲外面的形势。我知道形势一片大好，大好到什么程度？人民高兴，高兴到什么样子？也让我分享分享你们的快乐嘛。"

老红军的夫人在一旁道："就是啊，我们这位老首长就盼着你们这些年轻同志来，你们这些同志来了，他就特别高兴，问这问那。平时几天不张口，见了你们来，就会滔滔不绝，话匣子打开就关不上了。"

阎书柏道："一直想来看望您老人家，只是最近我的工作挺忙的。"他把自己最近的工作情况简略地向老红军作了汇报，并请老红军去给自己的那些新队员讲一讲过去的红军故事，对新同志们进行一次革命传统教育。

老红军听了后，连连摇手，道："要叫我去看看大家，我很乐意，我就是愿意跟今天的年轻人多接触，看到他们生龙活虎的样子，我就高兴。"老伴儿看他的手指头抖了抖，知道他想要水，赶紧递过去一个小茶壶，就到他嘴边，让他抿了抿。他长长地喘了一口气，接着道："要我讲红军故事，不行啦，毕竟老啦，话一说多，气接不上来，就要给你们添麻烦啦。"他又就着小茶壶抿了一口，"这样吧，你们哪一天要开这样的会了，通知我一声，我一定去，看望看望同志们，跟同志们握握手，说两句，就回来，不给你们添麻烦，你看可以吗？"

"太可以了。"阎书柏喜之不尽，赶紧上前紧紧握住老红军的手，"谢谢，谢谢了，谢谢您对我们后辈的鼓励和支持。"

临行前，老红军的夫人特别关照，他们家老首长（老夫人在家也是喊他老首长的，叫了几十年，习惯了），说他出个门挺费事的，前呼后拥得两部车呢，一部是能推上他的轮椅的小面包车，后面还要跟一部救护车，以防他一口气喘不上来，好急救的。老夫人说："哪一天要他去，只要来个电话，说准时间，军干所的领导自会给他安排了。你们就不要来人了，来人也插不上手。"

离开了老红军的家，阎书柏马不停蹄地赶到曾给予他极大鼓励的老八路的家。

老八路对阎书柏的到来特别热情，从见了面就紧紧拉住他的手，再没有放下过。从家门口一直拉着走进客厅，拉着他坐在自己的身边，连声问："培训班结业以后，半个多月了，你都忙些什么啦？"

阎书柏较详细地向老八路作了汇报，老八路听着连连点头，道："很好，很好，乘着你年轻力壮，就该让你领上一帮人，打开一个局面，开创一番事业。我们的革命就需要像你这样一批一批的年轻同志接着往前闯呀！"

阎书柏提出请他去给讲讲革命传统的要求，老八路一口答应，说："你忙，不要再亲自跑来了，打个电话，我自己就去。也不要派车来，军干所会给我派车的。"

经过紧张准备，第三天的上午十点整，老红军、老八路都准时到了。执法队的同志全体换上崭新制服，列队站在圆形转门外，把老红军、老八路迎进了一楼漂亮的前厅。

老红军用他那尖细却微弱的声音说道："你们的小阎队长对我说了，你们的会议室在二楼，请我上去给你们说几句。我看就算了，不要把我抬上抬下了，在这儿就行。我是专程来看望你们的，我喜欢你们年轻同志，你们是接班人呀。万里长征，我们才走了一步，今后要走的路,距离我们的目标,还远得很呢,还得再有个两万五千里呀,这得靠你们一代一代地往前走啊!我老啦,走不动啦,只有拜托你们啦!今天我来,就是来向你们表示,"他拱起双手,上下不停地摆动,十分诚恳地说,"我是来向你们表示感谢的,拜托啦,拜托啦!"

看着老红军瘦弱的身躯,听着老红军的一席谆谆嘱托,大家心里特别感动,一个一个排着队,跟老红军亲切握手,然后请老红军和老八路坐在中间,大家围着两位老人拍照留念。老红军向大家挥着手,大家拥着他,把他送上汽车,目送汽车远去。

送走了老红军,大家又拥着老八路上二楼,进了会议室。

今天的会议室变了样,不是长条会议桌,而是一张一张的椅子,排成一排一排的,是一个大课室,上面有讲台,讲台后面放了一个软垫圈椅。阎书柏请老八路坐在讲台后面的圈椅里。等大家入座,会场安静了,阎书柏讲了开场白,大家热烈鼓掌,请老八路给大家上革命传统课。

老八路在大家的掌声中,站了起来。他一句话没说,先脱衣服,把上衣脱去以后,说:"请同志们先来帮我数一数有几个枪眼留下的伤疤。"大家就开始顺着他的指点数:一个,两个,三个,四个。老八路道:"腿上还有两个,一共是六个。这都是日本鬼子给我留下的纪念。其中还有两个,里面留着弹片,取不出来了,我只有带着它们去见马克思了。”

老八路环视会场,会场里一片寂静。

老八路道:“还需要我多说吗?我看不需要了,枪疤已经说明了问题。”

老八路一面穿起上衣,一面向大家提问,道:“日本鬼子怎么会给我送了这么多的纪念品呀?”他自问自答:“那时是蒋介石当委员长领导的抗战,你不抵抗嘛,还用你去请吗?人家能不来吗?要不是我们共产党员和无数抗日战士奋不顾身地冲上前线,用我们的血肉之躯,”他拍了拍尚未扣上纽扣的上身,接着说,“若不是用我们这血肉之躯,去挡住敌人射过来的一发发子弹,我们中国,还是现在的中国吗?”他语重心长地最后说,“要珍惜啊,要珍惜这得来不易的革命成果呀!今天已经不需要你们去用身躯抵挡敌人的子弹了,只要你们牢牢记住我们过去为夺取革命胜利所付出的血的代价,继续这种精神,为了国家的富强,为了人民的幸福,把革命红旗一代一代地高高举下去,永远向前进,我们即使在九泉之下,不仅是心安,还要对你们道一声谢谢呢!”

在热烈的掌声中,老八路结束了自己的讲话。

下午,请来一位女同志,是一位老新四军,是请她来讲解放战争的。大家以为她会讲淮海战役或是讲解放南京、打进总统府，是讲这样一些解放战争中最辉煌的战绩。结果都不是。她是讲自己亲身经历的一段不为人知的，军史上没有记载的，没有辉煌可言的，孤身一人坚持战斗的事情。

那是在1947年，国民党大举进攻解放区，我们是大踏步后退，大部队和地方部队基本上都撤出了苏北，撤到了山东。撤走的地方，只留下几个人或是一个战斗小组在原地坚持战斗。

老新四军当时在苏北的兴化，只留下四个同志，两男，两女；还留下两支短枪，几小罐石灰水，两个小排笔和一杆大毛笔，再就是几个苏北的烧饼和一个军用水壶。指导员最后给他们交代的任务是："坚持，坚持，只要让当地老百姓知道共产党没有走，新四军还在，就在他们身边，就行，就是完成了任务。坚持到什么时候？坚持到大部队打回来。大部队什么时候打回来？不知道。反正是，任务只有两个字，就是：坚持！"说完，大部队就匆忙北上了。

部队撤走，是在最黑的那个深更半夜，是悄无声息秘密撤走的。他们没有去送，也不能去送。在部队撤走的当夜，他们四个人约定了秘密接头点，也都分散到各基本户家去隐蔽了。

不久，两位男同志接到一项重要任务，要他们去长江中心的一个小岛——扬中,化妆去取一份极机密的重要情报,中间不准转手,一直送到淮阴一个小村子,交给留守苏北的一位领导同志。那位领导同志看了看封皮,没有敢拆封,让他们立即北上,送达山东的华东军区总部。他们到达山东一个偏远小村庄的总部,把绝密情报交给总部首长的机要秘书,就完成了任务,可以返回兴化了。可部队当时正在准备攻打济南,机要秘书征求他们的意见,是回兴化呢,还是留下来参加攻打济南?作为当兵的,谁不想直接上前线冲锋杀敌啊,面临的又是我军从未打过的第一场大仗,更是让这两个年轻战士心里直痒痒,当即就表示,坚决请求留下来参战。打下了济南,还有淮海,一连串的大仗、恶仗、胜仗,仗越打越大,越打越过瘾,他们俩就一直跟着打,再没有能回来。

在兴化,就留下两个女同志和一支手枪了。有手枪,她们也不能用,是不敢用。用了,必定暴露目标,引来敌人,所以只好把它秘密地埋了。

我们的大部队撤走后,国民党军、地主武装还乡团,还有什么盐警队,保甲长,乱七八糟的武装,一起扑了过来,疯狂极了,到处是白色恐怖,杀人放火,到处抓残留的新四军,抓基本群众。有给新四军通风报信、给吃给喝的,抓住就杀。

她们起先是分散住在基本户家,住不成了,就钻进庄稼地。庄稼地被敌人地毯式地扫荡,不能住了,最后只好钻进水塘里。白天在水塘里蹲一天,嘴里含一根芦苇秆,靠露出水面的芦苇秆的空心呼吸,维持生命。到了晚上,趁天黑,钻出水塘,到村子最边上一户最贫苦的佃农家的茅草房前,轻轻敲一下门,只要敲一下,门就会开开一条小缝,从缝里递出来一些吃的,摆摆手,让她们赶快走。她们拿上这些吃的,远远地躲进庄稼地里,才能狼吞虎咽地吃一顿,然后挖出埋石灰水的小桶,跑出十多里地去,一个放哨,一个写标语,写上几条,赶紧离开,再跑十几里地,换到另一个地方,赶在天亮前,再钻进另一个水塘里,一泡一天,不能出来,直等到天黑,才能走出水塘,去要一口吃的,去写几条标语。

一有出现标语的村子,国民党、还乡团就会特别紧张,在周围几个村子里大搜捕,凡是佃农家,一家不落,全得搜到。他们当然只会扑空,什么也搜不到。这倒给我们扩大了宣传,周围几个乡的群众就会私下传播:共产党还在,新四军没有走。见敌人恐慌,我们的基本群众心里就有了底,有了盼头。

每天在水塘里泡一整天,那位叫姜月英的战友受不住了,满身开始出水疱,逐渐溃烂、化脓、发高烧,不仅不吃不喝,而且经常昏迷。不得已,只好把她偷偷存在一户最偏远的佃农家里。但是没过多久,保甲长和还乡团还是闻到风声，把姜月英和这一户佃农家的老两口，还有他们的儿子全抓到兴化城里去了。这一家只留下一个儿媳妇和没有满月的小孙子。还乡团临走，放一把火，把这一家的草房烧光了。儿媳妇只好带着小孙子哭着回了娘家。

姜月英同志被抓到兴化后，敌人就在她那溃烂的皮肤上撒盐，泼辣椒水，要她招供出新四军藏身的地方。姜月英同志一直在高烧、昏迷，有时候被辣椒水泼得疼醒了，直到临死，也没有说一句话。敌人气急败坏，就在姜月英同志昏迷时，对着她脑袋，把她一枪杀害了；同时，把那一户佃农家三口人，拉到大街上，当众枪杀了。

姜月英同志牺牲后，只留下刘莹一个女同志了。她一个人继续坚持战斗，每天白天钻水塘，晚上到处去写标语，直到最后，敌人也没有弄清兴化究竟留有多少新四军。

有一天，刘莹同志白天正钻在水塘里，忽然听到不远处传来歌声："解放区的天是明朗的天，解放区的人民好喜欢……"刘莹同志这才知道解放大军过来了。她忙不迭地钻出水塘，一头晕倒在水塘边。解放军同志一见，赶紧围拢过来，见是一个全身褴褛、满身水肿、皮肤溃烂、骨瘦如柴的女同志。有一个给她偷偷递过饭的佃农认出了她，说："这是你们的新四军，在这一块坚持斗争的同志。"解放军赶紧用担架把她抬到部队医院去。

刘莹同志昏迷中究竟在医院躺了多久，她不知道。只见有一天，她的病床边站了两个男同志，是专程来看望她的。等她醒过来，一见这两位男同志，刘莹立刻抱住他们大哭起来，说："你们终于回来了，我终于见到你们了。姜月英同志她，她已经……"哭得说不下去了。原来，这就是几个月前被派到长江中的小岛——扬中去取情报的那两位同志，"你们怎么一去就再不回来了呢？今天终于把你们等回来了！"刘莹同志怎么能不恸哭失声呀！

刘莹同志在讲述这一段经历过后，说道："陈毅陈老总曾经说过一句话，我们是被老百姓的独轮手推车推过长江的。我想补充说一句，要是没有老百姓半夜里偷偷给我送一口吃的，我就活不到今天，新四军在兴化老百姓心中的影响，就不会一直留存到解放。老百姓为了护卫我们共产党，是付出血的代价的。我们常说，没有共产党就没有新中国，可是，我们更不能忘了，没有老百姓对我们共产党的拥护和支持，我们共产党就不可能取得最后的胜利。老百姓是我们的生身父母！共产党和老百姓是鱼和水，谁也离不开谁呀！"

刘莹同志在讲述的过程中，不时会听到会场里传出唏嘘声。刘莹同志说完了，会场里一片寂静。过了好半天，才突然爆发出热烈的掌声。大家满含热泪，纷纷上前，一双双激动的手，紧紧地，紧紧地，和刘大姐的手紧紧地握在了一起。

第二十四章　吾将上下而求索

一个月过得真快，集训结束，就要开始执行执法任务了。

在这一个月里，除了军训，学习经典文献、相关文件和接受革命传统教育外，内部的组织结构也已经调整完善：一个执法大队，下设三个中队。阎书柏主要是随一中队行动。阎书柏的办公室在二楼，一中队办公当然就在二楼。一中队中队长是“套近乎”。二中队办公在一楼，三中队在三楼。四楼是宿舍、运动室、档案室和图书阅览室。

支委会也作了扩充，由原来的三个人扩充至五个人，加进了二、三两个中队长兼任党支委。

思想准备，组织准备，一切就绪，只等开展实际工作了。

经过上级检查，组织验收，终于批准，可以实际工作了。

这一天，早八时，全体队员穿着崭新制服，在楼后操场整齐列队，李、钱二位正副局长亲自到场，为他们的出征壮行。李局长讲了话，鼓励一番，并下达出发命令。大家兴奋不已，跃上各自的汽车，向着各自的目的地，第一次上街巡逻了。

“实践是检验真理的唯一标准”,这句话很对。不论你在付诸实践之前的文件精神,或是在办公室里的研讨推想,虽然不能尽善尽美,却已经比较理想,觉得可以推行了,但是,这些事前推想究竟合不合适,群众接不接受,有什么问题,如何完善,等等,只有到了实践中,才能得到真正的答案。

阎书柏带领他的队员们出发巡逻,一上了街,真正面对被管理的对象,才知道,他们所推行的管理会遇到多么大的阻力。

你的一切努力是为了维护人民群众的根本利益,为把这座城市管理得更加井然有序,使适合人居的人文环境更优秀,更美好。但,被你管理的对象,他们大都不是这座城市的常住人口,他们的户口不在这座城市,从严格意义上讲,他们不算是这座城市的人。他们几乎全是农村进城谋生的人群。他们又不是一般意义上的进城务工的农民工, 他们没有投靠任何公司,没有任何单位的归属和管理,他们是散漫的一群,全都自由地散落在社会上,没有任何部门来管理和能够管理他们。正因为不属于任何部门管理,因此也就没有任何人来关心他们,研究他们的生存状况,帮助他们解决所要面临的诸多困难。可是,他们同样要生存,同样要养家糊口、结婚生子。他们同样生活在这座大城市里。常言道,靠山吃山,靠水吃水,他们只有依靠这座大城市为他们提供一切生活的必需。可他们没有资本,不掌握人际的或技能的任何资源,他们只有依靠自己没日没夜的辛勤劳动——各种低效能、低收益的劳动,才能取得一些生活所需,进而期盼也能改变自己的贫穷状况。世界上从来就没有什么救世主,也没有神仙皇帝,能帮助他们改变贫穷落后命运的,只有靠他们自己。

现今有了邓小平理论,这是唯一可以使他们开启脱贫致富之门的金钥匙。但是,当今的市场环境,并没有给他们预留下像他们这种最低层人群发展所必需的最初级的经营平台,他们只能在市场经济的夹缝中求生存。城市形象的乱与不乱与他们毫无关系,如何挣到钞票,才是他们生活的第一要务。这就是他们的生存法则,这就是他们的理想目标,这就是他们的根本利益。你要坚决治乱,他们要尽快治穷;你急于提高城市形象档次, 他们难摆脱生活状态的最低档次,这就是最现实的一对矛盾,这就是问题症结之所在。

阎书柏的岗位正处在这一对矛盾的交汇点上,他处在一种两难的尴尬境遇中。他的工作积极性越高,这一对矛盾的结扣得越死;他对工作越负责任,越是提升了矛盾的紧张度。作为军人,他牢记三大纪律、八项注意,第一条就是:一切行动听指挥。他会认真履行职责,严格按照上级文件精神去办。但是,作为从贫困苦难环境下走出来的一个基层工作人员，他的心态，实质上不是“官”，而是民，是一介庶民，他不能不同情这些在贫困中挣扎的流动摊贩们。这在他的内心引发了极大的苦恼与焦虑。他从出发前的兴奋，很快跌入低沉，脸逐渐拉长，脸色变得铁青。他原本就是沉郁的性格，近一年里，在邢文静和温暖家庭的调教下，逐渐地明朗起来，话也多了，也健谈了，突然间，他又陷入了沉郁。

出发的第一天，在一所省医院的大门口，有一个据说已经是102岁的干瘦老人，倚坐在医院大门门框边的地上，在他的身边横放着一根树枝削成的手杖，身前放着一个用细柳条编的小筐，小筐上盖了一块毛巾。他用细弱的声音一口一声地喊叫着：“卖茶叶鸡蛋，卖茶叶鸡蛋，刚出锅的茶叶鸡蛋。”据医院门房的人说，他在这个门前卖了好多年茶叶鸡蛋了，至少已经卖了十年。但是，他是属于流动摊贩，是被治乱的对象，必须规范，要劝导他进入农贸市场销售。于是，执法队员走上前去实行劝导：“老人家，这医院门口不能卖东西，要进农贸市场去卖。今天就算了，明天就不能在这儿卖了，啊！”

老人家没有吭声，也没有任何表情，只是默默地坐在地上，下意识地伸出两只枯柴似的手，护着他装茶叶鸡蛋的编筐。他当着这两位穿“官服”的人，没有喊“卖茶叶鸡蛋”，等穿“官服”的人走了以后，他再接着喊。

第二天，执法队到了医院门口，见老头还坐在医院门前卖鸡蛋，两个执法队员又走过去，态度比昨天严肃了许多：“老头儿，昨天已经跟你说过，不让你在医院门口卖鸡蛋，你今天怎么还在这里呢？今天再宽恕你一次，明天必须进农贸市场，听清楚了没有？”

老头儿还是没有吭声，也没有表情，头也不抬，像是什么也没有听见，只是默默地护着他的鸡蛋筐。

第三天，执法队在医院门口仍然见到这个老头，队员们开始用了训斥的口吻：“老家伙，你怎么还在这儿？今天再饶你一回，明天我们要是再在医院门口见到你，就真的不客气了，你的鸡蛋要被全部没收，你听清楚了没有？”

到第四天，执法队到了医院门口，真的没有见到这个老家伙，阎书柏心里反倒打起了鼓。这几天，他虽然没有走近老头儿，他是站在不远处静观他的队员们的一举一动。今天，他对医院门口的这一变化，不由得不想：“老头儿今天真的进了农贸市场？”他快步走进农贸市场，搜遍每一个拐拐角角，没有见到这个卖茶叶鸡蛋的102岁的老头儿，他有了一种不祥之感。紧接着几天，他都没有见到这个老头儿的身影，心里十分不安，终于忍不住，走进了医院的门房，问道：“请问，那个卖茶叶鸡蛋的老人家这几天怎么没有来？”

门房的人紧紧地盯视他，把他从上到下看了个来回，才带着愠怒地开口道：“你们怎么还来问他？他在前天就已经死啦！他人老啦，102岁了，经不住惊吓。他是活生生被你们吓死的！”

阎书柏的心里咯噔一声，当时脸色就变得刷白，讪讪地退出门房，站到街上，心口止不住蹦蹦乱跳。

他的脸就是从那一刻起开始变长，脸色开始由白变青，逐渐变成了铁青！

也就是从这一天起，他的话变少了，越变越少。

那一天下班回家，他一句话没有，连每天进门必叫的一声“妈”也省去了，蔫蔫地走进自己的小书房，把房门关上，静静地坐在书桌前，好像什么也没有想，一片空白，可又是倒海翻江，脑子里没有一刻平静。他忽然想到老新四军刘莹同志的报告，要是当年刘莹同志从水塘里爬上岸来，蹒跚着走到这位老人家的茅草房前，轻轻敲开老人家的门，老人家肯定会不顾杀头的危险，从门缝里给刘莹同志递出一口吃的，或许还会递出来两个茶叶鸡蛋。在那年月，老人家不会有半点犹豫，会舍了命地支持我们，可是今天，我们对老人家却是这样……他没法朝下想，只有任凭泪水迷糊了自己的眼睛。

对阎书柏情绪变化最敏感的，莫过于他的母亲和他新婚的妻子。母亲向邢文静一示意,邢文静走到阎书柏的小书房门前,按动门把手,轻轻地走近了他。

阎书柏听到邢文静的脚步声,赶紧用衣袖擦去眼里的泪水,死板板地端坐在书桌前。

邢文静关心地问:"你今天是怎么啦?"

没有回答。

"身体不舒服?累了吧?饿吗?吃饭吧!你这是怎么啦?"

一连串的问话,全都得不到回答。

邢文静干脆在他旁边的椅子上坐下来, 接着问:"是不是工作不顺利,遇到了困难?要不,给金副书记打个电话,向他汇报汇报,求求援?"

阎书柏一下子急了,道:"你可别胡来,这是我的工作,用不着你插手。再说了,既然是工作,就应该按照组织原则,有问题逐级上报,也不能越级捅到他那里去,你懂吗?"

邢文静不吭声了。

"你们先吃吧,我现在不想吃,心里乱,让我一个人静静地坐一坐,行吗?"

邢文静只好退出房来,把房门轻轻地带上了。

这一晚,阎书柏什么也没有吃。他吃不下,也没有上床去睡,就是木木地坐在他的书桌前,最后是歪着脑袋,流着丝丝口水,迷糊着,迷糊着,睡着了。

迷迷糊糊中，他又回到了那个令他伤心透顶的穷庄子，他又孤身一个人在收完庄稼的野地里刨土豆，挖胡萝卜……

邢文静毕竟是女同志，她心疼她丈夫。她一心疼，就顾不上什么组织原则了。见阎书柏一连几天都是情绪低沉，紧闭着嘴，连饭都吃不进几口。她忍不住，终于有一天上午，看阎书柏上班走了以后，她拨通了金副书记的电话。

电话里传来的，是金副书记亲切的声音："哦，是文静啊，你们好吗？你母亲身体好吗？自从给你们举办婚礼以后，我就一直乱忙一气，再没有时间去看望她老人家了。说说吧，说说你们的近况，有什么需要帮助的？"

"不，金副书记，我们挺好的，没有什么需要向您求助的。我是想给您汇报一点关于我们家书柏的情况。"

"说吧说吧，他遇到了什么问题，详细对我说说。"

邢文静就把阎书柏这几天回家来的表现，简略地向金副书记作了汇报，说："他可能在工作上遇到了什么困难，怎么问，也不吭声。他只是说，这是他的工作，不准我多管，更不准我向您越级报告。您可千万别打电话去直接问他，他要知道我给您去过电话，他更会生气，要说我的。"

"知道知道，这是组织观念问题，他是懂得的。"金副书记沉思了一会儿，接着道："小邢啊，小阎的事情我会关注的。他的工作有一点特殊啊,困难肯定是会碰到的。他的性格很好强,也很坚强,我们相交十多年,我比你了解他,工作上遇到困难,他从来不会把矛盾上交,再咬牙,他也会想方设法自己去寻求解决办法,这一点,我对他充满信心。好了,他的身体刚康复不久,你在生活上多关怀他,把他的母亲照顾好,就很好了。我要代表组织,向你道一声谢谢呢。”

一句话,把邢文静的脸又说红了。

阎书柏确实没有把矛盾上交,倒是李局长打来了电话,关怀地询问最近工作开展的情况,有困难没有。

阎书柏回答:“倒没有遇到什么困难,只是感觉到有一些问题。但是工作开展还不久,矛盾的方方面面还没有充分显露出来,请允许我再仔细观察一个阶段,可以吗?”

此后,每过一个阶段,李局长都要打来电话,关心地询问工作进展情况,需要组织上帮助解决什么困难。

阎书柏也总是回答,这是一项全新的工作,需要一点时间,请允许我再观察一段,进行一些认真思考,等考虑得比较成熟了,我再给组织上进行一次比较全面地汇报,可以吗?

特别是上面有些传言,对阎书柏的工作传来些说三道四的议论后,李局长亲自到执法大队看望了他,不只是安抚,而是更加鼓励他,道:“你是老同志,我知道你的性格很坚强，不会顾及来自某些方面的一些议论。这几个月，你工作得很谨慎，在认真地进行观察、思考、探索，顶住了来自各个方面的压力，没有在种种压力下，变成像是一头疯牛闯进野火阵那样乱了方寸，这说明你的成熟、有思想、经得起磨炼。这就是一位老同志表现出来的素质与品格。我和你相交不久，不像市委金书记那么了解你，可是仅从这几个月的交往中，我已经看出来，你不愧是在藏北边防经受过十多年锻炼的好同志。能和您这样一位好同志在一起工作，我的工作就轻松多了。行了，我的任务，就是给你尽快物色几位好助手吧。”

不久，周发、余梅媛等相继调入了。

周发调来不久，就发生了他拦阻执法和“套近乎”被人追杀这两件事。

与此同时，阎书柏也经过几天认真思考，特别是反复阅读了邓小平同志下面的一段话，他的思绪豁然开朗，好像久居于迷雾的崇山峻岭之中，突然走出山间，面前是一望无际的辽阔平原，心情是那样的舒坦，畅快！

邓小平同志的这一段著名的重要论述是这样的：要把实现好、维护好、发展好最广大人民的根本利益，作为党和政府一切方针和各项工作的根本出发点和落脚点，坚持用人民拥护不拥护、赞成不赞成、高兴不高兴、答应不答应来衡量一切决策，把发展的目的真正落实到满足人民需要、实现人民利益、提高人民生活水平上。

阎书柏把自己关在办公室里，整整关了两天，反复揣摩邓小平的思想，并结合执法队这几个月工作的实际，对照检查，他领悟到，这是邓小平提出的一条衡量我们工作做得好与不好的最基本的标准。这个标准并不高，很实际，很容易进行对照衡量。可是，我们的许多同志怎么就是不去用这条最明白无误的标准来检查自己的工作呢？这难道还要进行多么复杂的评估研究吗？102岁卖茶叶鸡蛋的老人家死了，卖水果的汉子举着切西瓜的大刀追着要砍“套近乎”，这不是已经明白无误地表明了人民的不拥护、不赞成、不高兴和不答应吗？对于坚决贯彻这“四不”标准，还需要再有任何犹豫吗？要说“一切行动听指挥”，不听邓小平这位总设计师的指挥，再听谁的？常言道：当断不断，反被其乱。阎书柏一拍他的大办公桌，奋而起身，当机立断：“套近乎”式的执法行为，必须戛然而止，改弦易辙，立即掉转方向，要走出一条如何管理好社会主义大城市的新路来！

第二十五章　探索者的足迹

阎书柏的决心既下，他立即行动。第一步，他要亲自率领一中队，深入到被管理者的群众中去，首先就到高奶奶家去，进行实地调查研究。不止是要真诚地倾听他们的呼声，更要心贴心地去感受他们面临的实实在在的生活困境。要充分使用自己所掌控的行政资源和能执行政策的强势地位，真心实意地帮助他们尽快走出困境，引领他们走上一条最适合他们走的脱贫致富的坦荡道路。

高奶奶家门前的那条不是路的“路”，坑坑洼洼，简直没法行走。就是要学大老李，每天举起他的十字镐，挥舞他的大铁锹，一块石头、一块碎砖地去挖、去刨，剔除碎石乱砖，铺上新沙净土，一步一步地，一寸一寸地，硬是把这不是路的“路”改造成了一条可以顺畅行车的路。大老李能办到的，我们难道不能办到？

阎书柏第一次去高奶奶家，坐在高奶奶家的破炕沿上，紧紧拉住高奶奶枯瘦褶皱的手，亲切地谈了好久好久，除了有意避开高奶奶自己不愿意涉及的有关他们家太爷爷的话题以外，其余的，几乎全谈到了。

高奶奶最盼望的，首先是这间房子不行了，快倒了，自己已经是一把老骨头，砸就砸了吧，她最担心的，是千万不能砸了她的小牛牛。他虽说是个瘫子，可这是一条命呀！他要再有个三长两短，他爸要是回来了，我可怎么向他爸交代呀！

再就是盼着有一个不收管理费的市场。能太太平平地放心卖点苦苦菜什么的，换回点吃的，得把小牛牛养住呀。现在是托了你们的福，那个胖胖的专管员没来收我的管理费，可不能老是靠你们呀，哪一天你们有事不在了，我和小牛牛又怎么办呢？

最后一条是，自己眼看着一天天老了，不行了。要真到了那一天，自己爬不起来了，小牛牛可怎么办呢？他今后怎么活呀？小牛牛的爸妈现在在哪里呢？还能找到不？要尽快给他们稍个话，让他们早一天回来呀！

阎书柏听完高奶奶的哭诉，紧紧拉住高奶奶的手，说道："老人家，放心吧，你的这几条我都会立即着手帮你解决的，放心吧。"

这时，小张和小王打鱼回来了。小张挤进高奶奶的破小屋，听候"营长"的指示。

阎书柏先对高奶奶道："老人家，按照你的要求，我可就自作主张地安排了，行不？"

高奶奶道："哎哟，我是个老太婆，女人家，我能知道个啥，你还跟我商量个啥？"

"行啊，我可就替你做主了。"阎书柏转对小张道："你把打来的鱼和新捡的苦苦菜，全都交给大老李和周发,请他们帮高奶奶卖去。高奶奶今天就不去了。其余的同志帮高奶奶把这半房子的废品全都装到你的卡车上,拉到废品收购站卖掉,用卖废品的钱买几袋水泥送回来。再回单位去,把我们大楼的院墙外面堆着的那一堆原来盖楼施工剩下的沙子,全都拉来。你带几个人去,这些活儿,够你们一天忙的了。”

小张领命刚要走,阎书柏又把他叫住,道:“今天你们打的鱼多,估计可以多卖些钱。你让周发把今天卖的钱,除了给高奶奶和小牛牛多买些吃的回来,剩下的钱都拿到附近村子上去,让小王开小面包去,多买些干稻草回来,准备打炕面子。”

阎书柏十多年前孤苦伶仃一个人打炕面子,修自家破房子的那一点记忆和经验,现在全用上了。那时只有自己闷着头苦干,赵小队长,也就是赵瑞芳她爸,大概是嫉恨自己“拐”了他的小女儿吧,每每看到自己吭哧吭哧地苦累着,不光总是要投过来不肖和鄙夷的眼神,还会飘过来一句酸溜溜地挖苦:“嗬!小右派开始学着劳动改造了?哼!”他要是不把这几句话说出来,要是憋在肚子里,肯定是会憋死的。现在可好,再不是他孤苦伶仃一个人在干,而是自己领导下的一个团队,一个政府职能部门,几十个人,只要自己一声令下,这个团队就会立即行动,大家热火朝天、一身透汗地干起来。这是什么劲头?这是什么感觉?

看着大家风风火火地把半房子的废品装上卡车，闻着这废品堆被翻开后散发出来的一股股酸霉气味，阎书柏心里感到一种说不出的痛快。他紧紧拉住高奶奶的手，道："高奶奶，真对不住你啊，没有好好征求你的意见，我可就自作主张，把老爷子留下的这大半屋子的宝贝全给一次性处理了。处理了这些废品，换回来钱，买回来水泥，就在你这间破房子旁边，给你另盖一间全新的，再砌上一盘新炕，让你祖孙俩住得安全些，舒适些，你看好吗？"

高奶奶一个劲儿地抹眼泪，嘴里不住地念叨："好，好，我可是真的见到观世音菩萨现身下凡了，可要烧一炷高香，敬一敬她老人家呀。"说着，就要向阎书柏下跪。

阎书柏不由得哈哈大笑，赶紧把高奶奶扶住，道："高奶奶，我们可不是观世音菩萨，可不要你老人家烧高香呀，只要你老不嫌弃，从今往后，你就认我是你的干儿子，把我当成你的儿子使，你看行不？"

这可把高奶奶吓坏了，连声道："可不敢，可不敢，你是大领导，我这么个穷婆子，怎么敢认你做儿子呢？可不敢呀，作孽呢！"

阎书柏道："老人家，实话告诉你，我过去也受过煎熬，过去我住的是破茅草房，还不如你现在这间破土坯房呢！"

高奶奶瞪圆了眼睛看着他，只见她双唇颤抖，一时惊得说不出话来。

阎书柏道："这是真的。苦日子我过过，苦滋味我尝过，我知道苦生活是怎么样地难熬呀。"

他见余梅媛跟着大家一起搬运废品，阎书柏叫住了她："小余，你不要跟大家一起忙了，我给你一项特殊任务。"

余梅媛见大家忙得正欢，刚要跟着走，听"营长"叫她，回过头来问了一句："'营长'，什么任务？"她用袖口擦了擦额头上的汗。

"小牛牛就交给你了。"

"交给我了？"

阎书柏道："是，交给你了。小牛牛快七岁了，他这一生的路刚刚可以向前走，可他们家的条件限制了他，下肢又严重瘫痪，没有上过学，怎么办？我看你可以利用一些时间来教教他，等他有了一点学习基础，还是要想办法送他进学校。他虽然下肢残疾了，你看他是不是显得挺聪明？他还是应当在正式的学校教育中开始他的人生之旅呀。"阎书柏从装废品的大卡车旁慢慢向破房子旁边走，余梅媛跟在他身后。他们把高奶奶留在了卡车旁边。

阎书柏对余梅媛轻声安排道："你每天到高奶奶家来辅导小牛牛，慢慢跟高奶奶处得亲热了，你就可以有意识地逐渐把他们家的情况搞清楚:他们什么时候来到这个城市？在这座城市住了多少年？是怎么来的?怎么住下的?小牛牛他爸妈大致去了什么方向?来过信没有？高奶奶避讳说的他们家的太爷爷又是怎么一回事？等等,把所有问题都搞清楚了,形成资料,输入电脑。研究这些第一手资料,解剖这一只麻雀,以后你还要去解剖更多的麻雀,一方面是为了彻底解决他们家的脱困问题,更重要的是为了探索解决他们这个不属于低保对象又是更加困难的特殊群体的脱困,进而逐渐走向富裕的途径。你明白我的意思吗？”

余梅媛瞪圆了眼睛盯住她的这位刚从藏北边防回来的领导,忘记继续擦额头上的汗,又惊奇,又欣喜,挺奇怪地问道:“你,没有学过社会学,可你怎么和我想到一起去了？我就是想给自己确立一个研究课题，认真研究他们这个特殊困难群体的生存现状、解决途径和未来前景呢。真没有想到,你‘营长’也会这么想。”

“哈哈哈哈……”阎书柏不由得大笑起来,那洪钟似的笑声把队员们都吸引了过来,连高奶奶也慢慢走了过来。

阎书柏大笑道:“我们这位社会学家呀,我真是不懂你那个社会学,可我懂得作为一个共产党员必须承担的社会责任。有我这共产党员的责任心和你这位社会学家研究社会问题的科学态度，我们二者一结合，这就叫珠联璧合，我相信，你一定会研究出重大成果的。将来在你发表的学术论文上，你绝对不能挂上我们的名字，可在你的那篇论文里，确确实实包含有我们大家的贡献哟！你们说对不对？”

大家高声应和：“对！”

第二十六章　党的生命

队员们分头卖完了废品、鱼和苦苦菜，拉回来水泥、沙子和稻草，阎书柏就对高奶奶和大老李说好了，明天我们暂时停工一天，不卖鱼和苦苦菜了，全体留在队里开一天会，学习学习，统一思想，发动执法大队全体同志都来帮助高奶奶家盖新房。

阎书柏特别邀请大老李，请他作为群众代表，明天也来参加会议。这可把大老李惊奇坏了：我一个小老百姓，大老粗，竟然被邀请参加人家执法大队的会，没听说过。好在大老李是个爽快人，也就一口答应了，心想："行，既然人家把我当个人物，正里八经地邀请我，咱就去，也代表咱小老百姓去长长见识。"

第二天，执法大队全体会议召开了，"套近乎"也被叫来参加会议。

全体会议前，先是召开党支部大会。会上，支部书记阎书柏讲话：

"同志们，我们今天要开一天的会。无论是现在的支部会，还是会后要开的全大队会，都是解决同一个问题：总结我们前一个阶段工作的经验与教训。简单些说，就是周发同志给我们带来了对未来工作思路的思考，以及陶近沪同志给我们带来了我们野蛮执法、招致群众强烈反对的教训。把这正反两个方面结合到一起,就是我们执法大队过去半年多时间所取得的宝贵经验。怎么样,陶近沪同志,你先说说吧,说说你给我们带来的教训。”

“套近乎”仗着上面曾有人说过“营长”不作为的传言,嘴头上不服软,硬犟着说:“我,我们执法大队,就是要执法,不能严厉执法,要我们干什么?”

究竟是野蛮执法,还是要文明执法?是执法为民,还是为执法而执法?甚或是只为取悦上面某些好大喜功的领导,求得某些廉价的“泡沫政绩”而执法?大家就这个话题激烈地争论起来,特别是提到那一天强行没收群众财物,把两个吊在车帮上的群众活生生地摔在马路上的事,阎书柏十分生气,道:“这是谁下的命令?谁干的?不把人命当生命,简直是法西斯!究竟是谁干的?说!”

“套近乎”低着头,犟着脑袋,不吭声。

张荣生“呼”地站了起来,大声道:“这事儿是我干的。”他声音转低了,特愧疚地说:“是我一踩油门,汽车突然加速,把他们摔在了地上。我错了,请求给我处分。”

另一个小伙子叫陈万有的也站起身来,道:“那一天是我坐在张荣生同志的旁边,我没有及时提出意见,制止张荣生加速,我也有责任。”

阎书柏道："责任一定要追究，是谁的责任，就是谁的责任，我们先要把问题搞清楚。"他转对"套近乎"喊道，"陶近沪，你是中队长，是你带队出去的。你知道把群众摔了的事情吗？"

"套近乎"坐着犟着脑袋不吭声。

张荣生和陈万有一直挺挺地站着。

陈万有道："那一天张荣生从后窗向后看了一眼，发现有人扒车，就用对讲机向坐在前面面包车上的中队长请示该怎么办……"陈万有看看"套近乎"，话停下了。他不愿当面告人家的状。

阎书柏不能把这事儿轻易放过，他接着追问："陶近沪，你是怎样回答的？"

"套近乎"还是不吭声。

有几个坐在面包车上的七嘴八舌地说开了："我们都听到了，是中队长大声下的命令，说：'踩油门，加速，把他们甩掉。'"

阎书柏厉声地问"套近乎"："是你下的命令吗？"他见"套近乎"头别着，脸黄着，劲儿犟着，就是不吭声。阎书柏动了大气，吼道："说！"

一声吼，像是整座大楼都在晃动。

"套近乎"惊得一颤，"倏"地站了起来，道："是我。"他看了一眼"营长"，大有"好汉做事好汉当，你能把我怎么样"的味道，头一偏，又坐下了。

会场上的空气沉重得像是凝固住了。张荣生和陈万有还挺挺地站着。

阎书柏示意他们两个人坐下，然后低沉着说道："你们知道这是什么问题吗？"他一个字一个字地大声道："人命关天！"一个大的停顿以后，他接着沉重地说，"生命权，生存权，这是人民最重大的权利！"他用手直指"套近乎"，道："你下的命令，上嘴唇一碰下嘴唇，说得好痛快：'踩油门，加速，把他们甩了。''他们'是谁？'他们'是人民！整天喊：'为人民服务，为人民服务'，'把他们甩了'，你就是这么样地为人民服务的？人被你摔伤了怎么办？摔死了怎么办？要是摔死一个，他那一大家子的人还怎么活？这是多少人民的生命权和生存权呀，就被你这么样地任意践踏，你把人命当儿戏呀！你还是个共产党员吗？你还是个人吗？仗着你手上掌握了这么一星点儿的权力，你就可以为所欲为，胡作非为，是吧？你手上的这一星点儿的权力是谁给的？是人民！人民给了你权力，你就拿了来欺负人民，人民能容忍你吗？"他怒视一眼"套近乎"，一字一顿地说："水能载舟，亦能覆舟呀！"他扫视了一眼全场，接着说："就说百万雄师过大江吧，那时，就是靠着老乡们推的小推车，热火朝天地把我们送过了长江。要是真有这么一天，我们真是失去了人们的支持和拥护，难道他们就不会用同样的小推车，怒气冲天地把我们推搡进长江里喂鱼去？”

阎书柏的两只眼睛里像是喷着烈火，声音像闷雷，几乎是在吼：“蒋介石是怎么垮台的？”他深深地吸了一口气，强压着怒火，控制了一下自己的情绪，放低了音调，开始了耐心的讲述：“日本鬼子刚刚投降的1945年8月15日过后，全国到处都在喊‘蒋委员长万岁’，可是到了1947年，也就是一年多的时间嘛，全国人民就喊起了‘打倒蒋光头’。从1948年9月12日到1949年1月10日，仅仅用了短短的四个月还差两天的时间嘛，一场国共战略大决战的三大战役，就以我们的全胜结束了。随后是渡江战役，4月20日朱老总向全军发布渡江命令，4月21日解放大军就渡过了天堑长江，4月23日竟然不费一枪一弹，顺利拿下总统府。蒋介石那八百万大军，其中有多少美式装备的精锐部队，竟在不长的三年里就土崩瓦解。那真是兵败如山倒，树倒猢狲散，连蒋介石本人都惶惶如丧家之犬，先逃到舟山，后逃到台湾，差一点没有了藏身之地。多快呀，只有三年呀，一个穷凶极恶、不可一世、杀人如麻、狂妄至极的蒋介石，就这么样地被人民唾弃，变成了历史僵尸。这一段历史过去得并不久远嘛，才六十年嘛，人民的爱憎取舍就这么分明地写在历史上，刻在了人民的记忆中。这是我们的对立面，与我们有直接关系的一个反人民的极端的例子。”

阎书柏稍作停顿，接着道："再给大家说一个与我们更加贴近的例子：曾经是我们的老大哥，伟大的不可战胜的苏联共产党和强大的苏维埃政权，那是由列宁创建和领导过的党和国家。它诞生于第一次世界大战的灰烬之中，经受住了第二次世界大战的严峻考验，但是，就在它成为世界两霸之一，虎视眈眈俯瞰全球，正在不可一世的巅峰时刻，谁又能想到呢，几乎是在一夜间，那书写着无数英雄业绩的鲜红的镰刀斧头的苏联国旗居然从世界地图上突然消失了。它辉煌时威震世界，消失时却是悄无声息。它的消失，不是由于强敌的入侵，而是源于他们党的内部。从本质上讲，这反映了人民长期积累的好恶取舍。从 1917 年十月革命胜利算起，到 1991 年突然消逝，执掌政权一共才 74 年，与历史长河中所有政权相比对，这也是一个短暂的政权。这是我们共产主义运动史上的一大悲剧！对于这个沉痛悲剧，我们不应该回避，我们应当勇敢面对。我们每一个真诚的共产党人都应该认真地问一问，他怎么会这么快就消亡了呢？从这个巨大悲剧中，我们能汲取什么教训呢？"

他大声道："不要以为我们共产党的领导就是坚如磐石、万年永固的。不是这样的！我们能够执政多久，从本质上讲，是人民说了算。为什么邓小平同志要提出那著名的"四不"标准呢，也就是坚持用人民拥护不拥护、赞成不赞成、高兴不高兴、答应不答应来衡量一切决策，把发展的目的真正落实到满足人民需要、实现人民利益、提高人民生活水平上。邓小平同志把人民看得非常之重，看成是决定我们党的一切政策决策的主宰！要我们一切听命于人民，以人民的意志为指令，为满足人民需求、实现人民利益、提高人民生活，规范我们的一切行为。”

阎书柏语重心长地说：“同志们！为什么在我们党即将取得全国胜利的前夕，在党的七届二中全会上，毛泽东同志告诫全党，要谦虚谨慎、戒骄戒躁呢？我们越是取得巨大胜利的时候，我们越是要谦虚谨慎、戒骄戒躁，越是要头脑清醒、行为谨慎，越是要有危机感。要时时，事事，如临深渊，如履薄冰，要谨慎小心，勤勤恳恳，为人民做事。

“你们看看历史上的那些庞然大物，都是怎么在一夜之间突然消亡的？都是在取得巨大成就，正在得意忘形之时，不测之祸就会突然降临，不期而至啊！

“目前正是我们党、我们中华人民共和国取得举世瞩目的巨大成就、处于盛世年华的时候。正是在这重要的历史时期，我们更要谦虚谨慎、戒骄戒躁，对我们自己不断提醒，千万千万不能晕乎乎，昏昏然，头脑发热，晕头转向，切切不可被胜利冲昏头脑，干出蠢事，使我们无数先烈的鲜血白白流淌，做出对不住热爱我们党的广大人民群众的事情！”

阎书柏深深地吸一口气，十分愧疚地说：“102岁的老人家被我们吓死了；把卖水果的壮汉从卡车后车厢板上生生地摔在硬马路上，把人家的门牙磕断了，磕出来满嘴的血，气得人家举着切西瓜大刀要来跟我们拼命。我们把人民的生命权、生存权一律当成儿戏！人民对我们的反感，对我们野蛮执法的反对，态度还不够明确吗？是到了我们进行自我反省的时候了！”

阎书柏的这一番宏论，看来得归功于他在“西部第一哨”他那间“营长小屋”里，十年间刻苦阅读马克思主义经典著作，认真领会和思索的结果。真正是面对冰川，身陷狂雪，苦读十载，十年寒窗呀！时光没有白费。

阎书柏最后也说了：“问题出来了，责任不能全由陶近沪同志一个人来负，主要责任应该在我这个主要负责人的身上，是我把这项任务没有完成好。这是一项新的任务，我们没有经验，工作究竟怎么搞，心里没有数，纯粹是瞎子摸象，盲目执法造成的。

“我们既然要执法，就应当先搞清楚被我们执法的对象究竟是谁？对他们的生存现状、合理要求和我们的工作前景等，都应该有一个基本了解才对。可我们呢，对他们却一无所知，这就是只知己，不知彼，又急于求成，这叫求胜心切，鲁莽上阵，乱打一气，我们能不打败仗吗？只有知己知彼，才能百战不殆嘛！”阎书柏不愧是当兵的，一出口全是军事术语。

阎书柏接着道：“怎么样才能‘知彼’呢？你已经把人家的饭碗夺了，砸了，伤了人，伤了感情，得罪了人家，让人家恨不得要跟你拼命了，你还想‘知彼’？能‘知’吗？人家还让你‘知’吗？你‘知’不了啦！怎么办？那，我们就必须从头再来，从最基础的一步走起。

“这一步怎么走？我们必须放下架子，拉下面子，对那些受到我们伤害的群众，去一家一家走访，去赔礼道歉。把我们没收来的东西，要一户一户地送还；损坏了的，丢失了的，一律要照价赔偿。

“同志们！我们的血脉是从井冈山开始流淌的。早在八十年前井冈山时期，毛主席就为我们制定了三大纪律八项注意，走到了今天，难道井冈山精神就过时了？不要了？三大纪律八项注意就不需要再提了？时至今日，你们还有谁会唱《三大纪律八项注意》这首歌呀？有几个听别人唱过？有几个人知道在我们的党史和军史上曾经起过重要作用的这一首经典歌曲？很少，很少啦！不！同志们，井冈山精神，三大纪律八项注意，我们党的这些好传统、好作风，到多会儿，我们也不能丢，不能忘。我希望有人能不时地唱唱这首经典歌曲，提醒我们千万不要忘记井冈山精神，让井冈山精神世世代代传承下去。

"在三大纪律里,就有一条是'不拿群众一针一线',这是我们的一条纪律呀!八项注意里有一条是'损坏东西要赔'。现在我们不是拿了群众的一针一线,而是夺了群众的大批东西,并且损坏了,能要赖不赔吗?三大纪律八项注意允许我们要赖吗?不!我们不能要赖,要改变作风,牢记纪律,改正错误。要请他们原谅,一定要让他们满意。只是得到他们的谅解还不够,还要多去亲近他们,耐心地倾听他们的呼声,尽最大的努力去满足他们的愿望,诚心诚意地去帮助他们。有困难,要帮;没有困难,也要帮——要扶持他们,引导他们,帮助他们尽快脱贫,逐步走上生活宽裕些的道路,也能共享改革开放的丰硕成果。想要做到这一步,我们和他们,这一对矛盾的两个方面,就要做到相互之间心相通,手相牵,情相亲,命运与共。他们的痛,就是我们的痛;他们的难,就是我们的难。使我们真正做到'军民一家亲'。现在,我们当务之急,就是要在这'军民一家亲'的'亲'字上狠下功夫。只有把这'亲'字的功夫做到家,他们才有可能谅解我们,才有兴趣理解我们,才有愿望亲近我们。我们只有相互真诚地感到是'一家亲'了,我们的工作才能真正见到成效,得到人民的认可。

"昨天,一中队的同志去高奶奶家帮助卖苦苦菜,卖鱼，买水泥，拉沙子，明天，我们大队的同志要全体出动，帮他们家盖新房，这都是我们在群众中所做的'一家亲'的工作，要打下坚实的群众基础啊！”

他用手指了指会议室门外，道：“看，我们刚做了这一点点工作，立刻就感动了上帝。等一会儿我要向同志们介绍的，就是那位大老李，李大哥。周发同志要去帮高奶奶，李大哥立即就自发地真心实意地不取分文报酬地按时准点地挥汗如雨地和周发等同志一起去帮助高奶奶。这说明，周发同志的行动是受到群众拥护的，人民群众是赞成的、高兴的、答应的。人民对我们的拥护，就是对我们工作方向的肯定。我们就要沿着被人民肯定的方向，毫不迟疑、毫不动摇地继续往前走。

“今天我们开会，就是要动员全大队的同志，坚决地毫不犹豫地舍弃野蛮执法的那条死胡同，掉转头来，走上由周发和大老李为我们开创的受到人民拥护的坦途上来。在外部，我们要紧紧依靠人民群众；在我们执法大队内部，就得发动我们在座的全体共产党员起模范带头作用了。我们要统一思想，统一意志，形成有力的一个拳头，才能够保证我们出师顺利，出师大捷。”

他看了看低着头却是犟梗着脖颈的“套近乎”，阎书柏接着道：“对我们前一阶段工作上的失误，由我向上级去做检讨，接受批评，请求处分，这都与在座的所有同志无关。当然了，在我们执法大队内部，作为接受野蛮执法的一个教训，或是面对曾经被我们伤害了的群众，我们还是应该有个交代。因此，我提议，陶近沪同志必须停职检查，随同大家一起工作，在工作实践中去认识自己的错误，改正自己的错误。对于我的这一项提议，大家有意见没有？”

会场上一片沉默。

等了一会儿，在党员中间突然有人大声地冒出一句：“同意！”

阎书柏看看大家，又等了一会儿，见大家都以期待的目光等着自己发话，于是，他说：“好，大家既然没有意见，我们就这样执行了。一中队中队长的职务，我提议由张荣生同志接任。大家有意见没有？”

“没有。”会场上响起喊声。

“还有，陶近沪同志原来担任的支部委员，我提议咱们支部的全体党员考虑，是不是也需要改选？选谁？请同志们讨论。”

小王抢过话头：“我建议选周发。他能不顾一切地维护老百姓的利益，全心全意地为老百姓办事，就凭这一条，我选他。”

阎书柏问：“还有别的提议没有？”

一中队的同志齐声喊道：“没有了。”

周发挺感羞涩,红着脸站起来,道:“我刚来不久,不合适……”

没有等他说完, 小张一把把他拉着坐下来, 道:“你是来这个单位不久,可你当兵几年,在部队就是党支部委员,对支部工作你并不生疏,别谦虚啦。”

阎书柏道:“好,既然没有第二个提名,现在我们举手表决。先请同志们表决,不同意撤销陶近沪同志党支委资格的,请举手。”

有两个举起了手。

“同意撤销陶近沪同志党支委资格的,请举手。”

除了陶近沪和刚才举过手的两位同志以外,都举起了手。

“有弃权的没有?”阎书柏看了看会场,然后宣布:“没有。好,通过。”

他又接着问:“同意周发同志担任支委的,请举手。”

随着阎书柏的话音, 除了陶近沪和另外一位同志,其他同志都举起了手。

“有反对的没有?”

“套近乎”下意识地“倏”地举起了手,一看,不对,见全体党员都转过脸来盯住他,他把举起的手又慢慢地缩了回去。

阎书柏道:“陶近沪同志,你有表决权,有你的党员权利,你可以自由表达你的意见嘛。手既然已经举起来了，又何必缩回去呢？好，你的这一票，算数。”他转过头对余梅媛道：“记下，一票反对。”

阎书柏又问：“有弃权的没有？”

刚才不同意选周发的那位同志举起了手。

阎书柏宣布：“按照少数服从多数的民主集中制原则，周发同志补选为党支委。”

一阵掌声过后，阎书柏示意张荣生：“去，把所有同志都请进来，开全体大会。”

第二十七章　我们是人民的儿子

党支部大会刚刚结束,执法大队全体会议紧接着召开了。大家陆续进来坐好了,只见主席台上放了两张椅子。

奉了“营长”的指示,张荣生、小王——王云飞去请大老李。可这个大老李真是没有见过大场面,死拉硬拽,就是不肯朝主席台上坐,最后还是阎书柏走到大老李面前,道:“我亲自来请,还不给这点面子吗?”阎书柏一手拉起大老李,这才把他拉到会场的前面。

大老李是坐下了,可就是左扭右拐,像是混身长满了虱子,怎么也不对劲儿。面对一屋子的人,黑麻麻的一片,心怦怦地乱跳。别看他开上他的电动大三轮,或是扬起修路的十字镐,有说有笑,特自在,可坐到这明窗净儿,宽敞漂亮的大会议室的主席台上,坐着软软的沙发靠背椅,就像有千百根钢针扎他的屁股,那个难受呀,最后他还是把自己的带轱辘的大靠背椅挪到靠窗根的边上坐下,心里才觉得稍安些。

大队长阎书柏开始讲话:

“同志们,今天我们召开一次全大队会议,对我们前一阶段工作作一个阶段性小结。我要先向同志们介绍一位我们请来的尊贵客人,一中队的同志对他比较熟悉,二、三中队的同志可能还不认识他。”他走到窗边,拉起大老李,道:“就是这位,李大哥。”

大老李参加这么隆重的大会，这是平生第一次。被人家单位的大领导作这样郑重地介绍,更是有生以来没想过。他手足无措地赶快作解释,道:“我不是李大哥,我,我是大老李。叫我大老李,最好。”

一句话,说得满堂大笑。

阎书柏笑道:“好,就叫你大老李。让我们用热烈的掌声欢迎他。”

大老李半弯着个腰,站也不是,坐也不是,张开手拍了两下巴掌，那长满老茧的大粗手的缝缝里漏风，拍起巴掌来也不响。

阎书柏接着道:“大老李对我们前一阶段的工作可是立有大功呢！他协助周发帮助高老奶奶,这项举动可是开创了我们城管工作如何与人民群众相结合的先河,对我很有启示,对我们今后的工作怎么开展,启发很大呀！我们要很好地感谢他。”

会场上又一次响起热烈的掌声。

大老李憨笑着,两只大粗手直觉着没处放,在粗劳动布衣服上,上下来回地搓揉,笑道:“嘿嘿,嘿嘿,这有啥呢？看被你们夸的,嘿嘿。”

接着，阎书柏对前半年的工作作了简略回顾:102岁卖茶叶鸡蛋的老爷爷的死；周发当众拦护高奶奶；

大老李帮周发卖苦苦菜，又主动去修路；卖水果的大哥大牙被磕断了，人家举着切西瓜大刀要来跟我们拼命，等等，都说了。随后，他作了归纳，道："我们城市管理执法队是有工作目标的，可我们用什么工作方法实现这个目标呢？工作方法是跟工作态度紧密联系的。什么是工作态度呢？就是你在工作进行的时候，心里是装着人民，还是眼睛向上翻，总是看着上面的眼色行事。两种不同的心态，反映了两种不同的人生观；两种不同的人生观，决定了两种决不会相同的行为方式；两种不同的行为方式，肯定会带来两种完全不同的客观效果。这就叫距之毫厘，差之千里。"

阎书柏语重心长地说："不对啊，同志们！我们和人民是什么关系？我又要唱我最喜欢的那首老歌了：'军队和老百姓，咱们是一家人'，我们和老百姓到多会儿都是一家人，我们是老百姓的儿子，老百姓是我们的生身父母呀，同志们！"

下面有人在交头接耳，窃窃私语。

阎书柏道："有什么不同意见，大声说出来嘛。你们在下面咬耳朵根子，我们大家听不见嘛。"

有一位戴细金边眼镜、白皙、高挑、精细的同志站了起来，道："大队长，你今天说的，跟我们过去听到的，怎么不一样呢？"

"过去是怎么说的？我今天又是怎么说的？怎么不

一样呢？”

“过去说我们是人民的公仆，公仆是要为人民服务的。今天你又说我们是人民的儿子，儿子对父母就不只是服务了，更应该讲孝道才对。我们究竟是公仆呀，还是儿子呀，我被你闹糊涂了。”

一番话，说得全场一片笑声，会场上活跃起来。

阎书柏跟着大家一起笑，笑着指着这位同志道：“你这位同志能提出这样的问题，很好，说明你善于思考，能发现问题，提出问题，并且希望寻求问题的答案。这非常好，我就是愿意和这种有思想、勤思考的同志交往。我知道你是三中队的，你的名字我叫不好。”

“我姓花，叫花中琦。”

“嗯，你这个名字好记，花中琦，万花丛中的一朵奇葩，好，我们相识了，是个朋友了，我愿意把我的想法说出来，和你进行商讨。”

“营长”的谦虚态度和民主作风，使大家很感亲切，有几个带头鼓起掌来，引得全场掌声一片。会场又逐渐安静下来，静静地等待“营长”的解说。

阎书柏等大家完全静下来以后，他娓娓说道：“‘公仆’论，大概是马克思提出来的，‘儿子’论，可是邓小平提出来的。从马克思到邓小平，具体点说，说两个标志性的时间点吧，从《共产党宣言》发表到我们党的十一届三中全会，中间相隔是 131 年。在这一百多年间，时代在变迁，理论也在发展。马克思主义如果不随着时代的发展而发展，如果他是停滞的，不变的，他就不可能有永恒的生命活力，就不可能指导我们的革命取得一个又一个新的胜利。因此，我认为‘公仆’论没有错。‘儿子’论，是‘公仆’论的继承和发展，二者不仅不矛盾，而且是一脉相承，同属于一个完整的理论体系。所以，你们不要把他们看成是两个不同的概念，是两回事。只有在这个基础上，我们才好接着向下讨论。你说是不是啊？”

阎书柏看了看刚才提问题的那位同志，只见会场里一片安静，等待“营长”往下讲。

阎书柏接着道：“但是，我觉得，‘儿子’论更具有中国特色，更符合中国人几千年来所形成并尊崇的文化传统和思维模式，符合中国人的情感表达方式。邓小平同志有一句著名的话，大家还记得吗？邓小平同志曾说，他是中国人民的儿子，他深深地爱着我们的祖国和人民。这样的深情表述，只有中国的人民领袖才能发自肺腑地表达出来。”

他进一步阐述道：“邓小平理论的一个重要特点是，他不是纯理论研究的著述家，他是伟大革命的实践家。他是用最朴素的群众语言进行表述。因此，他的理论就像是一位慈祥老人在跟你聊家常，很口语，很亲切，一听就懂，并不深奥，可是，只要你一疏忽，就会把他的言辞中那深刻的理论蕴含给忽略了。‘我是中国人民的儿子’这句话，就是这种情况。很久以来，我们把他的这句话只看作是他对祖国和人民深爱的情感表达，对这句话同样是邓小平理论的重要组成部分却缺乏深入研究。我们必须补上这一课。”

他越讲，大家越感兴趣，都被他深深的理论思考所折服。可谁也不知道，这正是他一年多以前在藏北边防他那“营长小屋”里多年学习和思考邓小平理论的结果。

刚才提问的花中琦又举手了。

阎书柏道：“请你发言，让我们接着讨论。”

花中琦道：“‘营长’，您刚才说到了‘儿子’论是‘公仆’论的理论继承和发展，这属于同一性。可二者毕竟是两种不同提法，他们的相异性又是什么呢？”

阎书柏道：“你的问题提得很好，我们就接着讨论二者的相异性。”

有几个同志鼓了几下掌，表示出对这次理论探讨的浓厚兴趣。

阎书柏道：“‘公仆’就是仆人，他只能是被主人所雇佣，与主人家没有血缘关系，没有继承关系。相对于主人家的人，他再忠诚，再勤恳，终究是外人。他与主人，只存在‘服务’关系，‘忠’的关系，不存在‘孝’的关系。儿子就不同了，他与父母之间是血缘关系，是继承关系。他对父母不存在忠诚不忠诚的问题,他对父母的'服务'天经地义,是当然的,毋庸置疑,不需要讨论。只有儿女对父母才会讲'孝',是孝敬。大家注意,这是孝和敬,要孝顺,要敬重。今天,我特意把李大哥请来,请到我们的主席台上来,就是要表明我们对人民应该如何敬重。你们说,我们对人民表示敬重好不好?"他一面说,一面转过身去,向着大老李鼓掌。

大家随声回应:"好!"都站起身来向大老李鼓掌。

这可苦了大老李。这是他有生以来第一次受到这么隆重的敬重!他简直不知所措,赶紧站起来向大家深深地鞠一躬。这一鞠躬不打紧,他头一低,看到自己的那一双像蒲扇一样的大光脚和趿拉的那一双破塑料拖鞋。别人谁也没有注意过他的那一双尊脚和他的那双同样"可爱"的破拖鞋,可今天,在这种场合,被他自己"发现"了。就在这一刻,他才注意到自己的这双尊脚实在不够美丽。这可把他自己臊的呀,两只脚再怎么向后蹭,也实在没处藏去。

大家看着大老李那窘相,以为是大家的掌声使他这么个大老爷们儿害羞了,引得大家笑得上气不接下气,掌声拍得更欢快了。

等大家笑够了,巴掌也拍疼了,会场上逐渐安静,大家坐下以后,阎书柏笑喘着道:"好,好,让我们接着讨论怎样衡量对人民做到了'孝顺'?依我的理解,还是邓小平的那'四不'标准,就是人民对我们拥护不拥护、赞成不赞成、高兴不高兴、答应不答应。也就是说,我们必须顺从人民的意志和愿望办事,而绝对不可以与人民较劲儿,非得强迫人民按照我们的主观愿望去办不可。对自己的亲生父母,你能较劲儿吗?你敢较劲儿吗?你只有顺从,你必须顺从。连古代封建帝王都懂得'得民心者得天下',难道我们中国共产党人就不懂得人民是天,是我们的生生父母?我们只能对我们的生身父母竭尽孝道,一切行为都要让'父母'高兴,'父母'现出的满意笑容,就是对我们的最舒心的鼓舞。这个道理不是再明白不过吗?"

一篇宏论,引来了一阵掌声。阎书柏伸手示意,让大家先不要鼓掌,他的话还没有说完,他接着往下讲:"大家都知道,我是在藏北边防驻守了十几年的边防战士。藏北阿里地区的首府在哪儿,你们知道吗?"

大家默然,表示没有一个知道的。

"那里叫狮泉河。我在藏北,每年要有几次经过狮泉河。大家肯定想不到,在那藏北无人区,居然有狮泉河这样一座非常漂亮的新兴城镇,那里也是高楼林立,厂房密布,俨然是一座世外桃源。就在狮泉河,长眠着一位全国著名的我们党的好干部,你们知道他是谁吗?"

大家依旧默然。

“他叫孔繁森。”

大家“哦”的一声。

花中琦又站了起来，道：“孔繁森，我知道，他是山东人，两次进藏，最后是牺牲在通往新疆的路上，是因为车祸牺牲的。现在正流行一首歌，叫《公仆颂》，是由歌唱家万山红演唱的。歌词里就明确地说：‘你是公仆，你有一颗爱民的心’。”

大家都转过头来惊奇地看着他。

阎书柏也对他大加赞赏，道：“不错，在这些方面，你真是比我知道得多多了。可是你不知道，孔繁森同志他就被埋葬在狮泉河。在狮泉河有一座纪念他的青铜半身塑像，塑像下面有江泽民同志的亲笔题词：‘向孔繁森同志学习’。我曾经不止一次地肃立在孔繁森同志的墓地和塑像前，久久地沉思。我在想，究竟称呼他是藏族人民的好公仆好呢？还是称呼他是藏族人民的好儿子好？依我看，还是把他称为藏族人民的好儿子更为亲切，也更加贴切。‘藏族人民的好儿子’这样的称呼，也只有在我们这个尊崇孝道的中国才有可能产生。所以，刚才你念的那首歌词，我看就得改一改，不是他有一颗爱民的心，而是应当改为‘你是藏族人民的好儿子，你有一颗孝敬藏族人民的心’，你们说，这样的改动好吗？”

会场上又一次响起热烈掌声。

阎书柏道:“好了,有关‘公仆’论还是‘儿子’论的话题,我们就讨论到这儿吧。”

他宣布了刚才党支部会上有关人事变动的决定,又布置了从明天开始的下一阶段工作,首先就是在几天之内要把高奶奶家的新房子盖好,让高奶奶住得安全些,舒适些。他特别安排:“新房子盖好了,旧房子不要拆,不要动,这不仅仅是高奶奶家的私产,更是我们这个时代的历史记忆。”他特别强调,“保持历史记忆,这一点非常重要!我们不能过上好日子,就忘记过去的苦难生活;走在了世界前列,成了全世界瞩目的第二大经济体,就忘记了八国联军和小日本侵略我们时的民族灾难,忘记了全中国人民所遭受的无比凌辱和痛苦。只有永远保存这些屈辱和悲痛记忆的民族,才是有希望的,是能永远奋进的民族。大家能理解我的意思吗?”

“能!”

“好,我现在就来安排从明天开始的具体任务:一中队的同志,挖苦苦菜的,钓鱼的,照旧,首先要保证高奶奶家的生活。当然了,你们再不要一早六点钟就起来去挖菜了。你们过去那是偷偷地干,是为了八点钟赶回来上班。现在不一样了,你们还是八点钟上班,赶八点半到高奶奶家就可以了。

“余梅媛,你的任务还是去照顾高奶奶和小牛牛,不仅是照顾好他们的生活，还要帮助小牛牛学文化。委屈你了，大学生，委屈你要当一回小学老师了，从一加一，波(b)、坡(p)、摸(m)、佛(f)教起，难着呢！”

大家转过头来看着余梅媛，都嘻嘻嘻地笑了。

“二、三中队的同志，你们的任务单纯些，也更辛苦些，你们要跑遍全市建筑施工已经结束的地方，去捡人家废弃不用的砖块、石头、木条、木板等。要给高奶奶家盖新房，高奶奶没钱，上级不可能给他家拨专款，我们的办公经费又不能随意挪用，怎么办？只有靠我们自力更生，争取不花一分钱，还要把高奶奶家的这间新房盖成。让我们创造一个奇迹，二、三中队的同志们，怎么样，能干成吗？”

“能！”

三中队中队长抢着说：“‘营长’，我们有这么多条汉子，用不了多久，新房子准能盖起来，到时候您就来验收好了。”

阎书柏道：“不，我不是只来当一名验收的官儿，我要脱了光膀子跟你们一起干。不止我要去干，我还要拉上一位，”说着，他走到窗边拉起大老李，道：“就是这位，大老李，是我给你们请的一位工程师。我听周发说，我们的大老李可是一位大能人，只要是苦力活儿，什么也难不住他，是一位能工巧匠。有他的指点，高奶奶家的新房子，一句话：成了！”

又是一阵热烈掌声。

阎书柏道:“行了，咱们的会开到这儿就结束了。下午,我去向李局长汇报,怕是回不来了。你们各中队分头开会,商量商量,今后我们的路该怎么走？我相信,只要我们对人民诚心诚意尽到了‘孝心’,我们会感动我们的‘爹娘’的。大家有信心没有？”

“有！”

第二十八章 雷响了,雨会来吗

开了一天的会,"套近乎" 那原本长得细且瘪的脸,显得更其尖且长了。脸色蜡黄,步履蹒跚,他不知道自己是怎样走出会场,走出执法大队的门,怎样跨上摩托,穿越人丛,回到自己家的。

他一脚踹开家门,偏偏他那调皮儿子把个玩具小汽车挡在门里的正当间,差一点被他一脚踏扁了,气得他甩起一脚把小汽车踢开。只是这一脚踢的劲儿稍大了点儿,不偏不倚,小汽车直飞小客厅房顶正中的彩色吸顶灯上,哐啷啷,被砸碎的彩色灯泡纷纷扬扬从空飘落,撒了一地,客厅里落满了彩色碎玻璃碴,倒是蛮好看的。正在飞扬的小汽车被吸顶灯一挡,直落下来,砸在吸顶灯下的沙发茶几上,把放在茶几上刚砌好的一杯龙井茶砸了个粉碎。可惜了这一口没顾上喝的龙井茶了,茶水流淌一地,和彩色碎玻璃碴混到了一起。

听到响声,首先从里间饭桌上窜出来的是"套近乎"的调皮儿子。他一见自己最心爱的小汽车被他爸踢坏了,不干了,冲上去抱起他的小汽车,"哇"的一声大哭起来。气得"套近乎"上去一脚狠狠地踢了他儿子的小屁股,正被赶出来的孩子他妈看见了,一把将她大哭着的宝贝儿子紧紧搂在怀里,对“套近乎”厉声吼道:“你在外面受了气,回到家来撒野！有本事你出去愿踢谁踢谁,别回家来拿我儿子撒气。”

“套近乎”听他老婆这一声吼,像是泄了气的皮球,一下子瘫坐在沙发上,两手捂着脸,“嗷嗷嗷”地嚎哭起来。

“看看你这德行,熊样,好个大男人,没出息的货！外面是谁欺负了你,你也别饶了他！反正是狗咬狗,都是一嘴毛,你怕啥呢嘛！”“套近乎”的老婆可是个拿得起放得下的刁钻女人，从来不会拖泥带水的,“说,谁欺负你啦？说,说话呀！光会号丧,顶屁用！”

“撸啦！党内党外,全撸啦,一撸到底！大半年的辛苦,全泡汤啦！嗷嗷嗷……”爹和儿子一起哭,声音一粗一细,一高一低,像是在唱二重唱,挺有意思的。

听着这一老一小的哭,“套近乎”的老婆紧绷着脸,不说话。猛然,她一扭身,撇下她儿子,一个人进了她儿子的卧室，从她儿子睡铺褥子靠墙的最底下,摸出一摞捆扎得紧紧的私房钱,两大步跨出她儿子的卧室,冲到“套近乎”面前,把一摞钱扔到“套近乎”的怀里,厉声道:“去！买两条熊猫牌香烟,再加两瓶茅台,提上,去找你的顶头上司去！”

“你让我去找我那个‘营长’？”“套近乎”吓得眼睛都瞪圆了。”

“谁让你去找他？我是让你去告他！”

“告他？我向谁去告？”

“是谁把你从你那个又穷又破的小窝棚带进公家的大单位，又领到这大省城里来的？”

一句话把“套近乎”点醒了，“哦哦哦，对对，我马上去，马上就去。”他举着摇着手里攥着的钱，扬声道，“告状去啰！”揣上钱，冲出门，跨上摩托，立马就飞。身后追来他老婆那跟男人的嗓门差不多粗的狮吼声：“把眼泪水擦擦，擦干净啰，别跑到人家去哭丧！”

一阵风猛扑到他老婆的脸上，他老婆的最后一声被呛得没能吼出来。他老婆斜别过脸略避了避迎头扑来的这一阵阴风，头一甩，迎着风使出力气大声接着吼：“要变天啦，看要下雨哩，快回来，带上雨披。”

她这一声可是白吼了，“套近乎”早飞得没影子了。

“套近乎”买上烟和酒，一路狂奔，直冲城管局副局长钱长江家奔去。到了钱副局长家门口，停好车，大喘了两口粗气，让狂跳的心略微平静了些，这才又擦了擦眼睛，拽了拽衣服，从后备箱里取出烟和酒，慢慢走向钱副局长的家门口，按响了门铃。

钱副局长一见他手上提的，就全明白了“套近乎”的来意。

召开今天的会，“营长”是向局里请示过的，当时李局长点了头。他钱副局长就坐在旁边，只是不好说什么。即使李局长要征求他的意见，他能当着李局长和“营长”的面说“不行，我不同意”吗？从这个大“营长”，到李局长，再到上面的金浩然副书记，这是一条线。这就像他钱副局长，下面跟着这个“套近乎”，上面靠着市委尹学廉尹副书记，这是一个道理。这倒不是说一个市委班子里总会分成这么几派，总会搞内耗，明争暗斗。不是的。人与人之间的关系是复杂的，人与人之间不只是组织关系、上下级关系；人与人之间总有个思想能不能沟通，是不是有共同语言，兴趣能不能投合，也就是说，若是心有灵犀，一点之后，相互之间能不能相通的问题。说得更直白一些，就是相互之间有没有与利益相关的问题。

比如说，市上为了搞好城市建设，让城市的品位上一个大大的台阶，市委尹副书记就曾千方百计，好不容易请来了一位外商，带来一大笔投资，计划建一大片高层高档的建筑群，将来全市就要以这片建筑群为样板进行建设。要建这一片建筑群，偏偏要拆迁一大片农民的自有住房。想拆迁农民的自有住房，这可不是一件简单的事。就有这么几个钉子户，开发商跟他们进行谈判，双方死活谈不拢。开发商嫌钉子户要价太高，钉子户说外商太抠门儿。没办法，开发商找到了当初把他请来的市委尹学廉副书记，让他进行解决。

这事儿是不好解决。钉子户们都是城乡结合部的失地农民，他们现在唯一的私人财产就只有自家的这一座住房了。他们不是市委领导，他们没有全局观念，他们不懂得在必要的时候必须牺牲小我，服从大局。说他们自私也罢，保守落后也行，反正他们现在跟开发商杠上了。你外商开出的价码达不到他们的要求，他们就是死活不搬。房子不让你拆，你对他们没有一点办法。

他们就是私心太重，但没有违法，不能把他们逮起来，判个什么刑，想动用公安、司法去强行拆迁，显然行不通，动静也太大，社会影响不好。这个办法不可取，只有动用城管这种非武装的执法力量。作为城市管理的一个部分，本来就可以算作是城管职权范围内的事，这说得过去。于是，在市委尹副书记的授意下，分管城管执法大队工作的钱副局长来到城管大队，找到我们这位大“营长”，请他把执法大队拉出去，协助一下，为市政建设“保驾护航”。

当我们这位大“营长”弄清楚了要他去为谁“保驾”，又要向谁去“执法”后，“营长”沉默了，坐在椅子上，好一阵没有动弹，不言语，没有任何反应。

钱副局长见“营长”久久地沉默着，不表态，心想，按照现时办事的潜规则，他这是等着我出价吧？于是，以轻柔的语气，试探性地说了一句：“人家外商是很通情达理的，不会让你们白受累，他们会在适当的时机，以适当方式,对你们表达谢意的。”

钱副局长的隐晦授意,“营长”当然听明白了,没想到,这一次“执法行动”的价码儿人家都已经开好了,就摊在自己的面前。他突然想到几个月前在陪审员培训班学习过的那些课程和讲解与剖析的诸多案例。他真的没有想到,在培训班结业后仅仅才几个月,一个活生生的案例就会扑面而来,糖衣炮弹的炮口已经直直地对准了自己,炮弹已经进膛,发射按钮已经按下,就等着自己中弹倒下了。只是,钱副局长他不知道的是,我们这位大“营长”,他曾在他那“营长的小屋”里有过十年寒窗的苦读经历,又有陪审员培训班给他打下的坚实的思想基础,使他的头脑特别清醒,防火墙已经筑牢,足以应对当前交给他的这一项“重要使命”。面对自己的直接领导,作为下级,阎书柏当然不会当面顶撞,他只淡淡地回复了一句:“钱副局长,您今天交代给我们的任务,为了慎重,请允许我召开一次支委会,让大家讨论一下,达成一个共识,可以吗?”

只过了一天,钱副局长就打来电话,催问支委会讨论的情况,准备什么时候行动?电话里传去的回复是:“这几天我们有点忙,还没有顾上召开支委会。我是先在下面征询了部分支委的意见,好像大家有一些不同看法。即使现在就召开支委会,到了会上,只怕会引起一番争论,很难达成一致,难以形成决议。请允许再给我几天时间，让我跟支委们慢慢沟通沟通，可以吗？”

“营长”实行的是拖延战术，可开发商等不及呀，工程计划、工期、成本核算，一环一环，都在后面逼着，急得开发商在市委尹副书记的办公室里拍桌子，直嚷着要撤资。

撤资？这只能是说说而已。且不说开发后的诱人回报，只说这前期巨额投入，你一撤，就得全部泡汤，血本无归！这可不是一个两个小钱儿，哪个精明的商人在这种事情上都不会犯这种低级错误。因此，这位外商在拍过桌子后，又拉上尹副书记去喝酒，把个尹副书记折腾得既醉且累，在家整整躺了两天。等酒醒了，头不疼了，他脑子里闪出的第一个念头，也是他近一时期不断琢磨的事情，就是“换将”。

为了实施“换将”，尹副书记已经通过多个渠道放出风去，什么“这个‘营长’哪像是从部队下来的，工作作风太软。”“不作为。”“对政绩不佳的，坚决实行末位淘汰制”，等等。

狠话好说，真要想“换将”，要想真下手可就难了。谁都知道，这个“营长”身后站着的，是他的老政委金浩然。这个金浩然跟市委的第一把手关系又特别密切，非同一般。真是可气啊可恼！一个市委副书记，竟然搬不掉一个芝麻绿豆大的小小执法队长！

正在他心情最烦最乱的时候，他见钱长江领着

"套近乎"提着烟和酒竟然钻到自己家里来了。他没好气地沙哑着嗓子批评道:"你们这是干什么?有工作要请示,明天到我的办公室去。"

钱副局长见尹副书记那疲惫又烦躁的样子,很知趣,只是用最简约的语言把"套近乎"今天的遭遇说了说。

"套近乎"的个人遭遇,对于尹副书记毫无意义,他不屑一顾,只是厉声问道:"那个'营长'的工作,你进行得怎么样啦?"

钱副局长支支吾吾道:"那是个生瓜, 软硬不吃。看来还得再做些工作,慢慢磨吧,让他熟悉熟悉在地方上工作的潜规则才行。"

尹副书记白了他一眼,道:"慢慢做工作? 现在是什么形势?能允许你慢慢来吗?"气得他都不知道该再怎么发火了。他气呼呼地走到大落地窗前,望望外面阴沉沉的夜空,只听得远处一阵滚雷隐隐传来,他轻声地嘟囔着,像是在自语:"响雷了,雨快来吧! 快来吧,快来吧! "他嘟囔得一声比一声轻,最后一句大概只有他自己能听得见了。

钱副局长在他身后轻声地回应:"据天气预报说,今天只有雷,不下雨。"

尹副书记回过头来白了他一眼,瓮声瓮气道:"天气太闷,这雨要是真能落下来才好哩。"他回过身去,摇摇头，怅然地“唉”了一声。

这一声轻轻的叹息，使他猛然惊醒过来，他才意识到自己的身后还站着两个下级。他回过身来，瞄了一眼一直垂手侍立在门边的“套近乎”，厉声道：“你，回去，要好好工作，不准调皮捣蛋。再给我惹事儿，捅下娄子，我可就救不了你了，懂吗？”他沉吟了片刻，又嘟囔道：“你的问题，你只有……”他的声音已经轻到几乎听不见：“只有等，等，等时机成熟吧……”

又是一道闪电，一声炸雷。三个人都转过脸去，惊恐地看着窗外……

第二十九章　大彻大悟

开罢全大队会议的第二天上午八点，阎书柏跑步准点到了单位来上班，见只有一中队的一部分同志站在面包车前在等他，其他的人和车都没了。一问，回答是：他们等不住，先走了。于是，阎书柏上了小面包，和一中队的同志一起到了高奶奶家。

下车一看，阎书柏吃惊不小。他看到，一排排新砖码得整整齐齐，石料、木料已经运来了不少，二、三中队的同志一个个手拿工具，齐刷刷地站成一排，像是等待他的检阅。大老李站在这一行列的最前面，笑么呵呵地看着他。

阎书柏惊奇地问道："你们，这是变的什么戏法儿？这是……"

大家你看看我，我看看你，整齐地大声笑着回答他："保密！"

阎书柏再一转身，见高奶奶站在她家门前，也是笑么呵呵的，只是样子变了，是穿了一身崭新的衣服，显得特别干净利落。那一头银丝刚刚被梳理过，也显得俏丽鲜亮。

阎书柏赶紧走进高奶奶家，一看，也变了：拉走了堆了很久的废品，屋里不仅显得宽敞干净了许多，并且像是被洒了半瓶香水,香喷喷的。炕上铺的是崭新的被褥,小牛牛换上了崭新的童装。余梅媛坐在小牛牛身边,掰着面包,正一口一口地喂他。

阎书柏惊奇地问余梅媛:“你们,你们这是……”

余梅媛没等阎书柏说完,忍不住扑哧笑了,做了个鬼脸,诡秘地也只说了两个字:“保密!”

这神兮兮的一幕,真的把阎书柏闹蒙了,昨天下午自己不在,去李局长那儿汇报工作了,就半天时间嘛,竟然一切全变了,不知道他们这戏法儿究竟是怎么变的?

他走出高奶奶家的破房子,见小张站在门外等他。

张荣生道:“‘营长’,大家正等您发布命令开工呢!”

原来这还是设计好的一场虽是简单却也隆重的开工典礼!

阎书柏走到整齐站立的施工队伍前面,见不仅是二、三中队的同志,一中队的几位同志也站在队伍中间,其中就有“套近乎”。“套近乎”昨儿晚上听了尹副书记的训诫,不敢再惹事,老实了。这会儿站在队伍里,脸上虽然显得羞涩,可也是立正挺立,挺精神的。

阎书柏感到特别兴奋,他那洪钟似的嗓音把这远郊空旷的施工现场震出一串回声:

“现在我下达命令:开工!”

他把外衣一脱，跟大家一起热火朝天地干起来，一面干着，一面低声问张荣生："你对我说实话，买这么些青砖石料，经费从哪儿来的？"

张荣生人老实，从来编不来谎的。他笑着看看"营长"，只会老老实实悄声回答道："昨天下午，是三中队长发起，大家踊跃捐的。连大老李都立马跑回去拿来一千块钱捐了，大家拦也拦不住，他说：'你们拿的是死工资，我们个体户，天天来的是活钱，多捐点，没啥。'"

阎书柏大声道："这么好的事儿，你们怎么不告诉我一声？行了，这捐款里面，有我的一份，下午我就把钱带来。"

下午，阎书柏拿来三千元，交给执法大队姚会计。姚会计觉得"营长"捐得太多，怎么也不肯收，可又拗不过"营长"，只好拿了钱去找张荣生，跟张荣生一起站到了"营长"的面前。

阎书柏脱了个大光膀子，正跟大家一起搬石头，在给房基打石头根子，呼哧呼哧的，见张荣生和姚会计站在他面前。他顾不上擦汗，问："什么事儿？"

张荣生迟迟疑疑地道："姚会计来找我，说您，您拿来了三千，她，她觉得，她觉着您，您是不是，拿得太多了。"

阎书柏真是有点生气了，道："刚才姚会计就跟我磨叨了半天，你又来磨叨。怎么啦，嫌少，再加点儿？”

“不，不是，姚会计不是这个意思。她是说，您也是拿死工资的，这够您快两个月的生活费了，您全拿来，您家里不用了？”

阎书柏没好气地道：“我没有申请过生活补助吧？”

阎书柏的大嗓门，引得大家都围拢了过来。

阎书柏接着道：“实话对你说，我在藏北边防十多年，在那无人区，发了工资没处花去，攒下啦！拿出这一点钱来帮助高奶奶，这是应该的。哦，难道只准你们捐，就不许我也捐一点儿？”

他见张荣生和姚会计站在面前不动弹，大家也都围着紧盯着自己，他干脆说：“咱们也干了好一阵子了，那好，咱们都就地坐下，歇口气，喝口水，听我给大家讲个故事。”

大家早就想听他讲故事了，几次让他讲讲他在藏北无人区生活十几年的事儿，觉得那特神秘，特新奇，可他就是不讲，总拿一句“该吃饭吃饭，该拉屎拉屎”搪塞过去。这一次，乘着好兴头，大家以为“营长”一定会讲他驻守藏北边防的故事了，所以兴趣特高，都扬起脖梗儿等着听。

阎书柏知道大家的心思，可就是不愿讲那些过五关、斩六将的事儿。不光在外面从来没有对任何人讲过，就是在家里，他妈几次想听听，他都是把他媳妇邢文静推到他妈的身边，自己躲到小书房里看书去了。他是觉得，要讲过去的事儿，总不能讲他跟赵瑞芳在那“营长的山崖”上进行意念中的“鹊桥会”吧，只能对大家讲那些“模范事迹”，这就有了炫耀的味道。炫耀自己，这怎么能是阎书柏内敛、沉郁、低调的性格呢？所以，他只能让大家失望。即使是自己最最心爱的妈妈，其他的任何愿望，他都会拼尽全力，给予最大的满足，唯有这一个愿望，他只能心含愧疚地悄悄从妈妈的身边离开。

今天，大家又在等着听他的故事了，可他讲出的，却是与自己毫不相干的另外的事。他是讲他参加赴内地参观英模代表团时，有一次到了一座城市，那座城市正发生一件轰动全国考古界的事情：在那座城市的郊外，刚发掘出一座不知道是哪个朝代的皇帝的陵寝。这座城市出了这么一件大事儿，当然就请他们去发掘现场参观了。

到了发掘现场，看完了主要的参观项目后，阎书柏一个人闲溜达。走到一处，见到有一些待运的文物，其中有一个大竹筐，里面装的全是死人的骸骨。他就跟文物管理人员闲聊，问他们，这筐里装的是谁的骨头，怎么和文物放在一起呢？谁知这位同志的回答，竟让阎书柏站在一旁沉思了很久。

这位同志说：“这个竹筐里装的是一个皇帝和两

个盗墓贼的尸骨。皇帝的尸骨大概是被盗墓贼严重地翻动过，早就被抛出棺椁，扭曲地躺在一边。当墓穴中的财宝被上传得差不多了，上面的人把盗洞封填了，两个盗墓贼被活埋在墓穴中。当时，两个盗墓贼大概是祈求皇上的庇护吧，就都紧紧地趴伏在这个皇帝的尸骸上，三具尸骸就这样混为了一体。经过上千年的掩埋，今天我们已经分不清哪个是皇帝的尸骸，哪个是盗墓贼的骨头了。只有把他们装在一起，拉回研究院去，用现代的科学方法，看能不能把他们区分开。”

他一面讲述，脑海里一直在思索，并说道：“不管这个皇帝在历史上是个怎样的作为，他在位时，总是享尽荣华富贵，位于千万人之上作威作福的吧？而这两个盗墓贼，之所以会被活埋在墓穴里，是因为在他们那个盗墓贼群里，其地位肯定也是最低下的，只是两个小毛贼而已。一个贵为皇上，一个贱为毛贼，可是最终，他们都被混到了一起，分不清谁是谁了。这一离奇的事实，难道不能给我们一些启迪吗？”

花中琦立即接口道：“对啊，就说我们那位慈禧太后，老佛爷，她贵为皇太后，实为大清国末代‘女皇上’，统治了大清国最后的几十年，可谓是‘普天之下，莫非王土’，全国的财富都是他们家的。即便是这样，她还是贪得无厌，恨不能把全国的宝物都搬到她的坟里去，供她一个人享用万万年。可她怎么能想得到，她那尸骨未寒，就被人挖了出来，抛到棺材外头，趴伏在地上。不要说她坟里的宝物全被搬空，就连她含在嘴里的，塞在屁股眼儿里的，全被抠了出来，真可谓是赤条条地来，赤条条地去，真正是白茫茫一片真干净。她用毕生贪来的钱财，到头来弄成个一无所有。”

阎书柏感叹道：“花中琦说得真好。就这两个在当时是最高掌权人一生的贪婪和最后的结局，真使我顿感大彻大悟啊！”

整个工地上一片静寂。

沉静了一阵以后，阎书柏才轻声继续说道：“大家知道，我来执法大队以前，曾经在法律培训班学习了半年。在培训班，我们翻阅了不少全国的贪污受贿的典型案例。这些人，利用手中的权力，拼命地捞钱，百万、千万、上亿地捞。他们再捞，能捞过这两个人吗？他们捞那么多钱干什么？即使他们每晚睡在由黄金白玉打造的床上，他们能心安理得地睡得着觉吗，能像我一样倒上枕头就打呼噜，一直睡到自然醒吗？”他转过脸去问：“大老李，你大概跟我一样，不会有失眠症吧？”

“我？会失眠？”大老李大笑起来，“说起来我不怕丢人，我一靠枕头，打的那个呼噜呀，把我那胖老婆快气疯了！有一次真的把我赶出去睡了两晚上，你说她有出息没出息，她愣是两晚上没合上眼，瞪着两个大眼一直到大天亮。到了第三晚上，她实在受不住了，死拉活拽，愣是把我拉回她床上去听我打呼噜，她这才睡着了，你说怪不怪？”

大老李的话，把大家听得笑的呀，一个个揉着肚子直不起腰来，有的笑趴在地上拍打着，半天喘不过气来。

等大家笑够了，阎书柏才慢慢说道：“钱呀，没有它还真是不行。高奶奶没有钱，只得每天去捡苦苦菜，坐在路边的道牙儿上去卖，还得被我们的同志用脚踩，太难了。”大家听到这儿，不约而同地掉转头去看“套近乎”，羞得“套近乎”恨不能钻到地缝里去。

阎书柏接着道：“所以，邓小平同志才会说，贫穷不是社会主义。”

阎书柏看了看大家，又道：“可是钱呀，来路不正，捞得太多，更可怕！那么多的钱装在腰包里，那可是要作怪的！是会变成糖衣炮弹，会炸毁我们整个的党的呀！”

他舒了口气，接着道：“你们看，世界上最有钱的是谁？比尔·盖茨，李嘉诚，他们不是都在全世界拼命地做慈善事业吗？他们能做大慈善事业，他们做的，我们做不了。可是，我们这些共产党员，在自己的能力范围内，做一点小的慈善事业，总还是可以的吧？特别是那些身披共产党员外衣的巨贪们，他们面对那些不是共产党员，而是被叫作大资产阶级的比尔·盖茨、李嘉诚们，他们还有脸见容于这个世界上吗？这些贪官污吏，是金钱的俘虏，人民的叛徒，十恶不赦的强盗！不知道他们能不能听到人民对他们的唾骂，能不能终于有一天也会大彻大悟呢？”

阎书柏的一席慷慨陈词赢得执法队员们的热烈掌声。

阎书柏站起身来，拍拍身后的灰土，道：“好了，休息够了，都站起来，干活儿。”

第三十章 拨正航向，前进

高奶奶家的新房子盖好了。

过去的旧房子是土坷垃垒的，现在可好，石头根子青砖墙，一砖到顶。屋里是石灰打底，白灰抹墙，闪得满屋透亮。装的单扇木门，开了前后玻璃窗，通风好，屋里干燥，不像过去旧房子，屋里总是湿漉漉的，连墙皮子都是发霉的。地下抹了水泥，跟过去的泥土地，坑坑洼洼，当然不能比了。高奶奶在新房子里走进走出，看看这，看看那，摸摸墙，摸摸炕，嘴里笑的，她这一辈子也没有想过能住上这么好的房子。

常言道：好事不出门，坏事传千里。可有的时候这句话也没有说对。城管执法大队自己捐钱为高奶奶家盖新房的事，还没等盖完，省报、市报的新闻记者就都来了。一贯为人低调、怕见新闻记者的阎书柏，这次可是躲不过去了。他被新闻记者们逼的，连心窝窝里的那点儿话都被掏出去了。几家报纸几乎是同时登出了大幅报道，他们的这点事儿一时传遍全城，没有不知道的。

到了新房子交付使用的这一天，执法大队给高奶奶家新买的被褥都搬进新家里。小牛牛穿着新童装，也被抱过去，坐在新炕上。新做的木门上，贴着福“倒”

了,门框上贴了一付新对联,上联是:“高奶奶家搬新房”,下联是:“真心实意感谢党”;横批是四个大字:“奔向小康”。

为了庆贺高奶奶家乔迁之喜,执法队原本是想由本大队的同志加大老李,给高奶奶一家好好热闹一番,所以准备好了鞭炮、天地响之类,正准备听“营长”一声号令就点燃鞭炮的,谁知从大老李修好的大路上,开来了两部汽车,小轿车上下来的,竟然是市委金副书记,还有城管局李局长。他们的到来,把阎书柏、大老李、高老奶奶和执法队员们全都惊喜坏了。

金副书记一下汽车就说:“小阎啊,这么大的喜事儿,你怎么不请我呀?我们是不请自来啰!”他回过头看看李局长,笑道,“我们总不能空着手来吧,得给高奶奶家带来点小礼物呀,快拿出来吧!”

原来,在他们的车后面,还跟来一辆大面包车,从车上下来了好几位记者,有围着金副书记和高奶奶拍照的,有围着新房子和旧房子里里外外摄像的,记者们跑前跑后,够忙的。

从面包车上推下来一辆残疾人用的折叠手推车,上面挂着大红绸子。还有一位同志拉开一个挎包,从里面取出来一部小手提电脑,这都是送给小牛牛的礼物。

大家赶忙把小牛牛抱上小推车。这个小推车设计得真好,一条宽绷带把小牛牛齐腰拦住,面前的两个扶手之间，还可以安上一条横木板，在上面可以吃饭、写字、放电脑。另外还带来了几个小狗小熊之类，挂在手推车两边。把小牛牛高兴的，坐在里面对奶奶和“妈妈”余梅媛拍着手笑个不停，还不住地问这问那，话挺多的。这大概是他自出生以来最高兴的一天了。

金副书记拉着高奶奶的手坐在炕沿上，轻声细语地拉家常，旁边坐着李局长，面前站着阎书柏。屋里还有余梅媛推着小牛牛走来走去。走了一阵子，余梅媛干脆把小牛牛推出门外，跟叔叔阿姨们一起玩儿去了。

高奶奶拉住金副书记的手，有一肚子感激的话，可就是一句说不出来，只是一个劲儿地抹眼泪儿：“我，我，说啥好呢……”

金副书记安慰她：“老人家，帮扶救助困难群众，这是我们应该做的。我们做晚了，叫您老人家多受了多少年的苦，我们要向您老人家做检讨呢！这一次是这位小阎队长，为党和政府完成了这一件早该完成的任务。小阎啊，我可是要好好表扬表扬你哦！”

阎书柏赶紧摇手，道：“你要表扬，就表扬周发、余梅媛他们，是他们几个偷偷摸摸开始帮助高奶奶的，我只是肯定了他们的工作，发动全大队的同志来继续他们的帮扶工作，并且准备把这项帮扶任务一帮到底，一个一个地帮，一户一户地帮，把这些没有城市户口，没有固定住处，缺乏经营资金，没有生活来源，又是常年生活在我们这座城市的困难户们,都要想方设法地帮扶起来。”

金副书记接口道:“这是一个很有创意的想法,有魄力,有胆识,很好。不过,这会涉及许多方面,需要帮扶的范围也会很广，还需要有一个不短的时间过程,其间更会遇到许多困难，你要做好充分的思想准备哦！”他转过脸对李局长道:“这就是你对我提过的,你给小阎安排的任务吧？”

李局长道:“是。我只对阎‘营长’说过,‘在城市管理上,凡是没有人管的,都归你来管。’没想到他们竟开创了这么好的一个新局面。”

金副书记道:“是啊是啊,小阎啊,城市管理工作究竟怎么搞? 看来,你们是走在前头了。你们这样来管理城市,把这些三不管的困难群体全都管起来,让他们不掉队,快跟上,跟全国人民一道,在2020年一起步入小康,这是为他们做的最实实在在的事。小阎啊,我要再强调一遍,你们开创的是一条充满希望的金光大道,可也是一条需要有充分耐心和决心去走的漫长征途,是一条永远没有终点的为人民服务的漫漫长路。好,你就领着你的队员们这么走下去,要持之以恒,义无反顾、一往无前地往前走,你们肯定会受到老百姓欢迎的。如果你在工作中遇到阻力,有人再说你们不作为了,不要紧，我们市党委会给你们撑腰的。等你们干到一定程度,积累了一定经验,你给我写一份报告上来,我们市委专门研究一次,做个正式决议,好吗?”

阎书柏刚说了一句“是,我们已经……”,见余梅媛推着小牛牛笑么呵呵地在外面玩了一大圈,又转回屋里来了。

金副书记向小牛牛招手。

余梅媛把小牛牛推到金副书记面前。

金副书记从衣兜里掏出一包糖果,笑道:“这是今天早上临出门,我们家那口子往我口袋里塞的,我们光顾着说话,差一点把她交给我的这一项重要任务给忘了。”他从塑料袋里掏出一块巧克力,撕开外皮,亲自喂到小牛牛的嘴里, 一面对阎书柏道,“你说你的,我们玩我们的,我耳朵听着呢,”

阎书柏摸了摸小牛牛的小脸蛋儿,接着道:“报告金副书记,这方面我已经认真想过了,到时候,我打算不只要给市委送上一份正式报告,我还跟我们这位社会学家余梅媛同志商量过,她现在已经注意积累素材了, 将来她准备写出一部高质量的社会学研究著作来。题目嘛,她现在已经拟好了,暂时就叫《低保以下一个庞大群体的生存现状和前景展望》。小余啊,是这个题目吧? 我没有说错吧? ”

余梅媛羞红了脸,别转头去,低声道:“‘营长’,人家八字儿还没有一撇呢,你就把空炮先放出去,要是完不成，可怎么向金副书记交代？”

金副书记站起身来哈哈大笑，紧紧握住余梅媛的手，鼓励她道：“社会现实给你提供了大量素材，各种类型的个案，各种各样的例证，够你记录整理、归纳研究的。占有了这么丰富的生活素材，你的这一部社会学专著一定会写得很出色，我就等着看你的大作了。”

余梅媛抚摸着小牛牛，道：“行，金副书记，你就等着看好了。我的这一部社会调查报告就从我的小牛牛写起。”

“好！”金副书记转身握住阎书柏的手，道：“很好，你们就这么干下去，我等待你的报告和小余的学术专著。”他又拉住高奶奶的手，摸摸小牛牛的头和已经红胖起来的小脸蛋儿，道：“你们的工作，是一项开创性工程，是民生工程，民心工程，一项庞大工程、系统工程。这一项工程，就从我们这位小宝贝身上开始吧。”

屋外燃放起鞭炮和天地响，乒乒乓乓，金副书记赶紧推上小牛牛到窗户前，让他看外面放鞭炮。这还是小牛牛第一次看到这么热闹的场面，他捂着小耳朵，紧紧拉住奶奶和余“妈妈”，又害怕，又新奇，嘴里还哇里哇啦地尖叫，高兴坏了。

第三十一章　对孝敬的赞许

这一天，城管执法队过去经常巡逻的几个点上，一早同时出现了一张大布告，大致内容是：经上级批准，于5月18日9时，召开摊贩经营户大会，邀请摊贩经营户们踊跃参加。会上，城管执法大队的领导将向摊贩经营户们做检讨，还要发还过去收缴的所有财物，有丢失的、损坏的，都要照价赔偿，并请大家对城管工作多提批评和建议。

这一张布告像是一颗重磅炸弹，在摊贩经营户中间可是炸开锅了，大家口口相传，议论纷纷，说这是太阳打西边出了，过去做梦也不敢想的事儿，还真的会有呢！随之，高奶奶家的事儿也被广泛传播开了。

离5月18日开会还有十多天。这十多天里，全市的摊贩经营户可都忙开了。有人就是不相信有天上掉馅儿饼的事儿，就跑到高奶奶家去看。起先是一个两个地去，这一个两个的又带了一帮一帮地去，连高奶奶、小牛牛和大老李都成了他们寻访的热门对象。

大老李本来就喜欢嘚啵，这一下可是过足嘚啵瘾了。他那间小生资门市部门前，简直成了说书摊，都是来听他"嘚啵"的。来了一帮，走掉一帮；换过一帮，又来一帮。他就一遍一遍地从头再讲。他从周发拦护高奶奶讲起，讲到周发他们几个偷偷摸摸帮高奶奶卖苦苦菜，卖鱼，又讲到自己被请去当贵客，坐上主席台，亲耳听到把一中队长——他们队里的人都叫他“套近乎”的那个人，就因为前几天他带领执法队的人强行没收经营户的财物，给撤了职，官帽子都给弄丢啦！

大老李说到他听到的更新奇的一件事儿是，他亲耳听到执法大队阎大队长竟然尊称我们老百姓是他们的父母，他们是人民的儿子。过去都说当官的是百姓的父母官，现在反过来啦，当官的要做儿子，小老百姓反倒要做他们的父母！他一再声明，不是自己耳朵背，人家阎大队长就是这么说的。这是真的！

就这么说吧，不管是他听懂的，没有听懂的，他都掏出去了。说的人，越说越带劲儿，说得眉飞色舞；听的人，越听越来神，听得有滋有味儿。他说不烦，这是他一生中最最得意的一段经历，他怎么能说得够呢！听的人也听不厌，这都是前所未闻、想都不敢想的好事儿，怎么能听得烦呢？说得来劲儿了，大老李干脆开上他的大三轮电动车，拉上几个人，后面还跟上一大帮子骑电动车的、骑自行车的，一起跑到高奶奶家去，让人家亲自去看。

有两天大老李没去高奶奶家了，这是高奶奶对周发和大老李他们一再央求的。高奶奶对他们说：“你们看，这几天，这个带来点吃的，那个带来点吃的，我们祖孙两个肚子有限，吃不多，带来的东西可别放坏了，你们这一阵子也太辛苦了，歇几天吧，别再天天来挖苦苦菜换吃的了，等我们把这一堆先吃完再说吧。”就这样，周发、大老李他们这几天都“放假”了。

他们几个是放了假，可高奶奶家却没闲着，去了一帮又一帮，看了新房看破房，像走马灯似的。去的人，有一些去了几趟，成了他们家“旅游”义务导游员。有的不好意思空手去，想着他们家缺什么，就带点什么去。这几天，高奶奶家真是什么也不缺了，吃的，用的，都有了。还有搬来桌子、凳子、锅碗瓢勺的，连扫帚、簸箕、苍蝇拍，都有人随手带来了。

还有更奇的是，金副书记来看望高奶奶家，被电视台拍了摄像，一遍一遍地播放，还被记者拍了一张大照片，登在报纸的头版，上面是小牛牛坐在轮椅上，由高奶奶笑呵呵地推着，金副书记弯着腰正给小牛牛嘴里喂巧克力，在轮椅的横板上放着的，就是金副书记送的那台小手提电脑。

报纸的二版头条登了一篇记者的随访记，里面有这么一段话，在电力局里炸开了锅。这一段话是这么写的：“高奶奶家自从盖起土坯房至今，多少年过去了，他们家就没有通过电，这大概是全市唯一一家不通电的人家了。金副书记给小牛牛送了一台小手提电脑，因为没法充电，成了他们家的摆设。”这一段话，让电力局的人脸上实在挂不住,电力局局长赶紧找来下面的人商量怎么办?电力局出人出力,这没问题,问题是,高奶奶家本来就是盖在全市最偏远的一处荒废的乱坟堆边上,离他们最近的一户人家相距至少也有五六百米,要通电,中间就得栽好几根电线杆,还要拉那么长的电线,材料费谁出?还有,一旦通了电,就得掏电费,高奶奶家能有那钱买电吗?电力局局长一拍桌子,站起身来,朝大办公桌上“啪”地甩下五百元钱,道:“我带头捐了。人家城管大队能捐钱盖房,我们就不能捐钱让他们家通电?”于是,电力局上上下下都踊跃捐款,架线工更是连夜上阵,仅两天,高奶奶家通上电了。等大老李来到高奶奶家一看,也惊傻了。才两天没来嘛,怎么电说通就通上了呢?听高奶奶说,几年的电费人家都给预交了,不用高奶奶再掏钱了。还有自来水,也被自来水公司接过来了自来水管,在高奶奶家房里安上了水龙头和白瓷洗脸盆。水、电都有了,高奶奶高兴地拉住大老李的手,眼泪汪汪的,指着那电灯、电线、水龙头和小牛牛正在玩游戏的手提电脑,颤颤巍巍的,就是说不出话来。

余梅媛还在高奶奶家。这几天周发和大老李他们是“放假”了,可余梅媛没有给自己放假,乘着高奶奶家这几天不断有人来探访,她要抓紧时间跟探访者们交谈。她每天有意穿着整齐的制服到高奶奶家去,这些探访的摊贩经营户们见是执法队的人，却是一位和蔼文弱的女同志，这又是在高奶奶家里，所以说话没有任何顾忌，有大着嗓门发议论的，有打破沙锅问到底的，有提批评的，有提要求的，都把她当成是政府代表和发言人了。

余梅媛不愧是学社会学的，她的大脑这几天简直变成了电脑信息处理库。她看似无心，实为有意，就在和群众的随意交谈、有说有笑中，大家说的每一件事，都被她立即输入“电脑”，进行分类处理和归档。这是群众自觉自愿、高高兴兴、送上门来的社情民意。大家敞开心扉，毫无顾忌地有什么说什么，她却是像一块干瘪的海绵，痛快淋漓地尽情吸吮着来自群众的真心告白。一旦发现较为典型的案例，她更是不愿轻易放过，她要在大家热热闹闹的七嘴八舌中，有意识地把话题围绕到这个典型案例上来，把这个典型人物的身世、经历、近期需求、远期渴望，等等，都调查得清清楚楚。一回到家，她立即打开电脑，把所有记忆全都输入电脑，这都是极为珍贵的来自现实生活的第一手资料。多亏余梅媛年纪轻，脑子好使，那像潮水般涌来的五花八门、杂乱纷繁的群众生活素材，她居然能有条不紊地记录进她的电脑信息库里。

第二天，到高奶奶家来向她咨询的、向她倾诉的人就更多了。那一天晚上，送走了最后一位客人，天已经黑了，高奶奶家又是在乱坟滩边上，毕竟是女同志，她不敢走了。高奶奶也不放心，不肯放她走。就这样，她干脆在高奶奶家住下了。好在现在电灯也有了，还有一台小牛牛的小电脑，等她把高奶奶和小牛牛都安顿睡下，她坐在小电脑前，开始整理她这一天的记忆。等她把资料整理完毕，从电脑里转录进她随身带的U盘，再搂着小牛牛睡下，已经是半夜三点多了。

第三天，也就是上午十点多吧，大老李领着一帮人赶到高奶奶家。高奶奶先把大老李拉到一边，对他说起这两天小余姑娘太累了，白天总有那么多的人来找她问这问那，她要说那么多的话，连一口水、一口饭都顾不上吃喝。昨儿晚上，她忙得都没能回家，天黑，路远，又背，怕路上出问题，只好留她跟小牛牛挤在一起睡了一晚上。这可把小牛牛高兴坏了，兴奋地眨巴眨巴眼睛，等“妈妈”上炕来搂着他睡。可人家小余“妈妈”是工作同志，忙，她只好先上炕去搂小牛牛，等把小牛牛哄睡着了，小余姑娘又爬起来，坐到电脑前，不停地忙呀，忙呀，一直忙了大半夜，天快亮了，才忙完睡下。看着小余姑娘忙得累得都显得瘦了一圈，自己实在心疼得不行行。你看，今天一早，她身边又围了那么多的人，说呀，说呀，她那弱弱的身子怎么受得住呢？高奶奶急得拉住大老李，道：“你快想个办法，帮帮小余姑娘吧！”

大老李一听，也急了，只丢下一句话："我去找周发。"开上三轮就跑了。

不多久，张荣生开上小面包，拉着周发和大老李一起回来了。

原来，刚才大老李跑去找到周发一说，周发赶紧向中队长张荣生汇报，张荣生拉上周发、大老李，赶紧又敲开"营长"办公室的门。

这两天执法队大楼里是没有见到余梅媛，大家只当她接受"营长"安排的特殊任务，在高奶奶家陪小牛牛玩儿呢，没想到她在高奶奶家接待起群众来访了。更没有想到群众来访的热情是那样高，对已定下的5月18日的大会的期待是那样大，想问的和想要解决的问题是那样多，而且迫切，简直就等不到5月18日那一天。现在围住余梅媛，好像5月18日的大会已经提前在高奶奶家开始了。让余梅媛一个人来承担整个大会将要解决的问题，这担子太重了，于是"营长"下令，赶快派援兵去支援余梅媛。

周发、张荣生的到来出乎余梅媛的意外，也使她大喜过望，心情一下子舒缓了许多。

来访的群众一见又来了两位，并且是男同志，比这位年纪轻的女同志说事情肯定要靠谱得多，大多数人就转到周发、张荣生的身边来了。

今天来的人里有一位特别抢眼，他的上下门牙全掉了，鼻子、脸上还贴着纱布，原来他就是那天从车后挡板上被狠狠摔到地上的那位。他朝周发面前一站，旁边紧紧拉着他的，是他那蓬头散发的瘦老婆。他就这么站在周发面前，一言不发，不过，看样子，他已经跟余梅媛谈了好久，那一肚子的气已经消了许多。

大老李赶紧过来给周发作介绍，说："这就是那天举着切西瓜大刀要砍你们"套近乎"的那一位，姓姚，我们都叫他姚三。他有时也把他的水果摊摆在我们农贸市场的外面，就为这个，过去没少跟那个胖专管员斗过嘴，有一次还差点动了手！"

周发问："你们挺熟？"

大老李道："熟。那一次他们要动手，就是我在旁边拉的架。我们早就熟悉。你别看姚三平时性子急，可是个好人，为人爽快，仗义，眼里揉不得沙子。不要说那一天想砍你们的'套近乎'，他还几次发狠想宰了那个胖胖的市场专管员呢！要不，我们怎么不让他再在农贸市场外面摆摊儿了呢，就怕他哪一天火气真被惹上来，会闹出人命来……"

不提那个胖专管员还好，一提起来，姚三的火又上来了，气得呼哧呼哧的。吓得他老婆在他身边紧紧抓住他的粗胳膊，嘴里还直念叨："可不敢呀，可不敢呀，家里还有咱们的两个娃呢！"

气得姚三把他老婆的手狠狠地扒拉开，道："你这是干啥嘛？专管员现在又不在，我杀谁去？他人不在，还不准我生生闷气啦？”他一把拉住周发，像是真正见到了亲人，在肚子里闷了好久好久的苦水，终于有往外倒的机会了，“同志啊，你可是不知道，这些专管员，自从他们胸前挂上那块小牌牌，他们家就再没有买过鸡鸭鱼肉、瓜果蔬菜、日用百货。你以为他们就只管每个摊位每天收两块钱啊？不，他们见啥拿啥，想啥要啥，你还得笑着脸把东西双手捧着送到他的面前。只要他一转身，没有不啐吐沫的！就是这号不是人养的东西，你说他是贪污？够不上；你说他能把你吃穷了？不至于。可就是像一口吃了个苍蝇，恶心人！他可是每天总在你的面前嗡啊嗡地飞不走，你说气人不气人！只有把他们一刀给宰了，才能永绝后患。”

姚三老婆不干了，道：“你图痛快，一刀把人家宰了，可你呢，能活吗？一命偿一命，这个你不懂？”

“我管那些个！”

“你不管，我得管。你一死，痛快！可你身下那两个没成年的娃呢！”说着说着，姚三他婆姨又吧嗒吧嗒掉开眼泪了。

姚三道：“你看你看，我还没有死嘛，整天哭哭啼啼的，烦心不？”

姚三老婆转身紧紧抓住周发道：“同志啊，你不知道，那一天我这死老汉追着追着去跟你们的那个领头的要拼命,可是把我吓得呀,魂都吓飞了。幸亏你们的车跑得快,要不,真可就出了大事了呀!”

大老李对周发道:“你们那一天肯定是把姚三惹急了,要不然,他不会是那样……”

周发紧紧拉住姚三的双手,道:“姚大哥,真对不住你啦,那一天叫你受苦了。行啊,我们这叫不打不相识。我姓周,叫周发。”

姚三道:“我认识你。”

“你认识我?”周发挺诧异。

“那一天别人都抢着把我的卖水果车向你们的大卡车上抬,水果撒了满地,只有你,满地帮我捡水果。你们的车都开了,你还在帮我捡,临了一面去追你们的车,一面还掉过头来对我喊:‘对不住啦,对不起你大哥呀!’那一天喊的就是你吧?”

“没错,只可惜那一天我帮不了你更多的忙。”

“这就可以啦。大老李早就给我介绍了,说你老弟不怕被开除,舍了命地当众敢救高奶奶,就凭这一条,你够哥们儿,我服你。5 月 18 日的大会上,我不会跟你们胡搅蛮缠,更不会撒野了,就看在你老弟的面子上,我听你的。我相信你老弟不会亏了我。”他转对大老李,问道:“大老李,你说我说的在理不?”

大老李答道:“在理。”大老李接着介绍,“在他们执法队,不光我们这位周老弟是大好人,”他拉过来被另一堆人围住的余梅媛，道:“这位女同志心也特和善,别看她人长得好,又文弱,可是个大学生呢！他们执法队可是有好人呢！”

等不及大老李介绍完,余梅媛被刚才围着她的那一堆人又拉走了。

大老李接着道:“他们的大队长,那位从部队刚下来的营长,那更是一位大好人,那天是我亲眼所见,当着全大队的面,把指挥抢你水果摊的那个瘦猴‘套近乎’,说撤,把他的官帽子全撸了,一撸到底。不过,这小子也滑,后来跟着我给高奶奶家盖房子,我是故意为难他,多重多累的活儿,我都让他干。可他乖巧,装孙子,叫他干啥他干啥,那一天我可是没少折腾他,他是一声没敢吭,没敢偷懒耍滑,老实了。”

姚三听着特解气,道:“都一撸到底了,他还敢不老实？再不老实,把他干脆开啰！”

大老李道:“是啊,那一天我就是这么想的,就想看着把他给开啰！可那小子一副孙子样,就没有让我找上他的茬儿。”

姚三幸灾乐祸地说:“唉,真可惜,没落到我手上。要是落到我的手心里啊,不把他折腾死了才怪！”他转过脸来对周发道,“5月18日那一天,你们不是要在大会上征求我们的意见吗？我大老粗,说话不好听,你们愿听不？”

周发赶紧说:“姚大哥,你说,再难听的话,你尽管说，我们都愿意听。”

姚三道：“我只说一句话：你们给我们这些爹不爱、娘不疼、到处撵、到处躲的流动摊贩们能安个窝窝子。我们这口袋憋，没有多少油水好榨，就别收我们这可怜巴巴的几个碎钱啦，让我们安安生生挣几个能糊住一家几张嘴的吃饭钱，行不？”他转头问大老李，“你说我这要求不过分吧？”

周发接口道：“不过分，一点不过分。我们‘营长’，哦，不，我们大队长已经说了，老百姓的生存权、生命权，这是老百姓最基本的权利，我们连老百姓的生存权、生命权都保证不了，我们还叫什么共产党？还执什么政呀！”周发特别强调，“我们大队长的这番话，就是从你姚大哥被我们摔在硬马路上的事说起的。他那天说起你被摔的事儿，发的那个火呀，大嗓门喊的，我们的办公大楼差一点被震塌了。”

大老李接口道：“不假，不假，那一天他们大队长发的那个火呀，我是亲耳听到。就为你被摔，他们‘营长’真是气炸了肺，吼得整座大楼发颤，吓死人哩！”

姚三真是没有想到，为他的事，人家大队长会发那么大的火，动了真格的，把那个瘦猴一撸到底！姚三真的被感动了，嘴唇微颤着，过了半天才冒出一句：“行了，我啥话不说了，有你们这位大队长，我啥都放心了。”

第三十二章　城市工作服务大队

5月18日终于到了。

从张贴公告到5月18日，这十多天里，不仅摊贩经营户们忙，从城管执法队到市委、市政府，各级领导都在忙。

从高奶奶给周发和大老李“放假”的那一天起，执法队的各中队向过去执法巡逻的各个巡逻点都派出去了人，认真征求摊贩经营户们的批评意见和需求愿望。到第四天上午一上班，包括余梅媛、周发，全都被叫回执法大队，在会议室开会汇报广大群众的意见和要求，由余梅媛协助“营长”把群众的意见汇总，写成报告，上报城管局。局里附上一页意见，又直送市政府办公厅。孙市长接到《意见》后，立即去请示市委程书记和主管的金副书记。市委程书记和常务副书记金浩然都在《意见》上作了批示。

程书记的批示是原则性的，既肯定了执法大队近期的工作，指出这是对过去城管工作在指导思想上的重大突破，也是对未来城管工作方式的有意义的改革、创新和探索。全市各相关部门都必须予以紧密配合，务使这项改革取得实质性成果，以造福本市最贫困群体尽快脱贫和奔小康。

金副书记所作的批示较长且具体，把这项改革措施所要涉及的方方面面，在实施过程中要注意和防止可能发生的种种问题基本上都提到了。他最后特别强调，要完成这一项重大改革，最重要的是要作风踏实与坚持到底。这必然是一项长期而艰巨的任务，切不可图一时的政绩，而要有真心为民办实事的决心与恒心，要顶住可能来自各个方面的压力和不和谐之音，要一往无前，一干到底。

有了市委书记和常务副书记的批示，孙为民市长立即召开市政府办公会议，经过一整天的认真研究和部署，形成了一份红头文件，下发相关各局遵照执行。文件中特别强调了有关各方的责任，定有责任追究制度和定期分级、分阶段的检查汇报及考核制度。如有推诿、敷衍、搪塞、不作为的情况，一经发现，按情节轻重，必须追究其行政责任。有玩忽职守并造成严重后果的，还要追究刑事责任。

阎书柏接到这份红头文件，像是拿到了尚方宝剑。他没有想到做好扶助流动摊贩这个贫困群体的工作，竟然会受到市委、市政府领导的如此重视，使这项工作用文件的形式进行部署，形成制度，且制定严格的纪律约束作为保证，把这项看似一般的民生工程提高到战略的高度，视为使这一庞大群体能与全国人民同步迈进小康社会的艰巨历史任务的组成部分。

5月18日9时，这个被全市进城创业人员期盼许久的时刻终于到了。

这一天，城管执法大队的后操场大变了样：从自行车棚里把原来收缴来的流动摊贩们的物品，全都整齐地摆放在自行车棚的外面，造册登记。有损坏能修理的，全部进行修理；凡是难以修理的，上面贴出退赔的参考价，供与进城创业人员相互协商的参考。例如对姚三进行退赔的参考价是这样订的：卖水果的车已修理好，请原物领回。车上的水果已散失，估计赔偿多少元；姚三本人因被野蛮执法摔伤，估计赔偿医疗费多少元，精神损失费多少元；由于他的卖水果车被没收，这一阶段他停工歇业，应赔偿误工补贴多少元；合计赔偿多少元。

操场上摆满了可以折叠的小马扎，操场四角安置四个大电动热水器，热水器旁都有一张长条小桌，桌上放了许多一次性水杯，每个水杯里放了一点上好茶叶。

后操场侧门的值班门房也被收拾干净了，除放置茶水外，还放了些小点心、小玩具，以便带有孩子的女同胞进去喂奶、哄孩子。

执法大队办公大楼的门外挂了大幅横条标语，上写“热烈欢迎进城创业人员莅临大会”。大楼后墙，也就是会场主席台的上方，悬挂的横幅是：“开办创业市场誓师大会”。

8点，执法大队的三辆面包车和从外单位又借来几辆，全都开到过去经常巡逻的执法点，去接要来开会的进城创业人员。这些小摊贩们，今天一个个全都一改往日装束，换上平日舍不得穿的最好的衣裳，文质彬彬地上车，规规矩矩地坐好，像是被邀去参加盛宴，很有贵宾模样哩！就连大老李，也不知道从哪个箱子底下找出来一双旧皮鞋，可是被擦得锃光瓦亮，换了一身可能还是结婚那天穿过的西装，显得旧了些，虽然被他老婆认认真真地熨了，还是有些皱巴，穿在他身上，他自己都觉着别扭，特不自在，可被他老婆翻过来，掉过去，看了又看，不觉拍着手嘻嘻笑了起来，道：“挺好挺好，像模像样的，今天我家老公，可是像个人模样儿了。”她还专门拉来他们的儿子，笑问道，“你看你看，你爸今天像个啥？”他们儿子瓮声瓮气道：“像个穿了西装的大熊猫。”

一家三口人都笑了。这是他们家少有的一场最舒心痛快的大笑。

还不到8点半，几部接客人的车都回来了。

客人们下了车，招待员把客人们朝座位上让，可谁都没有先去坐下，而是都围到要退赔的实物堆旁边，寻找要退赔给自己的东西，还有那上面标示的要退赔给自己的现金参考数的条子，一面看，他们在心里打开小九九。都是做小买卖的人,虽然文化不高,可心里那小九九打起来精得很,一算,差不多,都喜滋滋地坐到小马扎上去了。

该退赔的账算得能不精吗?为了算好这一笔笔特难计算的退赔账,执法队的同志整整忙了好几天。不光是他们自己忙,他们还专门请来了一个顾问小组呢!这顾问小组的小组长是谁?就是我们可爱的大老李。组员都是大老李请来的,就是姚三他们几位受到损害的群众代表。

大老李的身边站了两方面的人:一方面是姚三他们几位群众,他们的要价当然是越高越好;另一方面是执法队的人。别看他们是管摊贩户的,可他们对市场经营、成本核算还真不行,心里一点数都没有;再加上他们受上面下拨专项经费的限制,要退赔的金额究竟应当多少,心里没底,只能是压得越低越好。只有大老李,他不是摊贩经营户,陪多陪少,跟他没有丝毫利益关系,所以他最客观;再有,他平时闲空,常喜欢在市场上瞎逛,东家串串,西家走走,到处闲嘚啵,市场上的各种行情,他都熟,谁也蒙不了他,所以他可以做到最公正。当经营户跟执法队双方为了一个退赔参考价争执不下的时候,大家都把眼睛盯住大老李。大老李是个老买卖人,那心里的小九九打的,比谁的都精,最后只要他说个价,于是皆大欢喜。可以毫不夸张地这么说，今天这满会场的经营户，谁心里的小九九打得再精，要跟大老李一比，都要差好大一截儿。这些参考价，最后都是大老李一锤定音，大家看了，能不是喜滋滋的吗？

9点以前，执法队的部分队员已经在会场的一角整队挺身坐好，还有大部分队员分头忙着接待，从大楼圆形转门外的街边，到转门口，穿过大厅，到大楼后门，进入后操场的正式会场，都安排了引导接待员。进入会场，又有招待员，引入座位的，端茶递水的，帮助抱孩子、哄孩子的，真像是一家人一样，显得特别亲热、和美。

这些接待员、招待员全都穿着崭新笔挺的蓝制服，平时小老百姓见了这些“官服”，不是畏惧，就是厌恶。不知怎么了，今天大家见到的，同样是这同一身“官服”，见他们给自己端茶倒水，递烟让坐，反倒不好意思起来，直感到亲切、热乎，像是又看到当年新四军穿的土蓝军服了。

9点整，大会开始。出乎所有人的意料，主席台正中坐着的，不是阎大队长，也不是金浩然副书记、孙为民市长，却是大老李。大老李身边陪坐的，才是市委副书记和市长。再往两边，是请来的各相关局的局长们，有财政局局长、民政局局长、工商局局长、城管局局长，等等。最边上坐的才是阎书柏阎大队长。

这次大老李倒是没有推让，这是会前做了大量工作的结果。可是挡不住大老李自己觉得别扭，两只手不知道是放在主席台的桌面上好，还是放在桌子底下好。两只眼睛就更没处看了，总觉着全场人的眼睛都紧盯住自己，自己的脸上像是被无数细针扎着一样，满脸都痒痒，痒痒得不行，可又不敢上手去捞痒痒。他是记住了他老婆在他临出家门时候的一再叮嘱："人家今天可是把你当个人，你今天可是要给我好模好样装得像个人。你要今天给我装不像个人，小心今天晚上我一脚把你踹到床底下去，永世不准你爬上床来！"

大会开始了。阎书柏站起身来开始准备讲话，可是见大家有的低着头捂着嘴笑，有的指指戳戳，都笑得东倒西歪，闹得阎书柏莫名其妙。他顺着大家的笑声和眼神朝主席台正中一看，自己也忍不住笑了。原来，问题全出在这位大老李的身上。这位老大哥直感到自己满脸都痒痒，可又不敢上手去捞，就只好挤鼻子、歪嘴巴，满脸是怪相。他倒是挺认真、挺严肃地出怪相，可全场看的人受不了了，最后是闹了个全会场哄然大笑，只有一个人没有笑，就是大老李。他还东张张，西望望，不知道大家为啥笑呢。

等大家笑得差不多了，阎书柏向会场上按了按手，让大家慢慢平静下来，开口道："请大家安静了，现在开会。"阎书柏一一介绍坐在主席台上的各位领导，最后才介绍坐在中间的这位，道："这位是大家都熟悉的大老李同志，今天请他坐在主席台的正中，让我们用热烈的掌声欢迎他。"

全场鼓掌的稀稀拉拉，倒是笑倒了一大片。

阎书柏道："我们请市委金副书记作指示。"

这时全场才响起了热烈的掌声。

金副书记看了看身边的大老李，又看看大家，道："你们今天看我们把大老李请到主席台的正中就坐，是不是看着挺奇怪？"

全场又笑了。

金副书记道："你们不要笑，这是我今天刻意让阎书柏同志安排的。你们觉得奇怪吗？不，不奇怪。只可惜这个主席台太小了，要不然，我真想把你们全体都请到主席台上来，只是做不到，我们只好请一位你们的代表上来。怎么样，请大老李做你们的代表，你们同意吗？"

"同意。"有应和的，有嘻嘻嘻笑的，也有稀稀拉拉拍巴掌的。

金副书记笑着道："过去开会，好像是当然的，都是把我这位市委副书记放在主席台的正中间，表明这个会是在党的领导下召开的，也表明了对市委领导的尊重。今天我们一反常态，请群众代表坐在主席台的正中间，我和孙市长陪坐在他的两边，其实，这才是正常的。我们中国共产党是怎样成长、发展、壮大的？要是没有中国人民的支持、拥护，我们能胜利地走到今天？中国共产党和中国人民永远是血脉相连、命运相系的统一体，谁也离不开谁。所以邓小平同志才会深情地说‘我是中国人民的儿子’。中国人民的儿子是中国共产党，中国共产党的父母当然就是中国人民。所以今天我就把你们的代表请上主席台中央就座，这是表明我们中国共产党人对人民的尊敬。你们不要笑嘛，你们不习惯，我们大家都不习惯，但是，我们中国共产党人一定要养成这个习惯，要学会习惯于对人民的敬重。

“当然了，谁都会有做错事的时候，我们中国共产党人也是人，也不例外。前一阶段，我们的城管执法队就伤害了一些群众，做错了事。今天，我郑重地代表市委、市政府，向被我们伤害的乡亲们表示道歉，对不起大家。”说着，金副书记向全场群众深深地鞠了一躬。

这一席话把全场乡亲感动了，有的还抹开了眼泪，随着响起了长久的热烈而真诚的掌声。

金副书记接着道：“对近期我们做错的事，我们要道歉。对长期以来，我们没有照顾好乡亲们的生活与生产，使乡亲们虽然长期生活在我们这座大城市，却没能取得安定的生产与生活的条件，久久地生活在艰难与贫困之中，这是我们没有尽到责任，对于这一点，我也要代表市委、市政府向乡亲们道歉。今天，我们就是要来纠正我们过去工作的失误，让你们只要是长期生活在我们这座城市的父老乡亲都能跟城里人一样，享受到城里人相同的经营环境、生活服务和低保、医保待遇。

“应阎书柏大队长的恳请，我今天要代表市委、市政府宣布，我市的城管执法大队从今天起正式更名，再不叫城管执法大队了，改称为城市工作服务大队。他们今后就再不要执什么法了。执法，意味着要他们来管乡亲们。乡亲们需要他们来管吗？革命战争年代，并没有一个城管来管你们。要是真有这么个城管来管你们，那时，广大的农民兄弟还会那么自觉自愿地支援我们的战争，直到取得全国的伟大胜利吗？

“城管，说是要他们来管流动摊贩，本身就说明我们对乡亲们的不信任。共产党不信任老百姓，还叫什么共产党？不！中国的老百姓是最值得信任的。按照毛泽东同志的观点，人民，只有人民，才是创造历史的真正动力。我们能不信任人民吗？革命的群众运动是需要中国共产党进行正确的领导，但是，老百姓又绝对不要我们无休无止地去管。说老实话，真要我们事无巨细地去管，我们也管不好，管不了。我们城管执法前一时期的实践，所遭遇到的各种非议，已经充分证明了这一点。我们只能是、只应该是:诚心诚意地为乡亲们服务,与你们交心。要知心,要同心,要切切实实地倾听你们的需求,实实在在地解决你们的困难,要有智慧、有才能地帮助你们尽快地脱贫致富,与全国人民一道,步入全面小康,共享改革开放的丰硕成果。

"还有一点我要特别强调:我们的服务,不只是现在在座的进城创业的经营户们,还要为生活在我们这座城市的现在还流落街头、夜晚只有睡卧街边、无依无靠的所有一贫如洗的赤贫群众服务,把他们的生活、生存以及他们如何脱贫以至致富,都要认认真真地管起来,要服务到家。另外,我们还要沿着成立城市工作服务队这样一个思路,再准备成立农村工作服务队、小城镇建设工作服务队,那里也有很多亟待解决的群众生活的困难问题,需要我们去了解、去帮助、去服务。到了2020年全国实现全面小康的那一天,我希望我们全中国13亿人民,都能昂首阔步地迈入全面小康的宏伟大门,不要有一个落伍者被'遗忘'在全面小康的大门之外。因此,从今天起,我们把城市管理执法大队就正式更名为城市工作服务大队了。这个改动是正确的,是迫切需要的。这样的改动,你们同意不同意?"

全场响起雷鸣般地吼声:"同意!"

大家的这一声吼可不得了,惊动了一位"大"人物——一个熟睡中的小宝贝被惊醒了，咧开大嘴大哭。这小家伙长大了肯定是一位男高音歌唱家，那嗓门大得赛过麦克风里的声音。金副书记只好说："算了，这位小老乡要抢先发言，就请他发言吧。"

在金副书记的授意下，阎书柏站起来宣布："休息十分钟。"

会场立刻活跃起来，人声嘈杂，一片嗡嗡声。在这嗡嗡说笑声的上面漂浮着的，正是那激昂、高亢、美妙的"男高音"的歌声。

第三十三章 高团长

休息十分钟期间,倒水的,上厕所的,相互串着赞叹刚才金副书记的讲话,可热闹了。几位女城管服务队员围着这位“男高音”,又是拿吃的,又是拿玩的,好不容易才把这位“男高音”哄笑了,没事了。

一贯喜欢凑热闹的大老李,要是在平时,早跑到人堆里嘚啵去了,可是今天他是坐主席台的,他没敢乱动,经营户们也没敢随便靠近主席台,只好相互望着眼馋去吧。好在他的两边是金副书记和孙市长,两位领导都跟大老李热烈地交谈,得知大老李过去是筑路工人,金副书记夸赞道:“嗬!我们今天还真是遇到工人阶级中的一位代表了。共产党是工人阶级的先锋队,这个你知道吗?”大老李认认真真回答:“知道。”

金副书记道:“很好。”

金副书记热情地握住大老李的手,道:“我们要很好地感谢你呀!这一阶段你帮助我们做了许多实事、好事,今天我们能开成这个大会,就是你和我们的周发同志一起冒着风险开启的这个好头呀!这个,我没有说错吧?”

大老李被金副书记夸的,羞得不行,嗫嚅道:“这有啥呢,我是个小老百姓,也就是路见不平,瞎蒙了一回呗,有啥呢。”

金副书记道:“你这一蒙,还了得,竟蒙出一项大政策来了,让全市的进城创业经营户都受益。你这一蒙,可是立了大功哩!”

金副书记跟大老李说话，坐在会场前几排的经营户都静了下来,认真听他们两个聊天。当听到大老李为他们的事立下大功的话,都情不自禁地鼓起掌来。他们这一鼓掌,引得全场明白的、不明白的也跟着鼓掌。惹得金副书记哈哈大笑,干脆拿起话筒,对全场说道:“我刚才是跟大老李说悄悄话,都引起你们的热烈掌声,可见大老李这次做的好事,是受到大家欢迎的。”

金副书记看到大多数人那不解的目光，道：“哦，你们还不知道我刚才跟大老李说了些什么吧？想知道吗？”

会场上响起回应声:“想知道。”

“好，我就把我刚才和大老李说的悄悄话公开吧。”金副书记就从那一天执法队抢夺高奶奶的苦苦菜说起,一直说到这一次大家要拿到的退赔款是怎么确定的，大老李在这整个过程中起到的重要作用,他问大家:“你们说,大老李该不该立功啊？”

“应该。”会场上一片呼声。

金副书记转身对阎书柏道:“我今天这是临时提议,不算数。你们下去研究一下,要是同意我的这一项提议,你们就要好好准备一张立功喜报,盖上市委、市政府的大印,再装上大镜框,大镜框上飘上大红绸缎带,要敲锣打鼓地送到大老李的门上去。可别忘了带一块长条大红缎子去哦,要给大老李披红戴花,拍一张大照片登到报纸上,让全市群众都知道,我们大老李这次为将城管执法转型为城市服务所起的重要作用。好不好?”

金副书记的话是对阎书柏说的,全场却响起了欢呼:“好!”

阎书柏主持会议,道:“请大家安静,我们继续开会。刚才金副书记讲话,被我们的小老乡打断了,现在请金副书记接着做指示,大家欢迎。”

大家正要鼓掌,被金副书记拦下了,道:“我主要想说的,已经说完了。下面,我来专门给乡亲们介绍一位可尊敬的老奶奶,好不好?”

一阵热烈的掌声过后,金副书记大声问:“高奶奶今天来了没有?”

余梅媛代为回答:“来了。”

原来,余梅媛嫌会场里放的小马扎太矮,高奶奶上了年纪,坐着屈腿,就从值班门房里取出一张高靠背椅,就近放在值班房的门口,让高奶奶坐在靠背软椅子上,余梅媛推着小牛牛站在高奶奶的身边,他们正聚精会神地听主席台上讲话呢。

金副书记问大家:“这位老奶奶，你们是不是认识啊？”

大家七嘴八舌道:“认识。”

“我去她们家好多次了,新房子,破房子,我全看过几遍了。”

“幸亏有城管的同志和大老李他们帮忙,要不然,光是高奶奶自己,他们家,够呛。”

金副书记道:“你们许多人都认识高奶奶,可他们家的事情,你们知道吗？”

全场沉默了。

金副书记问:“想知道吗？”

包括大老李在内,不少人齐声道:“想知道。”

金副书记道:“好，你们想知道，我就来跟你们说说,很有教育意义来。”他对余梅媛道,“小余啊,这是你帮我们了解到的一个重要情况哟。”他又转对大家道,“你们不知道吧,我们这位高奶奶,她还是一位老红军的孙媳妇,是一位军烈属呢！”金副书记手上举起一封已经泛黄的旧信封,道,“是小余把高奶奶的祖父,也就是这位老红军写的一封家书给我转来了。我接到这封家书,立即让我们市委组织部的同志去调查,他们很认真地进行了这项工作。那时是战争年代,部队用的是代号，市委组织部的同志一直查找到中央军委组织部档案馆,才查到了这支部队的正式番号。他们又按照档案的提示和军委组织部同志的帮助，好不容易把当年跟这位老红军并肩战斗的他的一位老战友找到了。他的这位老战友，和他从同一个班的战士开始在一起，一直干到在同一个团里当团领导，高奶奶的祖父，那时是团长；他的这位老战友，他的老搭档，那时是团政委。他的这位团政委，是在军政委的岗位上离休的，现在已经九十多岁了，身体还硬朗。当这位老政委听到他的老战友家庭的现状后，失声痛哭。是他颤颤巍巍给我们亲笔写来了这封详细的证明信，”金副书记举起这封信，道，“这封证明信的主要内容是这样的：

“高奶奶的祖父叫高全勇，是从陕北边远山里跑出来参军的一位老红军。他是刚结婚三天就告别了新婚妻子跑出来的。在他家乡，除了留下他的新婚妻子和他的老父母，就只有一孔空空荡荡的破窑洞了。他的这位老战友跟高全勇同志在一起多少年，很少听他讲他自己家的事，每次只要讲一个开头，他就会泪流不止，他就狠狠地抹上一把泪，提上枪，跑到远远的野地里，抱住头，要哭好久好久。在随后的战斗里，他冲起锋来，肯定是不顾命，说不定又得负一次重伤。这几乎成了一条规律。所以在当时，谁都不敢在他面前再提他的家事。

“高全勇同志在部队作战不顾命都出了名，只要有啃不动的硬骨头，只要交给他，没有攻不下来的。他几次负重伤，把他从死人堆里背回来，几次从死神手里把他又夺回来。到解放战争时期，他已经提升为团长。我们这座城市，就是被他啃下的一块硬骨头，是他带领先锋团，攻破敌人的坚固防线，第一个冲进了这座城市。这封信，是他在攻破这座城市后的第三天给家里写的。他写了这封信，顾不上给家里寄出，就匆匆留给留守部队的军邮员，第二天一早，他们团就出发南下了。就在他们团离开这座城市不久，在一次激烈的攻坚战斗中，高团长终于又一次负了重伤。这一次死神再没有放过他，他是牺牲在送往前沿包扎所的担架上的。这封信，就成了高团长的遗书。”

高奶奶听着金副书记的讲述，两只手紧紧抓住余梅媛的手，慢慢地颤抖起来，眼泪簌簌地落了下来。

金副书记接着讲述：“他的这位老战友记得非常清楚，高团长牺牲后，是他亲自签发的烈士光荣证书，交到了师的军邮科，让及时转到高团长家乡的政府。当时是战争环境，他们团每天在急行军，一路追击，一路打仗，他们离高团长的家乡越跑越远。而后方，土匪啦，国民党被打散的散兵游勇啦，残留的保甲长、地痞流氓啦，都还顾不上肃清，情况复杂。究竟是什么原因，由团政委亲自签发的光荣证书，最终没能送到高团长的家乡，是军邮员们一站一站地转送中间的哪个环节出了问题，还是另有别的原因？现在就不好说了。

反正是，无论是高团长的家乡政府，还是高团长的亲人，都不知道高团长早已牺牲了，还在苦苦地等待高团长的消息。直到高团长的新婚妻子生下了高家的独根苗苗，也就是高奶奶他们的父亲；他们的父亲在这座破窑洞里长大成人，娶妻生子，生下了一个儿子，就是现在高奶奶已故的老伴，高团长的亲孙子。

“等到他的这个亲孙子又长大成人，结婚了，就在他们新婚不久，他们的爸，也就是高团长的独生儿子，才拿出这封信，交给这对新婚夫妻，对他们小两口说：‘家里实在太凄黄，这孔破窑洞实在再难养活你们小两口，你们走吧，拿上这封信找你们的爷爷去吧。家里这以后再没有接到过你爷爷的来信，你们只有到他发出这封信的城里去找他了。你爷爷只要还活着，他现在肯定是个大干部，你们只要找到你们的亲爷爷，你们就有救了。去吧，去吧，找你们的爷爷去吧！’

“他们的爸把全家仅有的一小袋小米给了他们小两口，抱住他儿子痛哭了一场，就把他们小两口送上路，让他们一路走着，奔我们这座城市来了。”

高奶奶这时已经哭不成声，她只有紧紧抱住余梅媛，把脸死死捂在余梅媛的身上，不让哭声传出来。可两只耳朵还死劲地听着金副书记的讲述，只怕落下一个字。

小牛牛见奶奶哭了，也哭了起来。周发把小牛牛紧紧搂在怀里，轻轻地哄着，尽量不让小牛牛的哭声影响金副书记的讲述。

金副书记继续讲下去："他们来到这座城市，怎么能找到他们这位老红军的爷爷呢？到处打问，都说刚解放的那些日子，在这座城里住过的解放军太多了，可有谁能知道高全勇这个人呢？按照他爷爷这封信上对他们的严格要求，他们再困难，也只有咬紧牙关，自力更生，靠自己的劳动谋生，没有去找过我们这座城市的任何政府部门。几十年来，他们几乎干遍了我们这座城市所有的最脏、最苦、最累的活儿，到火车站扛大件儿，钻臭水沟修管道，淘粪池、扫大街、捡废品，什么都干了，为我们这座城市的各项基础建设，耗尽了他毕生的精力，可我们这座城市并没有给他应有的回报，直到他临死，也还是黑人黑户，在全城被人们早已遗忘的那个乱坟堆旁，苦苦地守候了一生。

"他这苦苦地守候，就源自他爷爷留给他的这一封遗书。他爷爷的遗书里是这样写的，我给大家念几句：

"'我知道我们家生活得艰难，住在荒土坡坡小山梁梁下那孔破窑洞里，周边的乡亲们都因为活不下去，全搬走了，只有老爸你，就是穷家难舍，故土难离，舍不下老祖宗留下的这一孔破窑洞，在这一方，厮守了几辈子。我是跑出来当上了红军，现在是解放军的团长了，可现在全国大部分地区都迫切盼望快得到解放,我们每天急行军,每天在打仗,还不能顾到家里,只有等到彻底打倒蒋介石,解放全中国,我才能回家来,把你们都接出来,过上好日子。可现在还不行,你们还得再忍耐一段时期，也就是最多一年半载吧,我就可以回来接你们了。再等一等,等一等吧!

"'现在,我们的党和政府都困难,我知道你们也很困难。我们再困难,也要自己想办法克服,我们要自觉地同党和政府一起熬过这最艰难的日子，一定不能给党和政府增添一点负担。一定要记住，不论到什么时候，也不能打着我的名号去向党和政府伸手，要这要那。什么也不准要,提都不准提!有再大的困难,也要自己咬紧牙,熬过这最后的一段艰难日子,切记切记!'

"就是高团长的这一段话,让我们面前的这位高奶奶和她已故的老伴,在我们这座城市,从新婚的小两口一直熬到今天的满头白发。

"我们亏欠老红军高团长和高团长的遗属们,亏欠他们的太多太多,我们今天过着幸福生活,可是,我们却没有照顾好高团长的后人,我们愧对老红军高团长呀!"说着,金副书记眼圈也红了。他仰起头,深深地吸了一口气,把自己的悲痛心情强压抑住,接着又说下去:

"在接到高团长的老战友,这位军政委的证明信后，我立即下了几个指示：让我们的民政局向全国的民政部门发了个通稿，特别是沿海的几个省市，请他们协助查找高奶奶的儿子和儿媳妇，并帮助他们尽快回来，让他们一家早日团圆，让他们回来照顾好他们年迈的老母亲和年幼又残疾的小牛牛。

“我又让民政局赶快调拨一套新房，现在已经装修好了。我们要以市委、市政府的名义，赠送给我们这位老红军的后代，请我们的高奶奶晚年过上一个与我们普通市民同等的舒适生活，以慰藉解放我们这座城市的英雄，老红军高团长。

“同时，我又派城管服务队的周发和张荣生两位同志，按照高奶奶所说的大致方位，去高奶奶的老家看看，如果能找到高团长的其他直系亲人，一定把他们都请到我们这座城市来，我们一定要尽到赡养的责任，以告慰高团长的在天之灵。

“现在，周发和张荣生都回来了，他们在当地政府的帮助下，好不容易找到了高奶奶他们家的那一孔破窑洞，可是，窑洞早已塌陷，已经很久没有人在周边活动的痕迹。周发他们在当地乡亲的帮助下，挖开了已经塌陷的窑洞，在里面搜了个遍，只找到已经朽烂的一床花布棉被和几片已经破损的瓦罐片片。那几个瓦罐片片，他们没有拿回来，这一床朽烂的花布棉被，他们带回来了。据高奶奶说，这是她娘家给他们结婚送的唯一的一件嫁妆。几十年过去了，没想到她还能再见到她家的这件嫁妆！”

高奶奶实在强忍不住，号哭出了声。也就只哭出两声，她就死死地把脸捂在余梅媛的怀里，把号哭声硬是闷了回去。

金副书记继续往下讲：“周发和张荣生请当地政府查找高团长在当地还有没有直系血亲，结果一个也没能找到。据当地的同志回忆，高团长没有见过的他的儿子，也就是现在高奶奶的公公婆婆，已经在上个世纪60年代初的低标准时期，没能挨过那一场饥荒，早已故去了。

“周发和张荣生在临离开高团长家的那座坍塌的破窑洞时，两个人跪在窑洞前，挖了一抔黄土带了回来。

“今天，我要代表市委、市政府，在这隆重的大会上，把周发他们带回来的这一床高奶奶结婚时用过的花布棉被和他家窑洞前的这一抔黄土，交还给高团长的亲孙媳妇高奶奶。同时，我们还要把市委、市政府赠送给高奶奶家的新房的一串门钥匙和本市居民的户口簿，郑重地一并交给高奶奶。还有，从本月起，高奶奶就是本市的市民了，按照低保政策，也是从本月起，市民政局就可以按月发给她低保养老金和小牛牛的残疾人补助金。有了每月由政府发给的这一点钱，高奶奶从此再不要去卖苦苦菜了，你就把小孙子照顾好,等到今年新学年开学,我们负责把你的小牛牛送进全市最好的学校上学,我们决心把高团长唯一的他的这第五世亲玄孙,培养成国家的有用人才。剩下的,就是等着你的儿子儿媳妇回来照顾你老人家安享晚年吧！”

会场上响起掌声,大家交头接耳,都在赞叹市委领导替高奶奶想得周到,做到了无微不至的关怀。

在大家的热烈掌声中,金副书记高声宣布:“请高奶奶接受我代表全市人民对老红军高团长和他的遗属的这一份敬意。”

高奶奶的脸已经被泪水浸洗,她想站起来到主席台前去接受金副书记的馈赠，在余梅媛的搀扶下,她在靠背椅子上动了几动,腿软的,就是没能站起来。周发赶紧上来帮忙,和余梅媛一左一右,终于把高奶奶扶着站了起来,可她的两腿发软,怎么也迈不动步子。

金副书记连忙喊着制止道:“高奶奶，你别动,你别动,我们把赠品送到你面前来。”

于是,孙市长捧着一个大托盘,上面放着塑料袋装着的那床已经朽烂的花布棉被;阎书柏捧着用一个锦盘托着的从高团长家窑洞前取来的一袋黄土。金副书记也托着一个锦盘,锦盘上放着一串门钥匙,一个户口簿，以及市民政局发给高奶奶本月的养老金、小牛牛的补助金。他们三人穿过会场,在全场群众雷鸣般的掌声中,一步一步向高奶奶面前走去。

他们走到高奶奶面前,由推着小牛牛坐的轮椅的张荣生,代替高奶奶接过孙市长捧着的花布棉被,由周发代为接过金副书记手捧的放着门钥匙、户口簿和现金的托盘。高奶奶却是从阎书柏手里接过了她家窑洞前的这一抔黄土。

高奶奶将这抔黄土捧得高高的,两腿一软,双膝跪倒在地,在余梅媛的搀扶下,向这一抔黄土深深地匍匐着,慢慢地拜了三拜,随之响起了撕心裂肺的号哭。小牛牛一听奶奶这凄厉的嚎哭声,也随着发出了尖细稚嫩的哭声。他们那凄苦而又充满感激的哭声,久久地,久久地在大会会场上空回荡,回荡着……

第三十四章　愉快地追赶幸福

誓师大会的末尾,阎书柏是宣布过:“遵照市政府的决定,从现在起,我们城管执法大队就正式更名为城市工作服务大队了。这是一个大的职能转变,为了适应这个转变,我们的机构、人员都要进行适当扩充与调整,这需要一点时间,请乡亲们耐心地等待几天,等我们的各项准备工作做好了,我们会在报纸上宣布。到那时,请乡亲们按照指定的分片服务站,去专为你们开办的创业市场进行登记。请乡亲们一定要耐心地等待几天。”

话是这么说了,说得也够明确了,可乡亲们着急呀,盼星星,盼月亮,终于盼来了这一天,心里怎么能不急呢,恨不能大会一散,立马就进入创业市场才好呢。

大家那心里急哟,就从大会散会的那一刻起,服务大队的门上再没有消停过,总是有一拨一拨来打探消息的。劝走一拨,又来一拨,这真是在考验城市工作服务大队同志们的耐心。好在服务队的同志都已有了“争做人民的好儿子”的思想教育,有迎接群众蜂拥而至的充分的思想准备,耐心已经储存得足够足够了。他们在大队部的前后门安排了几位同志,专门接待来访的个体摊贩经营户们,给他们端茶倒水,与他们嘘寒问暖聊家常，进一步了解他们的情况、需求，倾听他们的心声，并预作一些登记，以备今后正式登记时的参考。

与此同时，服务大队内部开始了一段极度紧张繁忙的改制筹办时期。难怪这些日子，阎书柏的老妈每天把儿子最爱吃的饭菜早早准备好，就等儿子回来。她坐在门口等啊等，不到天黑透了，是见不到他儿子的身影的。好不容易等到阎书柏放好摩托车进了家门，他媳妇邢文静和他老妈忙不迭地给他热饭热菜，可等到把热热的饭菜端来，阎书柏早趴在饭桌上打开呼噜了。把这婆媳俩心疼的哟，两个人相视着，眼泪不觉流了下来。

城市服务大队这一阵忙了些什么？也就是人事和机构的调整：周发和张荣生被任命为副大队长，周发还兼任办公室主任，他们二人协助阎书柏工作。

办公室下设一个信息处理组，负责汇总、整理、分析、研究下面传上来的所有信息。这个组由余梅媛任组长，手下带了两个兵，一个是爱思考的花中琦，另一个是刚调来的专门学计算机信息处理的女大学生祁璐。办公室还下设了财会室、后勤组等。

这一阵陆续调来了一批新同志，按照阎书柏在初建执法队时所开创的先例，新同志来了，先得进行军训和革命传统教育，现在又加了一项，是“争做人民的好儿子”的教育。这些工作全交给了也是当兵出身的周发，只是现在任务紧迫，训练不了那么久，半个月“毕业”，就要分配到各基层上岗工作了。

大队部下面不设中队建制了，而是将全市划分成东南西北几大区，每区租一套房子，设一个城市工作服务站，例如东城区城市工作服务站，西城区城市工作服务站等。租了房子要装修，要设工作柜台，供群众来报名登记用。还要购置办公用品，特别是要建立与大队部联系的电脑联网系统。这些繁杂事务，阎书柏就拉上张荣生整天在全市跑。新任命的几个服务工作站站长和他们手下的几个人负责督促各自服务站的装修工程，所需器材报请市政府统一购置，分发到各服务站供他们分头安装。

半个多月，从大队部到各服务站，全都是夜以继日地装修、准备。室内在乒乒乓乓地敲打，大队部的后操场从大清早就喊着“立正，稍息”地加紧训练。也就是半个多月，居然大体就绪，登报通知，请进城创业人员可以到各区的服务站去报名登记了。

报纸一出，全城轰动，各服务站前立即人头攒动，一片忙乱。这一项复杂的群众工作，就是这样热火朝天又有条不紊地一点一点开展了起来。这是大家希望之所在，未来幸福之依存，大家怎能不愉快地去努力追寻呢！

追求幸福，这是人类的天性。除了进城创业人员在追求，还有一种出于人类本能的追求呢！

余梅媛领导的信息处理组，这是全大队的心脏，各服务站进行登记的所有资料全都汇总到信息处理组。信息员祁璐整天坐在两台电脑前，十个纤细的手指像在弹钢琴，每天不停地在电脑键盘上舞动。就在她那手指飞快的跳动中，城市工作服务大队的全部工作都条理清晰地呈现在大队长阎书柏的电脑页面上。余梅媛从这庞大的数据库中进行筛选、发现、研究和提出问题，寻找典型案例，再进一步深入调查，提出建议，供阎书柏部署和工作进行适当调整的参考。

对于典型案例，余梅媛是紧追不放，以致追到各家各户去，就像深入到高奶奶家里那样，务必要将这案例的资料全部掌握到手，形成文字，为她的那部《调查报告》打好坚实的资料基础。多数时间是她亲自去走访，有时也带着花中琦一起去，实在忙不过来了，就派花中琦一个人去，让他要从头至尾把这个案例的全部资料调查回来，形成文字。而花中琦在电脑上打出的文字资料，往往要由余梅媛反复修改，有时甚至要去再次调查，重新写过。这倒不怪花中琦，他有一定的写作能力，可他没有经过社会学研究的严格的基础训练，所以写出来的材料与余梅媛的要求总会有一定差距。

花中琦对于余梅媛的苛刻要求，不仅不反感，反倒是特别乐于接受，尤其是两个人坐在电脑前，花中琦看着余梅媛给自己改稿子，那简直是一种享受。他的两只眼睛不是盯着电脑上的改动，而是死死盯着紧挨在身边的余梅媛。能够这么近距离地坐在余梅媛身边，听着她在改稿时不时发出的银铃一样的声音，嗅着她身体里散发出的阵阵少女的气息，花中琦感到一阵一阵地被迷醉了。这可能是他这一生中最感幸福的时刻。也难怪他，同样是花季年华，同样是俊俏男女，同样的聪慧，同样是思维敏捷而且活跃，又整天工作在一起，耳鬓厮磨，同进同出，叫谁能挡得住身边这一朵盛开的牡丹的诱惑呢！

可是这个余梅媛不知是怎么了，她对身边的这位得力助手花中琦，对他的勤勉与殷勤，似乎没有丝毫感觉，总是摆出一副既礼貌却又是公事公办的样子，上班谈工作，下班各走各的路，形同路人，陌生得连招呼都不会主动打一下。是她的矜持？是她的自傲？害得花中琦现在就怕下班，一下了班就神不附体，神色迷离，四处游荡，不知道这剩下的时间怎么打发才好。日子难熬呀！

过了一阵子，他终于嗅出点味道来了，原来，一下了班，余梅媛很少直接回家，而是跑到高奶奶新搬的居民楼里去了。这是当然的了，是阎大队长亲口给她交代的任务嘛，要她学会当一名小学老师，天天要去给小牛牛辅导功课的。

不错，你是去教小牛牛学习，可周发怎么也每天去呢？他去干什么？

更可气的是，他们两个人去吧，还总是一先一后地去，从来没有在一起走过。你们这么躲躲闪闪的，就更显出其中有鬼。是你们心里有鬼，鬼鬼祟祟的，怕被别人碰上？怕被单位的人知道？你们不听最近在单位里最流行什么歌吗？不是刘德华，不是宋祖英，而是天仙配："树上的鸟儿成双对"！哦，我这才悟出来了，原来他们唱天仙配，是冲着你们两个来的啊！好你个周发，别看你在单位里言语不多，不哼不哈，很少见你跟谁说过一句跟工作无关的话，更天生就缺乏幽默细胞，从来不会开玩笑，整天一本正经的。嘿！原来你是个伪君子，善于伪装，善于进行"地下工作"，对我们这位出了名的本单位的"标致性人物"，对她那天生丽质难自弃的美貌，你也会动心啊！你是早下手为强，使我这个被阎大队长都公开赞扬过的勤于思考、善于思考、很愿意相交、视为朋友的俊俏小伙子，竟然在余梅媛的眼里，只是变成了她的电脑键盘上的一个按键而已！原来，问题全出在你的身上！真是叫人不甘心啊不甘心，我怎么竟然会败在你的手下呢？你跟余梅媛有哪一点般配嘛？论文化程度，你们相差一大截儿；论出身，一个是贫困山区的土老帽，一个是教育世家的金枝玉叶，八竿子捱不着，门不当户不对呀。人家那是著名的书香门第，老教授的家，那可是往来无白丁的，你这个高中都没读几天的人，能走进他们家的门吗？天仙配，天仙配，你不拿起个镜子照照，你配得上我们这位天仙吗？不错，最近我是注意到了，你平时手里总是喜欢抱着一本书。光抱着书有什么用，你翻过几页？能看懂几行？就凭你整天忙得屁股捱不着凳子的样儿，你也就是拿着本书装装样子呗，是故意装给余梅媛看的吧？可惜，你的装模作样，余梅媛看不到，她每天还忙得晕头转向呢，何况我就从来没见你来过我们信息室啊，你是怎么勾搭上我们这位美女的？是怎么骗得我们这位天仙的芳心的？不行，我得探探秘，我就不信，我身边的这位绝代佳人，竟然真会落入你这么个土坷垃的手里。

于是，一场探秘之旅就这么开始了。花中琦竟然使出了跟踪术，下了班，他居然也借了辆电动自行车，不远不近地跟在余梅媛的后面，一直跟到高奶奶的家，然后远远地藏身在一棵大树底下，凭着天黑，不会被任何人发现。他就站着，两眼死死盯住高奶奶的家门和拉着窗帘亮着灯的窗户。果然，没过半个小时，周发来了，也进了高奶奶家。花中琦就站在大树底下等啊等，一直等到晚上快 11 点了，才见他们笑么呵呵地出来，你就看余梅媛那轻狂样吧，跟上班时候的一本正经、公事公办的模样，简直判若两人。哦，原来你也有像个女人的一面呀，平时见到你的那副尊容，原来是你带的一副假面具呀，今天我才算真正认识你这个余梅媛了！就听你发出的那银铃般的笑吧，都几点啦，也不怕惊醒了周围邻居，让人家听见笑话！

第二天上了班，这个花中琦有事也不往余梅媛身边凑了，孤苦伶仃地坐在自己的电脑前，有事没事地就这么死盯着自己的电脑，一动不动，像是在认真办公，其实他的脑子里一片空白。

余梅媛跟平时一样，在电脑前忙了一阵，关了电脑，跟同办公室的人打声招呼“我出去补充点资料”，理理衣服，拿上梳子，照照镜子，刮几下头发，提起提包，走出门去了。

若是在往日，余梅媛可不是这么走出办公室的。只要她一关电脑，身子朝起一站，没等她说那一句“我出去补充点资料”，花中琦肯定就会“倏”地从自己的座位上蹦起来，踮吧踮吧地踮到余梅媛的身边，帮她拿起提包，嘻着个脸，等在身旁，等余梅媛照了镜子，刮两下头发，转过身，花中琦赶紧跟随她踮吧踮吧地直送到办公室门外，特殷勤地双手把提包送在余梅媛的手上，然后目送余梅媛窈窕的背影，见她一步一步走到楼梯口，看她下了楼，直到看不见了，才会转过身来，嘻着个脸，踮吧踮吧踮回到自己的电脑前，兴奋地两只手来回地紧搓几下，嘴里还得长长地“啊”一声，宣泄出极度亢奋的心情，这才能坐回到自己的座位上。就这还不得消停，还得且亢奋一会儿呢：蹿起身来去拿热水瓶给自己的水杯里续上水，再掂着热水瓶殷勤地给祁璐的水杯里也续上一点水，还得对祁璐自豪地一笑，显示自己在观赏过至美以后的一种极度的满足，就像在欣赏过一次花展以后的心情是一样的。然后放回热水瓶，拿上自己的那杯茶，踮回到自己的座椅上，坐下，掏出一包烟，刚要抽出一支，看了一眼祁璐，自语一句“I'm sorry”，把烟放回烟盒里，两只胳膊紧抱着，面对电脑且愣怔好一会儿，那亢奋的情绪才能慢慢平复下去，进入正常的工作状态。

今天这是怎么啦？花中琦怎么没有从座位上蹿起来去送余梅媛呢？余梅媛走了，他怎么无动于衷呢？祁璐心里好奇怪好奇怪，她不住地朝花中琦这边看了好几回，只见花中琦始终是一个姿势：抱着双臂，木木地死盯着电脑，一动也不动。他今天这是怎么啦？这个疑问，就让祁璐你慢慢地猜去吧。

花中琦可不是那么容易认输的人。年轻人为了爱情，什么事干不出来！所谓胆大包天，说得更难听些，叫色胆包天，大概就是这个意思。他思想激烈斗争了两天，实在耐不住，管这是不是会冒犯两位直接的顶头上司，顾不上了，他得钻进高奶奶家去探个究竟，看看你们在高奶奶家一耗一晚上，你们究竟干了些什么，搞了些什么鬼名堂？铆足了劲儿，在第三天的晚上，他终于按响了高奶奶家的门铃。是高奶奶来开的门。

高奶奶一见又来了一位服务队的同志，热情地把花中琦往屋里让。花中琦随着高奶奶蹭着蹭着进了小客厅，嗬，他见到的是其乐融融的好一幅家庭和乐图哦！小牛牛一口一声地叫着“妈妈”，余梅媛亮着那银铃般的歌喉一口一声地应着“哎，我的好宝贝儿子！”每应一声，还总会眯着一脸的笑，俏皮地朝周发看上一眼。你好不害臊哟，还是姑娘家嘛，就喊人家小牛牛是儿子，还要朝周发笑笑。可小客厅门上还站着我花中琦呢，我是个大活人，在你的眼里，就跟这屋里没我这个人似的。气得花中琦实在忍受不住，掉转身，冲出门，一头钻进黑格洞洞的夜色中，冲到大街上，顾不上有人看没人看了，抱住头，号啕大哭起来……

唉！好可怜的青春呀，你怎么这么样儿地折磨人呢？你叫我们可爱的花中琦今后可怎么活呀！真正是无奈呀无奈。

呜呼！

第三十五章 庶民的欢乐

周发和余梅媛结婚了!

这一天热闹极了,城市工作服务大队的同志全到齐了,只差了一个花中琦。

不对,周发的室友,他的亲密好友,司机小王、王云飞,今天也没有来。哦?他们司机班的人都没有来。周发今天结婚,他们怎么能不来呢?他们干什么去了?

大老李带了他那胖胖的漂亮老婆来了。

姚三带着他那干瘦的丑老婆也来了。

高奶奶和小牛牛肯定是必被邀请的贵宾,他们祖孙俩被安排在第一排贵宾席上,是最显贵的客人。

现在人们富裕了,马路上的小轿车太多,交通经常被堵塞。今天又是逢八的喜日子,结婚的车队也多,反正是,客人们差不多都到齐了,可新郎新娘的花车还没有赶到。喜庆大厅里是人声鼎沸,欢声笑语,只是大家都在忙着相互探问,怎么今天大厅门外没有收受礼金的人?我们带来的礼金该交给谁啊?

坐在小舞台上的阎书柏讲话了:"诸位亲朋好友,同志们,你们是不是都在询问今天这礼金该交给谁呀?"

大家齐声道:"是啊,今天怎么没有安排收礼金的人啊？”

阎书柏笑道：“请大家原谅，千万别怪罪。今天请大家来，只是请大家参加婚宴，大家团聚团聚，为他们新人祝福，可是，大家的礼金，他们家一律不收。”

一句话，引得全场哗然：“这怎么行呢！”

“不受礼金，我们怎么好意思坐下吃席呢？”

阎书柏解释道：“诸位，诸位，请安静，请听我说：不受礼金，这是有违现时流行的惯例，是有些不合常理。可是，这是余梅媛她那九十多岁的老爷爷一再坚持的，我们没法违抗他老人家啊！他老人家说，大家来参加他孙女儿的婚礼，这是抬举了他的孙女儿，他谢谢大家。小余的爷爷还说，他人老了，不能亲自来向大家致谢，就让我代表他向大家转致谢意。只是，他是一位德高望重的老教授，老知识分子，思想境界高，不喜欢世俗的这一套，也就是脱俗吧，所以这礼金嘛，他老人家的意思是，坚决不能收。要是收了，他老人家心里会很不安，让我们就尊重他老人家的意愿吧，大家同意吗？”

大厅里响起的是一阵挺勉强的稀疏掌声。

阎书柏接着道：“不过，小余和周发的结婚大事，大家的礼还是要送的，你们说是不是啊？”

“是！”全大厅一致喊出的声音。

“好，那就让我代表大家，今天要给两位新人送上两份特殊的重礼。这都是多少金钱也买不来的重礼啊！”

大家七嘴八舌道:“什么礼品啊,这么贵重?”

阎书柏高兴地拍着手道:“这不,说着说着,这第一份重礼已经来了。”

随着他的话音,从大厅外进来了几个人,捧着几个大锦盒,走上小舞台,齐刷刷地站在阎书柏的身后。

阎书柏道:“这就是今天我要代表大家送给两位新人的第一份礼物。”他接过一个锦盒,打开来,从中小心翼翼地捧出一部精装书,道:“这是余梅媛同志的心血,是她花了将近一年的努力,精心完成的一部社会学著作,也是她第一次公开出版的处女作,书名就是《低保以下一个庞大群体的生存现状和前景展望》。这部书稿,她是一个多月前交给我的,并且请我为这部书稿写一篇《序》。我仔细阅读了她的这部书稿,很受教育,也很感动,写得好,内容丰富,资料翔实,具体生动,像高奶奶家的事啊,姚三被摔的事啊,等等,里面都有了,并且从这一件件实例中,最后引申出了结论,提出了政策建议,都很切合实际,这对我们的高层决策会起到一些参考作用。”

阎书柏见大家聚精会神地在听他讲,特别是他刚才提到的那几个人,更是兴致很高,没想到自己的那么点事儿,居然被新娘子写进了书,心里真的是充满感激。

阎书柏接着说："余梅媛请我给她的书写《序》，我怎么够资格给这么一部学术专著写《序》呀，我只有去求我们的市委金浩然副书记。金副书记欣然许诺。大概他是忙了一通宵吧，第二天一早就派他的秘书把他写的《序言》给我送来了，写得短小精悍，言简意赅。他在文章里写道：'和谐中国，和谐世界，这是我们党提出的战略性伟大构想。如果在我们中国大地上还有一个人露宿街头，或是坐在路边卖苦苦菜，我们所提的和谐社会的伟大理想就没有完全实现。即使在我们国内没有一个露宿街头的了，只要这个地球上还有一个人露宿街头，或是被战争，或是被自然灾害，沦落成了国际难民，我们提出的和谐世界的战略构想，依然没有最终实现。我们的战略构想崇高，我们的历史使命艰巨，我们是任重而道远。我们要像万里长征一样，一步一步、脚踏实地、永不懈怠、顽强拼搏、一往无前地往前走！'写得真好。

"我当天就把这部书稿，连同金副书记写的《序言》，一齐送到出版社去，请他们最迟在今天一定要抢印出一部分样书来。可不是，今天他们真的准时准点把样书送来了。"阎书柏转过身去，跟身后站着的出版社的同志一一握手致谢，并请他们在小舞台下面就座，一起参加婚宴。

正在这时,大厅外一阵忙乱,鞭炮齐鸣,原来是新人的车队到了。两位新人,新郎身穿笔挺的西服,新娘身披洁白的婚纱,在两位伴郎伴娘的陪伴下,款步进入婚礼大厅,全场站立起来,热烈鼓掌欢呼。

小牛牛一见是“妈妈”来了,马上尖声欢叫起来,一定要陪在“妈妈”身边。周发赶紧走过去推上小牛牛的轮椅,余梅媛上前去拉小牛牛的小手手,就这么一直走到小舞台边,周发和余梅媛在两位伴郎、伴娘的协助下,把小牛牛的轮椅抬上小舞台。

余梅媛上了小舞台,一眼看见舞台后部放在一张桌子上的一摞锦盒,从锦盒的外观,她已经猜想到,那就是她的心血。她完全没有想到,她的著作会这么快就正式出版了。她顾不上全大厅的人的关注目光,撩起婚纱,两步上前,捧起锦盒,打开,取出她的著作,翻了几页,兴奋极了,转过身来,面对阎书柏,深深地弯下腰去,是一个九十度的鞠躬,并亮起她那银铃般的嗓音,高声地说了一句:

“谢谢‘营长’。”

全场宾客看着余梅媛那激动劲儿,全都热烈地鼓起掌来。

婚庆司仪趁着会场上这兴奋的高峰,喊起了赞礼辞:

“周发先生、余梅媛小姐的婚礼,现在正式开始,请新郎新娘就位。”

伴娘从余梅媛手上接过样书，装进锦盒，放回桌上，过来搀扶余梅媛走回小舞台的正中，走到周发的身旁。刚要站好，小牛牛尖声喊叫起来："我要妈妈！"

余梅媛赶紧走到小舞台的旁边，拉起小牛牛的小手，伴娘过来把小牛牛推着，让小牛牛挨着余梅媛，也并排坐在舞台的正中。此后，小牛牛闪动着黑亮的大眼睛，一直紧盯着他的"妈妈"，见余梅媛鞠躬，他坐在轮椅上也跟着点头弯腰，惹得全场一阵阵大笑，简直要把大家笑疯了。

司仪唱赞礼，一直唱到"夫妻对拜"。他们二人，相互对立，刚行完礼，会场上就炸开了锅，小青年们一片呐喊：

"来一个！"

"亲一个！"

他们俩面对面站着，挺不好意思地僵持着。小牛牛伸长了脖子想看看他们面对面要干什么，可这一次伴娘不来推小牛牛了。

台下不住地高声喊：

"亲啊，亲一个！"

"亲一个，快快快！"

"快快快，亲一个！"

这可真的羞坏了余梅媛。

他们自从第一次去高奶奶家的路上，两个人最初萌生了爱慕的感觉。此后，为了帮助高奶奶和小牛牛，他们几乎每天都要在一起很长时间，在辅导小牛牛学习的同时，周发在余梅媛的帮助下，也给自己安排了繁重的学习任务。在高奶奶家的每一个夜晚，这一大一小，他们同在“余老师”的辅导下，都在紧张的学习氛围中度过。但，学习的繁忙，并不影响“余老师”和“周发同学”之间爱情之树的发芽、开花、结果。虽然已近瓜熟蒂落，可在他们之间却始终感觉只是一种极为纯真的敬仰与爱慕，似乎还没有来得及产生任何“杂念”。一个是敬慕她才思高远，意趣深邃，在慈母般温柔与怜爱的情怀中，去努力追寻学术研究的制高点；一个是敬慕他胸襟宽博，无私无畏，在为民的实践中使自己的心灵不断追寻更高的境界。正因为他们的感情建立在这种纯净真诚的基础之上，因此，在他们的交往中始终是相敬如宾，并且都在小心翼翼地保护着这一份纯纯的情感，不想被一些世俗的冲动所玷污。这是真的，他们之间，至今不要说相拥亲吻，就是两个人的手都没有拉过，就更没有想过会谈婚论嫁。要不是余梅媛的爷爷催得紧，他们至今也不会走进婚姻殿堂。

这位余老先生，他为人高雅脱俗，可他毕竟也要食用人间烟火，依然是一个普通的人。他有希求人伦美满的欲念，很想在有生之年，能享受到四世同堂的乐趣。在小余他们家，最可尊敬的爷爷的意念，那是至高无上的，爷爷期盼四世同堂，余梅媛只能谨遵。就在爷爷的期盼下，在他们俩还没有充分思想准备的情况下，他们今天面对面地站着了，并且要在众目睽睽之下相拥、接吻。他们缺乏这方面的幕后预习啊！

台下一阵阵地高喊：

“亲一个，快快快！”

“快快快，亲一个！”

巴掌拍得山响。

人类嘛，自有人类固有的行为规则。今天摆在余梅媛面前的，真是一道难以逾越的坎儿。可是，这道坎儿再难以逾越，也得下定决心，闭起双眼，一狠心，往过蹦啊！在周发眼神的一再鼓励下，余梅媛终于扑进周发的怀里，两个人羞涩地相吻了。

“好！”

会场上一片欢呼。

正在这时，大厅外一阵嘈杂，从厅门外涌进了一拨人，衣襟不整，神色疲惫，司机小王等人随着帮助扛着大包，拉着旅行箱，闯进婚礼大厅。

婚礼大厅骤然静了下来，齐都转过身盯视着这一群新闯进来的客。

突然，高奶奶大声喊起来：

“儿子，我的好儿媳妇！”

高奶奶突然感到一阵晕眩，竟然晕倒了，瘫软了下去。

小牛牛也坐在轮椅上大叫起来：

“妈妈！爸爸！”伸出两只小手，急着要扑向他的妈妈。

大厅里乱了。

余梅媛和周发把小牛牛的轮椅抬下小舞台，余梅媛不顾婚纱会被踩踏，把小牛牛推送到他妈妈的身边。他妈妈一把抱住小牛牛，一句话说不出来，只有不住地号哭。

周发和宾客们全都涌向了高奶奶，有的给她掐人中，有的端来一杯白开水，一点一点地让高奶奶抿着，还有的人已经拨打120请急救车了。

高奶奶只是事出突然，一时晕眩，被掐掐人中，抿了抿水，渐渐地也就舒缓过来了。她长长地舒出一口气，“哇”的一声大哭出来。

听到高奶奶的哭声，大家悬着的一颗心才落了地。

整个婚礼大厅上空，除了漂浮着高奶奶一家人的号哭声外，就是全会场的唏嘘了。

等号哭声和唏嘘声渐渐减弱了些，阎书柏慢慢轻声地开了口，道：“很对不起大家，让大家受惊了。只是事情发生得太突然。

“今天一清早，我突然接到民政局给我打来的电话，说他们刚刚接到广东打来的长途，他们已经找到小牛牛的爸妈了。

“原来，他爸妈两个人相距得很近，一个在东莞，一个在惠州，可他们两个人相互不知道，都在各自的厂里打工。是广州民政局的同志细心查找，终于把他们找到了。他们通过我们市的民政局打电话来问我怎么办？我说，没有怎么办的，立即请把他们送上飞机，快回来！越快越好。就这样，是这位广东民政局同志亲自把他们护送了回来。

“今天一早，我派小王他们司机班的同志，在市民政局同志的带领下，直奔飞机场，让他们在那儿等候，等飞机一落地，就把小牛牛的父母直接带到这婚礼大厅来。

“同时，我又打电话请示李局长该怎么处理。李局长的回答非常干脆，说：‘这还请示什么？把他们两口子都留在你们城市工作服务大队，让他们以自己的痛苦经历与感受，以同样的爱心去帮助更多的现在还处在困境之中的穷苦人。’”

姚三的脸早被泪水糊满了，他自己都不知道怎么会激动得难以自持，竟然高呼起来：

“感谢人民政府！

“感谢城市工作服务大队！

“中国共产党万岁！万岁！”

周发、余梅媛和全场的人都围着高奶奶一家，喜

极而泣,泣不成声。随着姚三的高呼,也都发着颤音地高呼起来:

“中国共产党万岁!万岁!万万岁!”

2009年12月28日稿

中·篇·小·说

奔腾东流水

一

一辆新手扶拖拉机开出宁远县农机公司的大门，40岁的白天才在驾驶座上兴奋得难以自持，手舞足蹈，前眊眊，后瞅瞅，不由自主地哼出几句不太搭调的秦腔，那份得意呀！他开的是自己的拖拉机，自己的！

拖拉机从公路上飞驰而来，高高的白杨，辽阔的田野，一一闪过他的身边。田间劳动的人们投来羡慕的眼光。白天才也不断地与相识的人打招呼，那抑制不住的笑意表露出何等的自豪、喜悦。

拖拉机飞过黄河大桥，桥下河水也欢腾了，匆匆忙忙地奔流东去。

12岁的根柱和尕妹中午放学回家，一路追逐着，嬉闹着，嘴里哼哼呀呀地唱着些不知道是什么歌子。

手扶在大路上嘎然停住："尕妹，上来，坐车回家。"尕妹冲到她爸的脚边，微仰着头问道："爸，你开的是谁家的车？这么新！"

"我的，俺们家的，是你爸刚掏的大票子，买的。"

"真的？哎呀，老爸你真行！"尕妹迈腿跳进车斗，站在车斗的前面，双臂轻轻搭着她爸的双肩，两手交叉垂在她爸的胸前,也显得特得意。

根柱也要随尕妹跨上车帮,天才一见,赶紧拨开尕妹的双手,跳下驾驶座,一把将根柱拉下来,拍拍他身上的土,道:“小心弄脏我的车吧!”拍干净了土,才把根柱推上车,笑笑:“回去叫你妈也买上一辆。”

尕妹微嗔道:“爸,你看看你,根柱他家哪能……”

“突突突突”,手扶开动了。

二

一窝娃娃从村头的巷(方言,读 hàng)口口跑来,嚷嚷着:“天才大爹买了辆新拖拉机,快瞅去。”“那不是,来啰!”又一窝蜂地朝街心随去。

各家街门上渐渐挤满了人。白天才忙向各位乡邻打招呼。

三爸爸(一个瘦干巴老头)磕磕巴巴地问了一句:“天才,什,什么价?”

“三千一百零五毛三,带全套,犁耱耙种,全有了。”

“啧啧啧,三千出头啦!哎呀,响铮铮一摞大票子呢!”

手扶终于停在天才家门前,全队老小自动聚齐了,围着这辆新手扶拖拉机,有嘁嘁议论的,有嘻嘻说笑的,叽叽喳喳,挺热闹。

天才扬着头对瘦干巴老头道:“三爸爸,你老可是不开通。三千一,不贵。如今实行大包干,责任制,分田到个人,收多收少,全凭各家的能力了。舍不得孩子套不住狼,狠不下心来下刀子,还吃不上羊羔子肉呢。你老说，是这个理儿吧？”

快嘴嫂子挤过来抢过话头道：“天才，你别说我爸不开通，俺们家呀，”“啪啪”狠拍了两下车头，“有钱，俺不往这上头使，俺呀，另派着大用场呐。”

三爸爸接口道：“哎，我儿媳妇会养鸡，去年俺家就养了好几十，今年呀，俺家计划再发展它一百多。”

快嘴嫂子抢着说：“我还心想着机械养鸡，哎，那才叫现代化呐！”

白天才手捏一团棉纱，细细擦着刚才被快嘴嫂子拍打过的车头，一面搭讪着：“对对，车有车道，马有马道，俺们就各奔前程吧。”

一个叫二虎的愣小子远远地甩来一句：“哼，车道呢，马道呢，还要看走的是不是正道呢！别依仗自家老婆子官大势大，就欺负人。”

他这是哪壶不开提哪壶。白天才最怕别人说他们家是阴盛阳衰，金凤压着强龙，压得他是家里家外总抬不起头来，一辈子翻不了身，像个缩头乌龟，老也成不了大丈夫，男子汉。二虎撂来的这一句，直戳了他的后脊梁骨，说得他心里那个毛躁呀，真想发作，可又碍着他老婆一再叮咛他的，要他为了自家老婆在外面能做好工作，要时刻注意“群众影响”。白天才是有屁不敢放，有火不能发，愣憋着又实在难受，只好斜着眸子瞥了二虎一眼,没好气地嘀咕着装没听清:“啥,二虎,你说的啥?”

二虎没理他,只是更大声地嚷嚷道:“哼,就有人嫌队上原分给的田不好了,生生地把分给寡妇家的八分好地赖走,这不叫欺负人,叫啥?”

这可真正揭了他的疮疤,捣了他的脓包。天才火了,憋不住,蹦起来辩理:“我欺负谁?欺负谁来?受欺负的自己朝出站嘛,我立地趴下,认她一声干妈,咋样?”

几条嗓子一齐起哄:“哎哎,桂云嫂子,快过来,你舅爷要认你做干妈哩。”

众人哈哈大笑。

桂云气得手发颤,猛回身,将站在身后的小毛丫狠狠搡了一把,骂道:“丢人现眼,咋不一头给碰死!快给我滚家去!”一转身,拉上大声号哭的孩子,走了。

大家屏息目送桂云母女拐了弯,“乓!”传来街门狠狠的碰撞声。人们转头盯视白天才,有的捂住嘴,有的背转身,嘻嘻嘻地又笑开了。

白天才受不住了,埋头发动拖拉机往自家小院里推。

一个小老汉解围道:“哎哎,都是乡里乡亲的,算了,算了,我还有事求俺们天才呢。”一手拉住白天才:“他大侄子,你看看俺们家,田刚分下,困难多着呢,今年这田可咋种嘛!是不是求求你……”

马姨姆也凑上来叨叨："就是嘛，队上各家各户都好办，就俺们这几家，主要是没劳力嘛。老队长又躺倒不管了。是不是求求你，能不能给帮帮工……"

天才挺痛快："没问题，没问题，拖拉机既然买下了，就是由着人使唤的。只要是俺队的乡亲，谁需用，尽管言传，不说那话。"推手扶进街门，刚到门边，又转过身来叮嘱一句："可是有一条，俺们亲是亲，财是财。我为买这手扶，三千几，不容易，欠下满屁股债，都急等着要还哩。"

二虎又冒炮了："你守着个当县委副书记的老婆子，有大干部撑腰眼眼子哩，愁啥？"

天才本想顶他两句："二虎，你！"话到嘴边又拐了弯："唉，你说她呀，一个月才能挣回来几个大钱？还不够我抽烟喝酒的。我呀，从来就没指望过她。"

三爸爸点头称是："这倒是句实话。当上大干部，也就是个虚名名字，不见实钱嘛。"

二虎应道："哎呀，这个虚名名字还了得呢，到时候就能变实钱呀。"

二虎对他的一再挑衅，逼得白天才实在受不住，可又不好发作，只好望着二虎阴阴地回了一句："我说二虎，别总仗着你爸老队长的势，就三九天穿单衫，抖得不成成。你说吧，我白天才究竟有哪点对不住你？”

二虎涨粗了脖子要发作，三爸爸赶紧把二虎拉到自己身后，拿话岔开了：“哎哎，别扯那些没意思的。天才，我说你呀，不能缺这个。”他手指捻动，做出数钱的样子。

天才微笑道：“咋着？天上能白给我掉下油香来？”推手扶进到院里，灭了火，拿棉纱擦着手，回到院墙边，隔着矮墙对院外的小老头说：“张爸爸，要我帮着犁田、播麦子，放心，没问题。只是有一样对不起，你老可把现钱准备好。乡里乡亲的，别到时候颜面上都不好看。”

张爸爸点头称是：“唉唉，那是自然。”

马姨姆接口道：“按劳所得嘛，合理合法，这你放心。”

张爸爸探索着小声问了一句：“下一亩籽种要多少？”

“不说谎，一块。”

“啥？”“咋的话？”“一块？”人群里一阵骚动。

张爸爸接着小声问：“那，用悬耕机刨田呢？”

天才道：“那可是费油、费机子、累死人的活计，不用我说，大家都明白。以实求实吧，刨田，这个数。”他比了个手势。

“一块五？啊！”张爸爸张大口，合不拢了。

快嘴嫂子的嘴就是快:“啊哟!一块五一亩?这是刨田呢,还是刨金子?”

二虎更不饶他:“我说白天才,干脆,把俺们各家分下的田,全部折价归给你一个人种,咋样?”

天才窜出门来嚷道:“你们都来听听,听听,这说的叫啥话?我要价,你使人,以实求实,谁欺负谁来?”

张爸爸赶紧打圆场:“哎,我说大侄子,你先别发火,俺们说正经的。我可是听说别家帮种一亩,都只四毛啊、五毛的,至多也就是这个价(手比‘六’数),可是从没听说谁家开口要一块的。”

马姨姆也插进来叨叨:“刨一亩田要一块五,哎呀,天才大侄子,你也就是有点太……”

白天才窜过去拍拍车头,扭过脸来对着矮墙外嚷道:“马姨姆,你可是把眼光放明亮了,这是新机子,新买的,头一回下地听人使唤。”

二虎的嘴更厉害:“咋的话?新机器播出麦子来怕是能变吧?会变成摇钱树?对,你们瞅瞅吧,”一个指头直指白天才的脑袋,“瞅瞅这歪脖摇钱树上挂的,一满都是钱、钱、钱呀!”

“哈哈哈……”一阵哄笑。

天才听着可是堵心,实在忍无可忍,脸憋得紫红,狠咽了口吐沫,冲着二虎直嚷:“你小子过来!过来!我一不打你，二不骂你，单请众位老乡亲们给评评这个理。现时政府号召发家，我买机子挣钱吃肚子，你眼红啥呢嘛？有本事别净说便宜的，你先挣下个婆姨，两小口，手拉手，在我门前过这么三两个来回，我就是属这个的。”他伸出小拇指，朝指头上狠狠地吐了三口："呸、呸、呸！"

愣二虎也上了火，想冲过去跟他嚷架，被乡亲们连拉带拽地劝走了。

白天才也被众人劝进家门，只听他嘴里不住地嘟囔，就是听不清他究竟嘟囔些什么了。

三

看热闹的人说长道短地渐渐散去了。

快嘴嫂子路过桂云家门前，推开门缝朝里望望，见小院里羊呀，鸡呀，叫的叫，闹的闹，一个个欢蹦乱跳的。桂云蹲在院门前，拿奶瓶子正给小羊羔喂米汤；另一只小羊羔在舔桂云的手，也想从她手里啜几口。小女儿斜靠在妈妈身边，口含手指头，挺有兴趣地看另两只小羊羔在一旁追逐打闹着玩。“吱呀”，快嘴嫂子推门要进去，把一地的鸡惊飞了，“咯咯咯”地满院子乱飞。

“桂云妹子，给小羊羔喂米汤呐？”快嘴嫂子搭着话走进院门。“也是可怜，草料不够，母羊缺奶水，羊羔子也难养呀！可你们家谁是个放羊的人嘛。”

上房传来瞎公爹的声音：“王家媳妇，喀喀，来啦？快请进来。喀喀！”多年的痼疾，使他一说话就喘，就咳。情绪若一激动，甚至会连咳带喘地憋住气，半天缓不过来。

快嘴嫂子应道：“瞎大爹，我不进屋了，就在这搭搭跟我桂云妹子扯扯磨。你自个缓着吧。”

“唉,你就……咯咯咯……”瞎公爹只能在屋里自顾自地咳去了。

桂云见快嘴嫂子来了,本想站起身来迎她,又听到自家公爹在屋里的喘咳声,不由得背过身子去擦泪。偏偏快嘴嫂子眼尖,看见了,心疼地上前去帮桂云擦眼泪,擦着,看着她,看着看着,扑哧一声又笑了,搡搡她道:“哎呀,毛丫她爸无常都快五年了,你总这么硬撑着,不是个事嘛。听我的,你……”

桂云咬住嘴唇埋下头狠狠地摇着,泪水要涌出来。她赶紧立起身来拿话遮掩,擦了泪,低头拉着快嘴嫂子,深深地叹口气,道:“嫂子,就说刚才他那是……”

快嘴嫂子顺手拉过来一个小凳,坐下道:“你还为刚才的事生气?”

“嫂子,你说,是好是歹,那总还是我的亲舅爷吧,没承想反倒更……可他偏偏又当着全村人的面……那叫啥……”桂云气得都不知道说什么好了。

快嘴嫂子轻蔑地一笑,道:“你舅爷?他一嘴才能吃下几碗干饭?这不主要是他身后站着你那亲舅妈吗?哼!现如今就有这号子人,这叫啥?啥来着?”

桂云接口道:“这叫……有权不用,过期作废。”

“对,对,傻二虎就是常这么说来着。这个傻二虎呀……”

桂云赶紧拿话岔开:“我就是想不开,现时咋就都变了呢?就拿我舅妈家打比方吧,当初不也是全家合穿一条裤子吗!现如今成了县上的大干部,还了得子,咋就变成了这么个……”

“就是的。她也不想一想,好嘛,硬逼着老队长把已经分给你们家的那八分好地倒给了他们家。对,他们家是好地连成了片,好种了,可你们家呢,咋办?”

“这叫啥嘛!自己躲着不出头,派个啥哈主任来,你就眊眊他那熊姿势吧,哼!”桂云越说越气,拉了张凳子坐到一边,背过身去不吭声。

快嘴嫂子站起来,手一背,学哈主任那腔调,捏着声道:“啊,应该照顾好县上领导的家庭生活嘛,要顾全大局来,啊!何况你们原本就是亲戚,一家子嘛!”

桂云气道:“说得倒好听,一亩二换八分,可换来的那叫啥田嘛!路远不说,白花花一片,捉不住苗呀!二嫂,现在的人心咋就这么狠呢!”

“谁叫你死了男人呢?这就叫软豆腐,好欺(吃)嘛!”快嘴嫂子斜着眼瞪她。

桂云倏地立起来,“我真想到北京去告她一状!啥年月了,还敢这么欺负人!”

瞎公爹慢慢摸出门来,没出声先喘带咳:“喀喀,好我的媳妇娃耶,俺们老庄户能告倒谁呢嘛?喀喀喀,这口气,喀喀,窝着脖子你就往肚子里咽吧!”桂云和快嘴嫂子忙上前扶他，把他扶到小凳子上坐下，帮他抹胸顺气。他稍平复些，又接口道：“节令不饶人呀，他王家媳妇，求求你抽点闲空，喀喀，帮俺们寡儿媳妇赶紧把土粪送到地里，早一天把籽种播下要紧。喀喀喀喀。”

快嘴嫂子把瞎公爹扶回屋去，让他坐到炕上，边走边说：“好我的瞎老爹耶，你就放心吧，包在我身上了。你们家土肥要是不够了，我家攒着呢，回头全倒到你家地里去，白送给你，咋样？”

“他二嫂子，俺们经常白使你的，这人情，喀喀，咋了呢嘛！喀喀喀喀。”瞎公爹说着咳着，一只手直拍炕沿沿。

快嘴嫂子看着瞎公爹又咳又拍的样子，反倒笑了：“好我的瞎老爹，我可不是桂云她舅爷，见钱眼开的主。”

“知道，知道。喀喀。可也不能总是这么个。喀喀喀喀。”

“没关系，反正俺们家往后是专业养鸡，鸡粪肥多着呢。”快嘴嫂子笑着安慰他，“实告诉你，不把那堆鸡粪肥快点处理掉，让它堵在家门上，我还嫌碍手碍脚呢。”

“唉唉，这真是，尽白使你的……喀喀，喀喀喀喀。”瞎公爹实在说不出话来，只是眼泪止不住地流出来。

“别，别这么，我心软，见不得这个……”快嘴嫂子赶紧跑出屋，见桂云也在偷偷抹泪。她一拍巴掌，反倒扑哧笑了。她神秘地把桂云拉到一边悄声道：“你甠甠二虎，刚才就敢当着全队众人的面替你说话，狠狠戳了他白天才一指头。你看这小伙子，心有多实！唉，我看你也别再难为他了，应下吧，啊？”

桂云蹲下身子低头给羊羔子喂奶，气呼呼地，不吭声。

快嘴嫂子笑看着她，催促着：“说吵！说话嘛！”见桂云还是不开口，急得上手就去按桂云的头：“摇头不算点头算，同意啰，同意啰！”

桂云挣脱了她，轻声说：“我领上两个娃娃一走，单撇下瞎眼公爹，你说，咋对得住毛丫她死去的爸呢？”

快嘴嫂子不开口了。半晌，她才说：“也是难办。叫二虎过来吧，他妈死活不愿意；你带上瞎公爹一起过他们家吧，你公爹怕连累了人家，还说嫌丢人呢。唉！真是的，都是年纪轻轻的，哪能总是这么个眼对眼地老守着？”

桂云淡淡地说：“守着呗，有啥呢。根柱一天一天地也大了，再熬几年，不也就……”

“再熬几年？看你说得轻巧。”快嘴嫂子急了，“眼下责任田分下了，你家没劳力，咋种呢？总不能让你瞎公爹连咳带喘地下田吧？好歹是一个家，没个当家主事的人,不乱套了?”

桂云一笑:“你不也是一个人吗?长年守着一窝鸡。”

“我跟你可是不一样。娃他爸就在县城里当工人,隔三差五地脱不了回来住一住,帮我暖被子,说话,解心慌。可你呢?嗯?”

桂云的脸一下子飞红了,狠狠地拧了她一把:“你呀,说着说着就不出人话了。”拿起奶瓶子要进屋,被快嘴嫂子一把拽住:“我再去劝劝二虎他妈,求他发发善心,放二虎过来。咋样?”

赶巧瞎公爹摸到门后听见了,接口道:“他王家媳妇,算了,你再不要说去了,不麻烦了。喀喀喀。”桂云和快嘴嫂子相互看了看,上前扶住瞎公爹。只听他接着说:“归总一句,这个家里里外外就是多我一个无用之人呀。我咋就不死呢!喀喀,咋不死嘛!喀喀喀,只要我这口气一断,啥啥都好了。可就是,不该走的走了,该走的留下了。留下我来干啥呢嘛,孽障的!啥时候才是个了结嘛!喀喀喀。”说着伤心地落下了老泪。

桂云和快嘴嫂子不等他说完,都已经满脸糊满泪水,一面慢慢把他扶进屋,安到炕上。

桂云的大儿子根柱手提抓草的铁丝耙子,背一捆茅草回来。他放下草捆,也跟进屋来。

桂云见瞎公爹喘咳得可怜,说得心酸,早已压抑不住饮泣之声了。她一把将毛丫和根柱都塞到瞎爷爷的怀里，唏嘘着说："毛丫她爷爷，你再别说这些了，看在你这两个乖孙娃娃的面上，求求你了！"

"爷爷，爷爷，你别说了，别说了。"毛丫伸出小手手去堵他爷爷毛扎扎的嘴。

根柱也说："爷爷，妈妈和姨姨都哭了。"一面帮爷爷擦眼泪，接着说："我妈早说过，她永生永世不离开爷爷，代我爸爸老守在你身边伺候好爷爷。爷爷，你别哭了，啊！"根柱说着，自己也忍不住，哭了。

瞎公爹将两个孙娃娃紧紧搂在怀里伤心地哭道："好我的孙娃儿耶，你妈的心我知道，我知道呀！喀喀喀。好，我不死，你爷爷不死了。"他伸出颤巍巍的手去摸桂云："俺们，就这么个，将将就就地熬日月吧。喀喀喀。"

桂云接住她公爹枯柴似的手，憋不住，背转身去，微颤着，发出撕心裂肺的、强压住的、极轻微的饮泣声。

快嘴嫂子更见不得这场面，几步蹿出屋门外靠在门框上，止不住地落泪。

四

瞎公爹家的一扇不厚的木门,隔开了门里门外的两个世界,就像是两条细细的溪流,在各自的河道里各不相扰地静静流淌。

木门外,传来一辆自行车的铃声,和七婶的说话声:

“哟,是袁书记回来啦?你工作忙呀,好一阵子啰,总有四五个月没回家了吧?快别下车,别下车,先请回,请回吧!”

木门里,快嘴嫂子听见门外的说话声,忙到街门上顺着门缝向外望望,急忙回到屋里向桂云努努嘴。屋里的人立时静了下来。

根柱先从炕边要向屋外窜,被他妈一把拉住,让他别出声响,拉住他轻手轻脚出了屋子,靠在屋门上听街上的动静。毛丫也跟出来,靠在她妈身上,嘴里嘬着她的小手指头。

木门外,一辆往地里运送土肥的小胶轮车搁在水沟壕壕里,拉车的姑娘,推车的婆姨,两人铆足了劲,也没能把车拉上来。

“七婶,我来,我来。”袁树梅把自行车丢在路边,过来帮他们推车。

七婶赶忙拦阻:“袁书记,袁书记,实在不敢麻烦。袁书记……”

“叫我树梅吧,树梅。”袁树梅推着车说。

“那叫啥话。”七婶抢着拦她,“袁书记,可不敢,可不敢呀……”

三人齐使劲,车子推上了平地。

“谢谢你了,袁书记。”七婶感动得不行行,忙解下围在脖子上的手巾要递给袁树梅擦汗,被袁树梅推开了,笑道:“别这么客气嘛,七婶。我不照是过去扎两根毛刷刷的那个树梅嘛。”

瞎公爹摸下炕,摸到屋门后,问道:“你可听真啰?是天才他媳妇回来了?”

快嘴嫂子轻声纠正他:“哎呀,人家现在不能叫天才媳妇,得叫书记,县上的大书记,比过去七品知县都金贵,还了得子!”

桂云推开靠在身上的毛丫,拔腿就往外跑,被快嘴嫂子一把拽住,急问:“你要干啥?”

“我找她去,当面问问她,那八分地……”

“问啥呢嘛!”瞎公爹也挺着急,道:“人家伸出个小拇指头,比你的腰杆杆还粗呢!喀喀,你去一问,这是给家里添祸呢!喀喀喀……”

桂云气道:“兔子还不吃窝边草呢,可她咋就这么欺负人!”又要往外冲。

快嘴嫂子没松手,紧紧拽住桂云的胳膊。

根柱也帮着拽住他妈。

桂云急眼了,冲着根柱嚷:“你放开,放开嘛!”

“哇!”毛丫吓哭了。

根柱把毛丫拉在怀里,也哭了。

快嘴嫂子道:“桂云,桂云,你听我说。”

瞎公爹也跟着说:“福生他媳妇,你别急吵,喀喀,听你王家嫂子说一句。”

快嘴嫂子道:“桂云,你这么去不行。她可是有权有势有脸面的人,说你一句‘破坏推行责任制’,你咋办呢?”

“那就叫她把我当反革命抓起来嘛!”桂云气道,“我就不信,能由她一人说了算?没王法了!”

瞎公爹急得两手发颤,道:“福生媳妇,你可不敢在气头上再闯大祸呀!俺们家全仗着你主杆杆了。你要再有个三长两短,叫我老瞎子领上两个碎喳喳,咋过呢嘛!”

根柱和毛丫哭叫着:“妈妈!”

就在桂云家的木门边,袁树梅和七婶正肩并肩地坐在水沟坎坎上扯磨,拉车的姑娘站在一边解下花巾擦汗。

袁树梅问："各家的责任田都分下了吧？老乡亲们还有啥意见？"

七婶笑道："没意见，没意见。还能说啥？都高兴得直拍巴掌呗。"

袁树梅追问："真的没意见了？"

"没有，没有。政府为俺们想得多周到呢！就打比俺们家吧，六口人，旱田水田，一满承包了四亩九分八，也就是五亩田吧。公购粮一年总共才206斤。五亩地打平了算，少说也能收上三千几，零头子交国家，整数数归自己。自家吃不完，想卖余粮，政府给的又是优待价。再加养鸡、养羊、养兔子，副业收入，里里外外，你算算，俺们比往年能多收多少？如今的政策，好着呐，真是一心为让俺们尽快过上富裕日子呀！嗨，袁书记，叫俺们再说啥呢嘛？"

袁书记笑抚着七婶的手，道："说的是，实话呀！"

木门里可是另一番紧张气氛。

快嘴嫂子道："那就这么个，你们都别动，让我出去找她。谁都知道我快嘴嫂子长的是根直肠子，有口无心的。"说着就要往外跑。

瞎公爹一把拉住她："不行，不行，你们这些人都不行。"

桂云急了："爸，我要出去，你拦着；她二嫂子要出去，你还说不行。难道你就……"

瞎公爹讲出了他的道理:“唉,人家现如今当的是大干部,颜面要紧。像你们这么跑到院门外一吵吵,再围上一帮子大人娃娃在旁边一闹哄,她不更得死咬住牙根根子,一犟到底呀?喀喀。”

快嘴嫂子不吭声了。

过了一阵阵,桂云道:“爸,那你说,咋办吧?”

瞎公爹道:“依我说,王家媳妇,喀喀,求你了,去街门上把天才媳妇,喀喀,把她大书记,喀喀,请人家书记进俺们家来一趟。”

快嘴嫂子苦笑道:“哎呀,好我的瞎爷爷呢,我有这么大的面子,能把人家大书记请到你们这个破家里来?”

瞎公爹道:“只有这个办法了。喀喀,你们两个性子都急,只有我来。只要能把她请进来,你们两个千万别吭声,让我一个瞎老汉跟她慢慢地磨叨,兴许还能说得她心动。喀喀。”

快嘴嫂子也是没了办法,笑笑说:“好好,就依着你,我到街门外去请她。”刚要走,又回过身来道:“可有一条,请得来请不来,不好说呀。”转过身向门外走去。

桂云送快嘴嫂子出了房门。快嘴嫂子回过头来悄声说:“我去把老队长叫来帮你说句话,咋样?”

“唉!”桂云叹口气摇摇头。

快嘴嫂子诡秘地笑笑，悄声说："要不，我去叫二虎来，给你壮壮胆子？"

桂云的心一颤，一口咬死道："你，别叫。我，见不得他。"

快嘴嫂子把桂云轻轻一搡，调皮地笑道："你算了吧！我看你能一辈子再不见他？"说着，又斜过来看了她一眼，低下头捂住嘴扑哧笑了。

两人拉开木门，正要走出街门，见袁树梅刚巧蹬车骑过街门，一拐弯，不见了人影。

快嘴嫂子挺泄气地看看站在身后的桂云，解嘲地说："嘿嘿，就晚了一步，一只花喜鹊，飞了！"

五

随着一串自行车铃声，袁树梅骑到自家的小院门口。

这院门又高又大，比桂云家的气派多了。门头上青瓦盖顶，两旁边有花卉砖雕装饰。新做的两扇大门，刚上了一层清漆，清晰地显出漂亮的花木纹。左右门板上新贴的两张倒的“福”字，显得满院子鲜亮、富丽、有生气。

进院门，看这小院，倒并不比旁人家的大多少，可是拾掇得精心、有序，地净屋明，井井有条。房前种了一颗桃树，两颗杏树，还有一架葡萄。早春，葡萄藤虽说还埋在土里，葡萄架却在，足以令人想见秋后葡萄累累时的甜蜜与喜悦。

水泥铺的房前小路上，停放着刚买来的手扶拖拉机。红红的车头，绿绿的车斗，给小院更增添了一抹亮色。

袁树梅还没推开院门，就禁不住地高声喊道：“尕妹，尕妹，妈妈回来了。”

“唉，妈妈——”院门一开，飞出来了头扎两个毛刷刷小辫子的尕妹。没等她妈把自行车放稳，小尕妹已经猴到她妈的身上，头埋在她妈的耳朵旁，撒娇地说：“妈，你怎么几个月没回来，让人想死了。”

袁树梅笑了，抚着尕妹的头，亲着尕妹的脸，说：“我的好乖娃儿，妈也想你呀！快跟妈说，在家没闹你爸吧？学习咋样？妈可是一进门就要检查你的作业哟。”

尕妹调皮地一笑：“检查吧，我不怕。嘿嘿。”

白天才笑么呵呵地迎出来，憨憨实实地说：“回来啦？”

尕妹拉上她妈，蹦着跳着说：“妈，你快眊眊，我爸刚买了辆新手扶，新的。”就着她妈耳朵神秘地加了一句：“三千一，一摞大票子呢！是爸亲口说的，不骗你。”

袁树梅笑笑，问白天才：“家里的钱够了吗？”

“够了，只多不少。”白天才看着袁树梅笑着说：“去年春节，你们县上有几位领导专门来拜访那几家尖子户，看得我眼馋的呀。今年吧，嘿，种上的喇叭花不是吹的，”跑到房门前伸手一比划，“喏，大书记，你就请吧！”

袁树梅拉上尕妹，顺着他的手势，大笑着走进房门，一面笑指着他的鼻子说：“你呀，是啄木鸟找吃食，全凭了这张嘴吧。”

白天才挺认真地，道：“不说瞎话，我敢给你立军令状。”

“爸，你可不敢骄傲。”尕妹看着她爸挺严肃地说。

袁树梅看看尕妹，又看看天才，笑道：“哟，有这么严重？你爸怎么啦？”

尕妹挺认真地：“唉！我爸就是骄傲了。”

袁树梅故意摇头，笑看着他们父女俩。

六

桂云家的旁屋——她和孩子们的住房内,根柱趴在炕桌上做作业。毛丫的腿上盖了床旧棉被,坐在炕上玩杏核。桂云凑在老式木格窗子镶的小玻璃旁给毛丫补破裤子。

毛丫把一颗杏核扔远了,爬出被子去捡,亮出圆圆的小屁股。

"哎哟,先人!补裤子的工夫都等不住了。"桂云把毛丫一把拉回被子里,帮她掖好被角,一面收住针脚,咬断线头,将补好的裤子扔给毛丫,"快穿上,小心冻着。"

桂云把针线别到正墙上的一个小土洞洞里,无意中看了一眼旁边挂的一张纸面已微微泛黄的大奖状。她的目光不由自主地转到奖状下那张镶在镜框里的相片上。这是她亡夫的相片——他戴着回民小白帽,扛着铁锹,笑么呵呵,挺神气的。

桂云的眼睛湿润了。她取下镜框,慢慢移近眼前。泪水渐渐润湿了目光,相片变得模糊了,一滴一滴晶莹的泪珠落在玻璃镜面上。

——福生扛着铁锹笑么呵呵地回来，迈进了家门。

六岁的根柱跑出来窜到他的身上。

随在根柱身后，年轻俊美的桂云也笑微微地迎了出来。

“饿了吧？”桂云接过福生肩头的铁锹：“我们早吃过了，就剩你了。”

“福生回来啦？”瞎公爹坐在门边，提着一个羊骨头做成的线坠子在捻羊毛线。这时，他的双目还没有完全失明，可以把线坠子紧贴在眼前，凭借一点微光看看，再蘸口吐沫，继续捻他的毛线，一面说：“根柱他妈给你擀了碗刀切面，葱花花，油点点，香着呢。快吃去吧。喀喀。”他咳喘的毛病这时也还不太厉害。

福生拉根柱进了上房，趴在炕沿边亲亲刚满月的熟睡中的小毛丫，然后到水缸边舀了一瓢凉水，咕咚咕咚灌进肚子。

外面沉雷滚滚，一道闪光，又一声炸雷。

桂云向门外天边看了一眼。

福生道：“吃饭吧。吃过饭我还要上工地。”

桂云问：“怎么，你不是带早班的吗？这一班你还要去？”

福生看了一眼门外的天，道：“看这天，真要下下来，会塌方的。土崖下一满是人，得去看看。”

“也就是，工地上好几千壮劳力呢，就是叫人挂心呀。快吃一口就去看看吧，小心没大错，对着呢。”瞎公爹应和着。

桂云端来两碗切得线一般细的面条，浮头上还有一勺红红的油泼辣子，香香的，挺馋人。她把面碗直送到福生面前，说：“吃吧，都是你的。”

福生是真饿了，端起面碗来就要吃。一见桌边站着的根柱，眼馋地紧盯着碗，不住地咽口水。

福生把碗放下了。

桂云赶紧拉开根柱：“吃过了，别再眼馋了。”支派他：“去，到门外帮你爸看着，见落雨点点子，赶紧回来告诉一声。去，去吵！听妈话。”

“嗯……”根柱仍眼馋地盯着面碗，咽着吐沫。嘴应着，可脚下就是挪不动。

福生问桂云：“咋？你们吃的是啥？”说着跑进里屋伙房，掀起小筐子上的搌布，见里面是半筐煮熟的土豆。他回过头来对站在门边低着头的桂云说：“你，咋又是……”拿起筐子走向外屋。

他刚走到门边，被桂云一把将筐子夺过去，呛声道：“你现在一天干多重的营生，咋能跟俺们这些在家闲着的人一样的吃食。”指指外屋桌上的面条，“去，那是你的，快吃去，少废话。”

福生把筐子又夺回来：“拿来吧！我壮得跟头牛似的，吃草都能上膘的。”说着，走出外屋。

福生把一大碗面条分成两小碗，一小碗推给根柱,另一小碗推给桂云:“喏,这是你的。”随手再端起另一大碗送给瞎公爹:“爸,这一碗是你的。”

瞎公爹把面碗推开了,道:“我是个废人,不拉车不挖土的,哪能吃这个呢。喀喀。”

福生道:“不拉车不挖土,总也得吃吧。”

瞎公爹的头摇成拨浪鼓:“不,不不,我不吃。福生，你是俺们家的主心骨，要是把你的身子靠坏了,叫俺一家子人再去指靠谁呢?喀喀,端去,快趁热吃了。”

又是一声惊雷。

桂云走出门外看了看，对福生喊道:“根柱他爸,掉雨点子了,你别再推了,还不快吃了走。”

福生道:“咋话?下开了?麻烦!”说着,把面碗朝他爹手里一塞,回到桌边,用筐子上的搌布包起一包土豆,朝门外就跑。

“福生,福生!”瞎公爹在喊。

“根柱他爸,根柱他爸!”桂云在喊,同时从瞎公爹手里接过面碗,一直追到院门口。可惜,福生已经跑远了。

大雨倾盆地直倒下来。

工地上,大喇叭播放着学大寨的战歌。

大雨中,仍在运土的人们穿梭般的来回奔跑。

风声、雨声、歌声、人们的呐喊声,混成一片。

汗水、雨水、泥浆水，汇到一搭，从人们的脸上、眉上、辫梢上、衣襟上滚落下来。

在一个崖根下，人们一个劲地忙着装车运土，谁也顾不上抬起头来朝四周围看上一眼。

二虎正站在崖根下装车，并一个劲地狂吼："快点，快点，二嫂子，把车拉到这边来。快！"

崖顶上，"咔咔"几声，土崖裂开一个大口子。

快嘴嫂子的车装满了。她拉起车，由七婶在一旁推着，艰难地推走了。

福生大步奔向工地。土豆从搌布里滚落下来，撒在地上。

二虎还在崖根下吼叫，装车。

一道闪电，一声炸雷。

地在发抖，崖畔上的土块向下刷刷直落。

福生赶到了，一路大喊："快撤，快撤，崖根下危险。"

拉车的人好似才惊醒过来，停住脚步，傻愣着。有的抬头看看险崖。

崖顶上落下更大的土块。

学大寨的战歌与风雨雷电声媲美交鸣。

二虎浑然不觉，还在不停地怒吼："都愣着干什么？快把车拉过来，快拉过来！"

福生迈脚向崖根冲去，大吼："二虎，要塌方，快撤！”

风雨声太大,二虎听不清福生在喊什么:“什么?快装啊?没问题。”手不停地给白天才拉的车起劲地装土。

大土块滚滚落了下来。

快嘴嫂子、老队长等人齐声向二虎吼叫:“二虎,二虎,要塌方！”

福生一个箭步蹿上前去,用尽全身力气,先把白天才搡出险境,再去夺下二虎手中的铁锹,把二虎狠命地搡出老远。

突然,一声巨响……

人们发狂似的向塌方处奔来,跑着、哭着、喊着,拼死命地用手刨着黄土。

桂云发狂似的向工地奔来。

根柱在后面追着,跌倒在泥水中。

桂云跑回来扶起他,拉着他又拼命向前面跑。

二虎在吼。

快嘴嫂子在嚎。

老队长在叫。

只有白天才吓得傻愣在一旁发抖。

桂云冲过人群,扑倒在地,爬上土堆,哭叫着,用手刨着土。

风雨声,雷鸣声,人们的哭喊声,惨叫声,中间掺杂着学大寨的战歌声……

巨大的声响好似还在耳边轰鸣。

桂云捧着福生的照片一动不动。

她慢慢地把照片贴在胸前，仰起泪眼，发自肺腑地轻声呼唤："胡达！胡达！我的福生他……他在哪点呢？"

七

袁树梅哈哈大笑:“这是真的?你爸他真的会把啥啥都忘了?变骄傲了?”

尕妹道:“你还不信?刚才他一回到家,就堵在家门上跟好些叔叔姨姨们吵,吵了老半天呢。”

袁树梅笑问:“都是为啥?”

白天才打来洗脸水,一面对尕妹嘘道:“去去去,就你话多,净会搬弄是非,告瞎状。”

尕妹不依不饶地对她爸嚷:“本来嘛,你就是吵了,吵了!”

袁树梅接过毛巾洗脸,一面听尕妹接着嚷:“妈,爸跟人家吵,就是为刨田呀,播种呀,要多少,要多少的。反正,人家都嫌俺爸要钱太多,黑心。”

白天才挺理直气壮地,道:“咋啦,劳动所得,合理合法。哦,由着他们随意给价?那我,干脆,把新机子一榔头砸了。”

袁树梅把毛巾递给白天才,认真地说:“天才,我可提醒你,你想富起来,我支持,只是……”走进伙房,从面箱里舀面粉,不时地转头对外屋接着说:“发家致富，也不能光顾了自家，不顾别人，啥啥都跟人家要高价。”袁树梅端面盆子出外屋来揉面：“见乡亲们谁家有困难，该帮的，就得出手主动地去帮一帮。俺们毕竟搞的是社会主义，还是希望大家有先有后地都能富裕起来嘛。我说得对吗？”

沉默了一阵，白天才突然大声道：“哦，我听明白了，说来说去，我这台拖拉机算是白买了。”

“咋是白买了？你可以合理出租，发挥你的积极性嘛！”

“合理？啥叫合理？现在人们都说：‘人不生横财不富，马不喂夜草不肥。’是这个理吧？”

袁树梅和面的手突然停住了：“啥啥，你说啥？”

白天才嘴里在嘟囔：“包括你们干部，不也是‘想发财，靠胡来’嘛。”他声音不大，震颤不小，袁树梅埋头使劲地来回擀面。

她突然停下手，抬起头，恼怒地说：“靠胡来的是有啊！贪污受贿，假公济私，坑害群众，五花八门。”她两眼紧盯住白天才，“不过，我告诉你，这种人迟早要倒霉，肯定的。社会主义的法制、道德、民心，都容不得他们。”

白天才撇嘴一笑：“哼！谁可知道呢？”

袁树梅道：“不管咋说，天才，我跟你把丑话说在头里，你要是跟上那种人学，也靠胡来……”

“放心，违法胡来的那号子事，我沾也不沾。”白天才扬着脖子笑着表态："劳动人，凭的是劳动，俺，不含糊！"

袁树梅点点头，特别关照他："你在生产队说话、办事，都要起点好作用。别忘了，你跟旁人不一样……"

白天才微笑道："嗨！树梅，你放心，我不能忘了我的老婆子是县上的书记，我不会忘，哎，不敢忘！"

袁树梅道："天才啊，我是盼着你能像俺们刚结婚的那些年一样，严格要求自己，处处走在人前，确实是事事都能作出好样子呀。"

白天才调皮地一笑，道："那是当然，要不，那么多好小伙子，为啥你就偏偏挑上了我？"

"你的一举一动对我的工作会有多大影响，你知道吗？"

"知道。"

"知道就好。那你怎么刚买来一辆新手扶，头脑就发晕呢，想跟老乡亲们要高价？"

白天才略想了想，道："树梅，俺们夫妻一场十多年，数你今天跟我谈得透彻。确实，我误会了，自以为田地一分，各奔前程。不对！还是要搞社会主义，这一条多早晚也不能丢。是这话不？行！从今往后我听你的。帮人播一亩麦子，只要五毛；刨一亩田，好！八毛，就八毛！多一个子儿不要。学雷锋嘛，对不对？"

"好！你能这么个就好。"树梅妍然一笑，道："往后你要再被我听到点啥，我就一擀面杖把你给……”高高举起了擀面杖。

白天才笑着举起双手：“不敢，不敢。”吼了句秦腔，“小子不敢了——”

袁树梅扑哧笑了，狠狠地说：“我把你呀，唉！”把擀面杖又高高举了起来。

尕妹两手抱住擀面杖，喊道：“妈，你咋不真打？打嘛，你打呀！”

袁树梅笑了：“真是傻丫头。”

白天才也笑了：“你妈呀，”又吼了句秦腔，“她咋舍得呢——”

尕妹听她爸就在她耳边吼秦腔，气得堵上耳朵，对她爸嚷道：“你悄悄的嘛，吵死啦！”对她妈大声喊道，“妈，爸他已经犯下啦！”

白天才白了尕妹一眼，呲她：“去去去，一见你妈，浑身骨头就轻得没二两两重，总好告你爸的瞎状。”

尕妹气得眼泪花花乱转，嚷道：“你没做亏心事？老实对俺妈说。老实说！”

白天才故意气她：“没有，没有，就没有。”

尕妹气得真的哭了：“妈，你看看爸……”

袁树梅笑了，一把将尕妹搂在怀里，微嗔天才：“我好不容易回来一趟，在家至多才能住两天，你就不能让家里安静点，咋总喜欢招惹我心肝宝贝呢？”

白天才挺没意思地搭讪着:“好,好,让你在家过两天安生日子,我不说了,不说了——”吼着秦腔,端着切好的细丝丝面,进了伙房。

尕妹气鼓鼓地偏不饶他:“妈,我说的都是真话,爸在家真的犯大错了。”

袁树梅并没有认真,还是笑笑,随便问道:“你爸在家犯了啥错,告诉妈,妈打他。”

尕妹道:“妈,爸这几天把桂云表姐气哭了。根柱刚才还告诉我,说他的瞎爷爷也连着几天没大吃东西,都气得不行行。”

“为了啥?”

“说是为了队上分田的事,啥占了他家八分田,我也说不来。”

白天才在伙房听着外面的说话,听着不是事儿,装着没事的人似的慢悠悠走出伙房。

袁树梅迎头就问:“啥占了八分田?有这事吗?”

白天才满不在乎地说:“娃娃的话,你也信?听她瞎嚼舌头吧。”

尕妹嚷道:“刚才二虎哥还跟你吵吵来,你敢抵赖?对,县上还来了个啥主任,在俺们家住了两天呢。”说着,拉开碗柜门,露出一堆酒瓶子:“妈,你瞧瞧,这都是他们喝下的,看有多少!”

白天才尴尬了,赶忙关上柜门,回过头来笑笑:

“没，没有的事，你别听尕妹瞎叨叨。”

袁树梅倏地站起身来，拍拍面手，拉上尕妹，道：“走，到你桂云姐家去。”“噔噔噔”，两个人几大步迈出院门。

白天才赶忙追到院门上喊：“树梅，树梅，你……”

白天才长叹一声，抱住脑袋，蹲到石门坎上。

从街巷的另一头过来一个骑自行车的，在白天才家门前停下来。他刚好看到袁树梅的一点背影，再看看蹲在大门前的白天才，嘴一咧，笑了，道：“咋了？袁书记刚到家，两口子就闹架啦？唉，你这个天才呀……”

白天才忙站起身，摇着头，苦着脸，道：“哈主任，就为了那地，唉，说不成。”

哈主任笑笑，道：“赵副书记早估计到了，所以让我来……”他向两旁看看：“来来，进家里说。”径自走进院门。

白天才像是泄了气的皮球，耷拉着脑袋，跟在他身后。

八

“桂云，桂云在家吗？”袁树梅推开院门，只见满院子除了羊和鸡，不见人影。

她拉着尕妹朝上房走，一面招呼道：“马家大哥，你大妹子看望你来啦。”听听上房没人应声，便推开门径自走进屋去。

袁树梅会不请自来，这太出乎瞎公爹的意外了。他起初愣住了，直摸索着问：“是谁呀？谁呀？”

“马家大哥，是我，树梅。”

瞎公爹这下子听明白进来的是谁了，他慌了，手忙脚乱地让道：“天才家的，你，你，回来啦？快请上炕坐。”

袁树梅赶紧迎上去扶住他，道：“别动，别动，你眼力不济，别客气啦。”扶着瞎公爹的手，陪他坐到炕沿上。

瞎公爹跟她慢慢扯磨：“天才家的，你在县上当书记，成天价忙的，今天咋得闲空回来……喀喀喀。”

袁树梅道：“马家大哥，我也就是四下里瞎跑吧，这几个月总也没能抽出时间回来看望你，可心里还是很挂念老乡亲们的。”

瞎公爹扯着磨："哎，哎，是这话。树高千尺，总还要叶落归根嘛。喀喀。"

袁树梅拍拍瞎公爹的手，道："你老说得对呀，这山村总是生我养我的地方吧！可我呢，对老乡亲们的关心却是很不够的。"

瞎公爹道："哎，哎，你是公家人，由不得自己呀，没啥，没啥。喀喀。"对窗外喊道："福生家的，福生媳妇，来客了，倒茶来。"

袁树梅笑道："大哥，我可不是客，桂云是我的亲外甥女呀。何况福生还是为救俺家天才……"

桂云在她住的旁屋内正做饭。袁树梅进院门时，他们母子三人齐凑到小玻璃窗洞上向外张望。

"尕妹。"根柱欣喜地拔腿就要往外跑，被桂云一把拽住。

见袁树梅进了上房，桂云才慢慢走出旁屋，但只站在房门边听动静。

根柱拉住毛丫留在旁屋门里，两个小圆脑袋伸出屋门外。

桂云听瞎公爹叫她倒茶，原想装着没听见，想转身回房里。又听袁树梅说"桂云是我的亲外甥女"，一股火气直往上冲，翻转身要进上房，却被门前的羊呀、鸡呀挡住了路。

原来，刚才袁树梅进上房时，房门一敞开，羊呀、鸡呀一齐跟进了上房,在屋里满地找食,咩咩咩,咕咕咕,十分热闹。桂云这时要进去,门被堵住了。气得她满地撵鸡轰羊,嘴里数叨着:“死没眼色,一个个饿狼似的。”回头对袁树梅应酬一句:“舅妈来啦。”一面给她倒盖碗子茶,一面说:“承舅妈看得起,今天还认我这个穷外甥女。你这个情,叫俺们可拿啥谢呢?”“砰!”盖碗子茶重重地放到炕桌上,茶水溅了一桌子。

袁树梅宽厚地笑笑:“桂云,你说这话,不是太见外了。”顺手取块抹布把炕桌擦净。

根柱和毛丫见妈妈进了上房, 也从旁屋溜出来。根柱抱起毛丫,踮着脚,隔着玻璃窗向尕妹打招呼。尕妹一见,跑了出来,三个孩子向院门跑去,被桂云追出来叫住,轻声叮嘱道:“根柱,对你快嘴姨姨说去,就说你舅奶奶来俺们家了,让她告诉老队长一声。”

“哎。”三个孩子一齐跑了。

瞎公爹吩咐转回屋来的桂云:“福生媳妇,你还不快去给天才家的……喀喀,给袁书记端饭。”

袁树梅道:“不不,别忙端饭,俺们先说说话。桂云,我刚听到尕妹说,前几天队上分责任田,有个啥八分地的问题……”

“你不知道? 怪事! ”桂云挺诧异。

袁树梅道:“我就是想来了解,好像这事还跟县上的哪位……”

瞎公爹拦住了话头:“天才家的,你别忙嘛,先吃饭。“转对站着不动的桂云道:“给你舅妈端饭。客人进门先端饭,这是规矩。等吃过饭,俺们再慢慢地说。”

“不不不,还是先说,我想问清楚……”

袁树梅想尽快了解清楚情况,瞎公爹却偏偏怕这事太大,说急了,坏了人家大书记的颜面,反倒把事情说黄了,转不过轴来。所以他就催促站着不动的桂云:“快去啥,端饭。”

瞎公爹的吩咐,当儿媳妇的不能不听,可桂云心里那个憋气呀,一扭头,出去了。刚出门,却见哈主任站在上房门外。

“袁书记在你们家吗?”哈主任问。

桂云返身回到上房,压住火气道:“姨妈,外面有人找。”

“谁呀?请进来。”

随着袁树梅的话音,哈主任笑眯眯地进了上房:“哎呀,袁书记,找得我好苦呀!你怎么在这儿坐着呢?”

“是谁啥?请上炕来坐。”瞎公爹问。

“爸,是县上办公室的哈副主任,分责任田那几天来过的。”桂云回答。

袁树梅道:“哦,分田那些天来的,原来是你呀!”

桂云挺诧异:“舅妈,你……不知道?”

哈主任忙解释:“啊,啊,袁书记是不知道。”

袁树梅问："你那几天来……"

哈主任忙说："哦，袁书记，是这么回事。赵副书记很关心下面分配责任田的情况，听说这一带出了些偏差，群众有一些反映，所以那几天让我下来走了走。"

"偏差？反映？"袁树梅盯视着他。

哈主任躲闪着她的盯视，支吾道："哎，哎哎，袁书记，你是知道的，农村情况比较复杂，一时又很难搞清楚，所以……"

桂云没耐心了："哈主任，你说啥情况复杂？不就是那八分地嘛……"

瞎公爹拦住她："福生家的，领导人在一嗒嗒说话呢，你别瞎插，先悄悄地听着。"

桂云气的，一屁股坐在小凳子上，不吭声了。

哈主任赶紧岔开话头："哎，哎，袁书记，赵书记急着让我到处找您……"

"有事吗？"

"是，是有点事。赵书记让我请您今晚上务必赶回县上去……"

"今晚上？就赶回去？"

"哎哎，他说常委会可能要提前召开。"

"嗯？原定的是在大后天嘛。"

"是，不过情况有些变化。县委孙书记今天中午已经从省里开完会回来了，他可能要尽快进行传达。传达以前,他必然会要求大家先汇报一下情况。所以,赵书记请您马上赶回去,和您连夜把情况凑一凑,把汇报材料提前准备好。”

停了一会儿，袁树梅道:“可能我暂时走不开哟。我家尕妹刚刚向我反映了个情况,是不是有个八分地的事情,大概你也知道吧?”

哈主任赶紧接口:“八分地?不就是八分地嘛!问题不大。明天我对包片的干部说一声，让他们根据原则来处理一下,就解决了。”说完,他看了一眼气呼呼坐在一边的桂云这个农村小媳妇，顿了顿,又心虚地补充了几句:“至于嘛,嗯嗯,群众要是对我个人在工作上有些什么意见呢,嗯,好嘛,欢迎批评嘛。归总一句说吧,啊,共产党员嘛,只能时时、事事维护党的利益。袁书记,你说我说得对吧?至于问题的处理情况，我让他们认真地进行总结，写个详细的材料送上来,向袁书记作个汇报。袁书记,您看这么办,可以吗?”

袁树梅沉思了一下,说:“嗯,也可以吧。由包片的干部来处理,比我亲自处理,似乎也更合适些。那好吧,就这样。”站起身来,“你要对包片的干部说:中央反复强调党风廉政建设,这是决定我们党生死存亡的重大问题。我们每一个党政干部都要认真执行中央制定的每一项方针政策,坚决维护群众利益,不能做丝毫损害群众利益的事,知道吗?”

“是,是,袁书记的指示很重要,我一定如实传达。”哈主任连连点头称是,可心里却暗暗高兴——只要能把袁书记诓出这一家,诓回了县里,下面的工作好办,过去的工作漏洞好堵,赵书记家多占的那两亩三分地也就可以安然无事地蒙混过去了。就为了让赵书记能平安渡过这一关,他跟赵书记可是闭门密商了几次,才想出了这个办法:设法让每位书记嘴上都抹上一点蜜,大家都尝到些甜头,谁也就不能再说什么了,一场风暴就能在神不知鬼不觉中得以平息。眼见着袁书记站起了身,就要走出这家的门了,哈主任心里有多高兴。他一路碎步抢先穿过小院,躲过鸡羊,来到街门前,准备给袁书记开门了。

袁树梅走到瞎公爹面前,紧紧拉住瞎公爹枯柴似的手,道:“马大哥,真对不住,我只有先走一步了。等过几天,我一定争取再回来看望你老人家。”

瞎公爹无言以对,只好应和着:“哎,哎,好,好,咯咯咯咯。”

袁树梅又转身对桂云说:“桂云啊,要好好照顾你公爹。家里有困难了,可以随时来找我,好吗?”

哈主任在街门边催促道:“袁书记,我们走吧。”

“好,走吧。”树梅放下与瞎公爹紧握的手,又拍拍桂云的肩,起步穿过小院,一步步向街门走去。

桂云突然从小凳子上蹦起来，直冲出去，伸开双臂，横挡住街门，嚷道：

“舅妈，你不能走！”

九

快嘴嫂子接到报信，立马蹲下身子，背起毛丫，牵上尕妹，后面跟着根柱，一路小跑，到了老队长家。她推开老队长家院门，惊得鸡叫鸽子飞。

“是谁呀，愣头小子似的。”二虎妈从屋里跑出来，一见是气喘吁吁正往地下放毛丫的快嘴嫂子，拍着手笑了，道：“我说是谁呢？是快嘴子呀。请进家来吧。”

“老队长在家不？”快嘴嫂子问。

二虎妈撇撇嘴，道：“不死不活的，还躺着呢。”

快嘴嫂子进了上房，见老队长斜靠在一摞被子上，半睡不醒地打迷糊。

快嘴嫂子禁不住笑了：“哟，足足睡了三天了，还没睡够呀？”

二虎妈对快嘴嫂子努努嘴。

快嘴嫂子抿嘴一笑，一屁股坐到炕沿，上手狠狠地搡老队长，大声嚷道：“哎，该起床啦！”

老队长哼哼两声，一翻身，头倒在旁边的枕头上，更沉地睡去。

快嘴嫂子偏不饶他，转到靠里墙的炕边，冲着老队长的耳朵嚷:“天塌啦!”

老队长迷迷糊糊地嘟囔:“不咋的,死不了人就行。”一翻身,掉了个过,还想接着睡。

快嘴嫂子故意在他耳边轻声说:“袁树梅回来啦,袁书记!你可小心着。”

老队长呼啦一声挺坐起来,怔怔地停了停,头一歪,又躺下了,嘟囔道:“回就回来呗,谁还能挡住她回家来。”

快嘴嫂子道:“她正坐在桂云家炕上呢,可能就是要说那八分地的事。你不去瞧一瞧,给她寡妇家帮上几句?”

老队长慢慢坐起来,从炕里顺手摸了支烟,快嘴嫂子忙擦火柴帮他点着。

老队长耷拉个脑袋狠命地吸了两口,瓮声瓮气道:“唉,这人啦,真想不到,会变呀!”

十

白天才闷着头，坐在桌旁喝闷酒，喝两口，走到街门上看看。哈主任走的时间不短了，怎还不见回来呢？

“乒，乓”，他把街门摔得山响，回到院里，呆站在拖拉机旁。他站了一阵，突起一脚，朝车轮上猛地踢去，随后噔噔噔进到屋里，站到桌边，举起酒杯，一仰脖，灌了进去。

桂云家，几个人围着炕桌，大家闷头吃面条。炕桌上只放了一碗辣子，一罐罐盐。

袁树梅和瞎公爹坐在炕桌的上首。炕边上侧坐着哈主任——这一碗面条他可是觉着噎嗓子，吃着实在不是滋味。只有桂云坐得远远的，低着头，专心听炕上的人说话。

瞎公爹道：“天才家的，反正就这么个事吧，那八分田呢，你们家天才愿给俺们换回来，咯咯，也好，俺们寡儿媳妇就少受多少艰难。要是实在不想换了，咯，咯咯，咯咯咯咯。”

“换！一定换！马上给你们还回来。”

桂云和哈主任全都猛抬起头，盯视着说话的袁树梅。只是哈主任稍稍一瞥,马上又把头埋到面碗里去。

袁树梅道:“马大哥,队里原来把这八分好地分给你们,考虑得很周全。这个决定不能随意改动。”

“喀喀,也好,也好。”瞎公爹连咳带喘地说,“不过,喀喀,天才呢,我是看着他长大的,他那脾气我最清楚。顺气了,任你咋说都可以;要是犟起劲来,喀,喀喀,怕是九头牛也拉不转呀!”

“拉不转也得转!马大哥,这事由不得他!”

听到舅妈斩钉截铁地回答,桂云倏地站起身来,直奔伙房去。“刺啦”,一满碗鸡蛋下了炒锅。

哈主任偷偷瞥一眼袁树梅,翻开袖口看看表,头又埋进面碗里。

袁树梅道:“小哈,你不用看表,今晚上我是肯定不回县上了。你要是坐不住,别等我,先回。”

“只是……”小哈吞吞吐吐道:“赵书记还在县上等着……”

袁树梅道:“那就等着吧。这八分地的问题处理不好,我是不能走的。别忘了,老队长被你气的,至今还在家躺着。我不去看一眼,行吗?”

在老队长家,快嘴嫂子道:“那好,你们把饭菜都准备好,我这就去请。把袁树梅请到你们家来,当着众位老乡亲的面,我看她再咋说。”拉上尕妹,“走,找你妈去。”背上毛丫,带上尕妹和根柱,“噔噔噔”,走了。

在桂云家,袁树梅继续严厉地批评哈主任:“回到县上,你见到老赵,要首先对他讲讲你在这里做了哪些工作,让他知道你在下面是怎么‘纠偏’的。”

哈主任连连点头:“是,是,这次的教训十分沉重,我永远不会忘记。”一步上前紧紧拉住瞎公爹的手,“马大爷,实在对不起,怪我犯官僚,好心办了坏事,请您老人家多多原谅。”

瞎公爹道:“看你这位同志说的,好马还有失前蹄的时候。喀喀,快别说了,别说了。喀喀。”忙向窗外喊,“福生家的,福生媳妇,你来呀,哈主任这就要走呢。喀喀喀。”

桂云应道:“来了,来了。快别走,都别走。”端着一个木方托盘,盘里托着一满碟新炒的鸡蛋,还有三大碗盛得冒尖的白米饭,从旁屋忙跑过来,挡住门,笑道:“哈主任,你别走吵,俺们农村人就这么个,事情解决了,啥话也没有了。来,坐下,吃!吃好了再走。”

袁树梅笑了,道:“小哈,你看看,人家可是诚心诚意要留下你吃饭呢。”

哈主任道:“哎哎,实在不能再坐了,还有工作……”

桂云拍手笑道:“哎呀,看你这位同志,”把他朝炕上推,“快别让了,坐下,吃!”抓双筷子硬塞到他手里。

哈主任接过筷子,规规矩矩地放回炕桌上,道:

"实在对不起,我还要赶回县上。以后再来,再来。"说完,匆匆地走了。

桂云看着他的背影,遗憾地说:"真是的,没有让吃好,还要赶十几里的路……"

袁树梅也站起来,说:"我也该走了,还得去看看老队长。"

村庄巷道里, 快嘴嫂子领着三个娃娃走过来,哈主任骑着自行车正巧与他们擦肩而过。

只见哈主任骑到前面岔道口, 停下来犹豫了一下,车头一拐,转向白天才家骑去。

尕妹:"哎,他这是……"

快嘴嫂子道:"去你们家啦。不管他, 先去找你妈。"带着三个娃娃继续向桂云家走。

桂云终于把袁树梅从房门口拉回来, 推到炕上,把筷子塞到她手里,道:"舅妈,旁人家的饭,你不吃可以,你亲外甥女给你做的饭,难道你能不吃?"

袁树梅没办法地掂着筷子,笑道:"唉,每次下农村,这一条叫我最为难,走到哪家都得让你吃饭,不吃还不行。"

瞎公爹笑了,道:"哎呀,我说树梅,你是真没变呀!记得那一年你才15岁……"

桂云拦他:"爸,你又说老话,让我舅妈好好地吃几口嘛。"忙着给舅妈夹炒鸡蛋。

袁树梅躲也躲不及，直喊着："肚子饱了，吃不下啦！"

瞎公爹看不见他们推来让去，只顾自己乐呵呵地说着痛快："那一年正赶上土改吧，喀喀，你那时才这么高，也是跟现在一模一样，成天价没明没夜地东家进、西家出的，操心呀。喀喀。后来你调到乡上、区上、县上，俺们老乡亲们还悄悄议论过，说你眼眶子高了，肯定回不来了，喀喀，没想到你没忘了俺们这穷窝窝，还是回来安了家。喀喀喀喀。"

桂云赶紧过来替他抹后背，帮他顺顺气，被他推开了，摇摇手又笑开了，道："喀喀，好久我没说过这么多的话了，喀喀，让我说说，心里高兴。"

"对，对，你说，你说，我就喜欢听老乡亲们跟我扯扯磨，说说这些老话。"袁树梅听得有滋有味的，"马大哥，你的这些老话，我在别处可是想听也听不到的呀！"

"实话，实话呀！喀喀喀。刚才为了那八分地，我差一点把你错怪了，喀喀，你看看，你看看，我这不是老糊涂了……喀喀喀喀……"

袁树梅过来轻轻给他拍打后背，诚心诚意地说："大哥，这件事对我还是敲起了警钟，这几年我对天才实在也是……"

桂云在一旁着急："爸，你们都别说啦，你看看舅妈说着说着眼圈都红了，碗和筷子都放下了。”

“放下正好！”快嘴嫂子一头闯进来，上手就去拽袁树梅：“走，快跟我走，老队长家还有一桌，正等着呐。”

桂云手上正夹着一筷子鸡蛋：“啥？走？那我这盘炒鸡蛋，可叫谁吃呢？”

“哈哈……”袁树梅和瞎公爹都含着泪，笑看着桂云，快嘴嫂子却瞪圆了一对惊奇的大眼睛。

白天才狠拍桌子：“啥？她说了算？没那么容易！我找她去。”拔腿就往外跑。

哈主任一把将他拽住：“你见到她，只能说你们家的这八分地，赵副书记家占的那两亩三，你千万不能漏一个字。要是说走了嘴，后果你知道吗？对老赵，对你，对袁书记……”

“知道，知道，我知道了，你放心回吧。”白天才拔腿又要跑。

哈主任还是抓住他：“只要你一口咬死，八分地绝对不退，往后……”

“放心，放心，没问题。”酒气壮胆，就凭着这满身酒气，一甩手，他窜出了街门。

哈主任追到街门上，望着他摇晃着离去的背影。

十一

老队长家，一家人围住袁树梅坐在炕上，一片说笑声。

大家把该说的话都说了，树梅把该劝的话也都劝到家了。可二虎妈还是使劲地摇着头："不行不行。树梅，好我的书记呢，你好大的面子，我咋敢回呢？可这件事，你实在是叫我为难。不行不行。"她紧闭双眼，脑袋摇成了拨浪鼓。

袁树梅微笑着继续追击："还是你那句话，不能放二虎过他们家？"

二虎妈抽抽搭搭地一把搂住二虎道："可怜我的虎娃儿耶，把他自小拉扯到这么大，长成八尺高的汉子，好容易呢。临完呢，反倒要给人家去当上门女婿，我咋舍得呢嘛？"

众人见她越是哭，越是觉得有意思，就更放声大笑。

老队长笑着拿手指头连连点着她，道："你，你，你呀，都啥年月了嘛，还长着这么个死封建脑袋。没救了，没救了。"

二虎妈冲着老队长甩着眼泪鼻涕地大嚷："都啥年月,你说是啥年月？到多早晚也只听说有嫁闺女的,没听说过嫁儿子的。当初你咋不嫁到俺们家来,咋不倒插门到俺们家来当上门女婿呢？"

众人见她又拍炕面又捶老伴，鼻涕一把泪一把的,笑得更歪了。

众人中只有二虎没有笑,他笑不起来。虽说跟桂云两个人成天里碰不上一两次面，有的时候几天都见不上一面;即使见了面,桂云也是故意躲着他,经常是几个月说不上一句话。可不知怎么了，桂云的一举一动都像是拴在二虎的眼皮子底下。他对桂云生活的艰难看得一清二楚，就是恨自己帮不上桂云家一星半点的忙。他心里发急,可再急也没用,只能干瞪着。这不是一天两天的事了,是好几年了。他心里实在急得受不住了，就只好跑到村头小河边上去发呆,一坐大半晌,低着头,死死抱住脑袋,就这么坐着,坐着。他妈怎么喊他,叫他回家吃饭、干活,他就是不动弹，也不应声。一直要坐到月上三杆星满天,这才蹒跚着走进家门,回到自己的小屋里,衣服不解鞋不脱,一头蒙进被子里,一直闷到太阳升。多少次有人想给他提亲，他妈对这事就更着急。可只要有人提起这句话，肯定要招来他的一通嚷，甚至是一通骂,"不就是要我娶个老婆给家里传宗接代吗？这个老婆我就是不娶，让俺们家绝了后，跟我有啥关系呢？谁要再跟我提亲，我立马一头扎进河里去！”吓得从此再没人来家给他提亲了。就这么个，一恍三五年过去了，他就这么单着，陪着桂云在那头寡着，一年一年地干耗着岁月，谁也难解开他们两家结下的这个死结。他们之间的这个死结，全村人没有不知道的，可是全村人也没有一个敢给挑破的。今天，这是冲着袁树梅的大面子，才能当着二虎妈和二虎这母子俩的面，把这个结了多少年的孽债，终于揭开了。这一揭开，第一个高兴的是二虎，还有他爹老队长，再就是跟桂云最要好的快嘴嫂子。所以当袁树梅今天挑头提起这番话，他们就特开心，连哄带乐地帮着在二虎妈耳边敲边鼓，只有二虎独坐在炕沿上，照是低着头，两手抱着脑袋，听着大家伙闹腾。他心里感激，就是不吭声。直到听他妈说什么倒插门、嫁儿子的话了，他才瓮声瓮气地低声道：“妈，当初要不是多亏他家福生，你如今就是想嫁你这个儿子，也是没有可嫁的，你咋不朝这上头想呢？”

二虎妈辩解道：“对，福生是舍了命救了我家娃，这呀，我到多早晚都忘不了他的恩。可现如今你是要嫁给小寡妇呀，这不是一回事呀！”一把抱住二虎，“不行，任你大书记面子再大，就是不行。这是我的娃，是我的命呀！”哭得更伤心了。

二虎妈越伤心，大家伙越乐，一个个笑得前仰后合，连二虎妈最后也跟着含着泪扑哧笑了。

十二

这会子在二虎家倒是一片喜色，就在这同时，在桂云家可是捅开了大娄子。

白天才乘着酒劲正站在瞎公爹的土炕前又蹦又嚷。瞎公爹咳着喘着拼死拼活地趴在炕沿边跟白天才辩理。桂云扶住公爹，转过身来跟白天才对嚷。根柱帮他妈也夹在中间嚷。毛丫抱住她妈吓得大哭。满屋子一片大乱！

突然，瞎公爹憋气了。好半天回不过一口气来。

桂云吓得大哭，死命地喊着："爸，福生他爸，爸呀，你回来呀……"

根柱狠抹一把泪，扭头向街门外跑去，迎着老队长家的欢笑声跑去。

老队长家，二虎妈还在唠唠叨叨地说着，大家伙围着她继续地笑着。

突然，门被推开了。根柱闯进来喊道："舅奶奶，我爷爷他，他……"

"你爷爷怎么啦？他怎么啦？"袁树梅急着问。

根柱哭道："他被舅爷爷气的，已经，已经不行了！”

袁树梅忙布置：“二虎，快，去卫生所请医生。”

二虎冲出门，骑上他那辆破自行车跑了。

袁树梅等所有的人随后一齐拥出老队长的家门。

在桂云家，白天才一见瞎公爹憋死了过去，酒被吓醒了一多半，乘着乱，悄悄地溜走了。

瞎公爹昏倒在炕沿边，四肢僵直，口吐白沫，吁吁地喘气，不时地吼咳，像是心都要随着咳吼声崩裂了。

桂云给他掐人中，顺气，哭喊着：“爸，爸呀，福生他爸，你可不能，不能够呀……”

毛丫跪在爷爷身边哭喊着：“爷爷……”

袁树梅等人在奔跑。

公路上，二虎伴着王大夫飞车前来。

桂云和毛丫在哭喊。

根柱喘吁着跑来，猛推开门闯进屋：“舅奶奶他们……他们来了。”

袁树梅、老队长、快嘴嫂子等人冲进屋来，冲到炕边。

袁树梅安排：“来，来，先把马大哥放平，躺好。水，水！”

快嘴嫂子端来了水。

二虎、王大夫拐进村口，飞车进村。

村路两边各家门上伸出来的人头焦急地看着。大半个村子的人随着二虎他们跑。

二虎提着医药箱冲进门来，一路喊着："来了，来了，王大夫来了。"

院子里的人闪开条道，让王大夫朝里屋跑。

老队长在炕边推着闲人："散一散，散一散，闲人都出去。"从人头上接过二虎递过来的医药箱。

人群向外散，王大夫向里挤。

屋里屋外突然都静了下来。

王大夫给瞎公爹号脉、听诊、量血压。王大夫拿起了注射器……

小院里挤了许多乡邻，叽叽喳喳地出着小声地议论开了。见袁树梅、老队长陪王大夫走出上房，立时又都安静下来，都凝神地听王大夫说话："不要紧，不要紧。"王大夫掏出手帕擦擦眼镜片，又擦了擦满脸的汗，"让老人家静静地睡一睡，大概就能松缓些。"满院子的人都齐刷刷地"哦"了一声，大家悬着的那颗心又全放回到肚子里。只有袁树梅揣着一颗被愤怒塞满的快要爆裂的心，恨得牙根痒痒地轻声骂着："白天才！你好啊……"

十三

白天才关在家里一个人由着性子发狂:“我咋了?都向你学,吃家食,把野屎。”一仰脖,一杯白干下了肚,“我看你就死在外头,一辈子别回……”

“乓!”门开了,袁树梅站在门外,正对着白天才伸出来的指头。

“哦,你,你你,你回来啦?”白天才像鼓满了气的皮球一下子瘪了,说话都显得不利落。

袁树梅两眼死死盯住白天才,气得一时说不出话来。

跟过来的乡邻们原已挤到上房门上。老队长一见袁树梅两口子的情形,赶紧回身把大家向院门外推。最后,老队长自己也退出院门,回身把门带上。可挡不住乡邻们的脑袋又齐刷刷地从临街的矮墙上冒上来,大声地进行评论。

白天才听到院门外的议论声,好似找到了发火的对象。他一步蹿到小院里,嚷道:“说啥呢,说啥呢?有谁想说闲话,就进来,当面锣对面鼓,冲着我,砸来!”

袁树梅看着他冲乡亲们嚷,更火了,大声嚷道:

"白天才！你还有脸说？好嘛，背着我，打着我的旗号，强霸困难户家的好田，够多英雄！你说呀！有理就给老乡亲们摆出来嘛！他马大哥被你气得差一点出大事。他要有个三长两短，我可告诉你，我绝不饶你！国家法律绝饶不了你！"

白天才偷偷瞥她一眼，瘪了的皮球全蔫了，脸变得煞白，手微颤着，惊恐地可还是倔强地把脑袋别到了一边。

十四

在桂云家，全村的人跟上袁树梅和老队长他们走了，连根柱和毛丫都随上快嘴嫂子去白天才家看热闹去了,满院子除了鸡和羊,全走空了。羊进了圈,鸡进了窝,瞎公爹沉沉地睡着,就剩下桂云和二虎两个人了。

他俩的事虽说已经拖了有几年了,但两个人却从来没有机会静静地坐在一搭，更别说扯个磨啥的了。现在可好,人全走净了,两个人真的肩并肩地站在了炕沿边,相互瞥了一眼,反倒别扭得不行行,目光赶紧都避开了。

二虎想找一句什么话说说，还没有等到他开口，已被桂云白了一眼,嘴里甩过来两个字:“稀罕！”扭头进了里屋。

她从里屋提出来一个大笸箩。二虎一见,赶紧送过去两张条凳,帮她把笸箩架好,再赶紧从墙拐拐抱起一大麻包小麦种,刷喇喇,毫不费劲地倒在笸箩里,又忙着送过来一张独凳,让桂云坐下。

桂云并不搭话,坐下来埋头拣麦种。

二虎站在一旁到处看看,见实在找不到什么可帮她干的了，于是，也凑过来蹲在笸箩边帮她拣麦种。他刚给自己面前拢过来一小堆，正准备仔细挑拣，被桂云一把将麦种全划拉到大堆里去，并停下手来冲着他说："二虎，我求求你，往后在人面前……你别再丢人现眼！"

二虎道："我，咋了嘛？丢人现眼？这会子又不是我要留下的，是袁书记，她让我留在你们家，怕你公爹有啥情况，好去请大夫。"

桂云道："我不是说现在，我是说刚才。"

"刚才？多咋？"

"多咋？就在白天才买回拖拉机的那会子，当着全队众人的面，你说啥了？"

"我说啥了？我当众骂了他，给你出了气。咋了，你还没谢我呢。"

"哼，还谢你？不骂你就算……"埋下头去紧着扒拉小麦种，两行清泪不由自主地流下来。

二虎一见她那泪花花，慌了，不知道说啥好，语不搭调地支吾道："你，你看看你，我，我说啥了吗？我，没说啥呀？你咋就……好，从今往后，我在人前，我，绝不再说一句话，装傻，做哑巴，总行了吧？"

桂云的泪珠子更成了串。

二虎更急了："我，我要再多说一句废话，就叫我，叫我这舌头从外往里烂，一直烂到舌头根子，不得好死！”

桂云含着泪，斜过脸挖了他一眼，咬着嘴唇骂了一句：“没出息！”又埋下头，甩着泪，扒拉了几颗麦种。

二虎急得不知道再说啥好了。

桂云突然抬起头来，严肃地对二虎说：“寡妇子门前是非多，你好是不知道？你不怕人背后骂你，我还怕好嚼舌头的指着我脊梁骨搬闲话呢。”

二虎心里没鬼：“怕啥！谁爱嚼舌头，由着他嚼去，反正俺俩迟早……”

“迟早？迟早啥呢嘛？我跟你……多会子认过你吗？”桂云埋下头，脸憋得通红。

二虎道：“你不认我，我来认你还不行？反正，迟早，我肯定要搬进这个家里来，跟你过。”

桂云的头埋得更深了，两手微颤着，胡乱地紧着扒拉麦种。

二虎见她不吭声了，又小声往下说：“福生哥在世的时候常念叨，总说对不住你，没让你过上一天舒心日子，一老是缺吃少穿，过得紧巴巴的。直到临完，他还是孽障地饿着个肚子……”

桂云眼圈红了，眼泪又要往下掉，说话的声音细得难以听见：“你，又提起这些个干啥呢？”

二虎的声音比她大多了：“我要提，我到多早晚都要提。我忘不了福生哥，忘不了福生哥对我的恩！”停了停，他接着说："如今总算有了盼头，八分地大概是能还回来了，我再把俺的那一份带过来。农村人现在有了地，再加上我有这副壮实身子，跟头牛似的……"

桂云的心猛地一抖，在心底深处好似被一把钝刀子狠狠扎了一刀，她的脸色变白，变得惨白，木木地自言自语："跟头牛似的，吃青草都能上膘……"

二虎浑然不觉，只顾接着往下说："就是嘛，俺们俩豁上命干上几年，不说瞎话，我一定让你和你公爹过上舒心日子，好让福生哥放心。"

桂云的声音更轻了："过上舒心日子……"

猛然地，她从幻觉中惊醒过来，盯住二虎，正色道："二虎，往后你少对我说这些……你妈她……"

"我妈？她能咋了吗？能拴住我？锁住我？把我关进菜窖子里，憋死我？"

桂云满眼糊着泪，道："实告诉你，二虎，要不是看着瞎公爹可怜，心里实在舍不下，又扯心两个细碎娃娃，我，早就取条麻绳绳一勒！世上难活人，干脆，别活！"声音发颤，眼泪喷涌出来。

二虎难过地低下头，心乱地手下胡乱扒拉着小麦种，鼻子酸酸地："你是图说上几句，心里痛快，旁人好是能受得住呢？"

桂云突然站起来直视着他："不！二虎，俺公爹不用你管了。你走吧，快走！从今往后，永远——别再走进我这个家门！”“哗”，把门打开了。

“乓！”二虎把门又关上了：“不！我不走，就不走。今生今世，再不走了！”

“二虎，跟你说实的，我刚才不是随口说几句图痛快的，那全是我心窝窝子里的话。求求你，求你了，快走吧！今后，永远，你——别再见我的面！”

二虎看了看，反倒一屁股坐下了，道：“不，我不走，就不走，只盼你现时就一棍子打死我，正好，我立地挖个坑趴下，从此埋在你们家，烂在你们家，永生永世，再不离开你的这个家！”

桂云没办法了，微嗔地轻声骂了一句：“死皮子！”一扭脸坐下来——不吭声了。

满屋子静得连一丝丝响动都没有，只有笸箩里麦粒子沙沙挪动的声音。

瞎公爹微微翻动了一下身子。他们两人赶紧凑到炕沿边，桂云轻声呼唤着：“爸，爸，你觉着咋样？好些了吧？”

瞎公爹微微睁开一双瞎眼睛，模模糊糊地见他们两个人的脸挨在一起。瞎公爹伸出枯柴似的手在空中摸索着，他们两人同时抱住了瞎公爹的手。

瞎公爹的手微颤着，一丝泪滴沿着腮边慢慢地流下来。

十五

白天才在他家小院子里，他跳着蹦着地嚷："不行，在外头，你当你的书记，天下大事归你管。只要进了这个门，对不起，你是我老婆，啥啥都得听我的，我说了算。"

袁树梅很冷静，冷冷地道："哼，你说了算？"她突然严肃地厉声责问："那小哈，刚才又来找你干什么？"

白天才没敢正眼看她，嘴里支吾了句什么，突然头一昂，回击道："你你，算了吧！见着个屎壳郎，你也能比成金翅大鹏鸟，啥事被你一说就玄乎了。实告诉你，他来就喝了口清水，啥也没说，走了。"

袁树梅微微摇摇头，冷笑道："既然你暂时还想跟我保密，好吧，那把这事就先搁着，说眼前的。桂云家的那八分地，咋办？"

白天才抢白道："你说得倒好听，已经咽进了肚子里，哪见再吐出来的。告诉你吧，我把田埂也打好了，肥也送上了。你就看着办吧！"

袁树梅轻蔑地一笑，道："那好啊，连肥料一搭里送给她家。帮助困难户，好事嘛！对不对？"

他们两口子说话，矮墙外却传来一片应答的欢呼声：

“对！”

“好！”

白天才更急了：“啥？你大方！这个家，你一年才回来住几天？穷家是我给你守着，穷日子是我一人受着，风里雨里，没明没黑，你在哪点呢？你在哪点嘛！不行，这田已经分下了，说到底，我——不换！”气得蹲在地上。

“非换不可！”袁树梅斩钉截铁地说：“别看只这八分地，党风、民心，都在里头呢！”见他蹲在地上不动弹，“那好，我这就领上人帮她家重新打田埂，连夜把肥料送下田去。马上就送！”说着就要走。

白天才蹦起来挡住门，嚷道：“你敢！我这就躺到地里去守着，看谁敢挪动一块土坷垃！我，我……”随手提上柄大锤，“我跟他们拼了！”

袁树梅冷冷地道：“你要跟谁拼命？那就冲着我来。诺诺，来呀！”

“你，你当我不敢？我，我……”白天才撸胳膊，甩拳头，像是真要动手的样子，就是脚下没敢挪动。

躲在门外听动静的老乡亲们见他们两口子真要动手，都吓坏了，一齐拥进小院子里来。

尕妹先冲进来抱住她妈，冲着她爸喊道：“爸，爸，你可不敢碰我妈。妈,妈……”哭了起来。

快嘴嫂子、七婶等妇女赶紧把袁树梅拉到一边,掩在身后。

老队长、三爸爸等老汉把白天才挡住,想好好劝劝。

白天才一见有人来劝,更来了劲儿,要在人前充英雄。他挣脱了劝架的人,提着大锤来追袁树梅,嘴里起劲地吼着:“你跑!你想跑!我看你跑!我把你……”

老队长吓坏了,追着白天才死死拉住他,对他嚷:“天才,天才,快放下,放下!太不像话了!树梅可是俺老乡亲们大家伙儿保上去的县委书记。”

袁树梅冷静地说:“老队长、三爸爸,你们都别拦。就让他来,看他敢动我一指头。”

白天才盯住袁树梅,嘴里数叨着:“我,我……”实在也是不敢动手,只是两手仍掂着大铁锤,得瑟着,道:“我,我,我砸不了你,我砸它!”提着铁锤奔向新手扶,“你不让发家,我还要这东西干啥?都闪开,闪开,看我砸了它!”捋胳膊,摆架势,朝手心里吐唾沫,大吼一声“嗨!”像是要把大锤甩起来的样子,双手紧捏着锤头把子,就是没有把铁锤举起来。

老队长是老实人,一见他这架势,赶紧上来抢铁锤,一面紧着劝:“可不敢,可不敢,三千几呢,不是闹着玩的。”

快嘴嫂子悄悄拉老队长的衣角，老队长这才慢慢松开手，蹭着蹭着退到一旁。

众人也渐渐向后退，闪开了场子，都看白天才怎么砸手扶。

白天才又发一声狠："嗨！"这次把铁锤举起来了，嘴里还数叨着："我，我……"举高了，眼睛却偷偷地瞥两旁。"我，嗨！"又一次把铁锤举了个高，可不见再有人来劝。他深叹一口气，把铁锤落下来，像是皮球又一次泄气了。他蹲了下去，紧抱住脑袋，呜呜呜地哭起来："这日子，可叫我……叫我咋过呢嘛？我活不成了……"

老少乡亲们哈哈哈哈全笑了。只有尕妹一个人没笑，悄悄走到她爸的身边，拉住她爸的胳膊，轻轻摇晃着，两眼也同情地红了。

袁树梅可没多看她老汉一眼，她转身向大家伙喊道："老乡亲们，俺们的责任田分下了，可我知道许多人家一时财力、物力、农机具、劳动力都有不少困难。俺们是不是在大包干的基础上，自愿搞起联户协作，互相帮助共同来把生产和生活都安排好。大家看，咋样？"

张爸爸和马姨姆走近袁树梅。

马姨姆先说："树梅呀，你可是真正说到点子上了。田刚分下，俺们这些困难户，正愁的不行行呢！"

张爸爸接着说："嘿，你的一句话，就叫正瞌睡，遇上了枕头,没说的了。”

小院子里爆发出一阵笑声。

老队长在众人的笑声中，激动地拉起袁树梅的手,颤颤地道:“树梅,树梅呀,你还是土改那阵子的样子,没变,没变呀!好,好!跟俺们还是紧紧贴着心呐!”

快嘴嫂子跳上手扶向满院子的乡亲们摆着手,喊道:“哎哎,别说了,都别说了,各人回家拉车去,连夜就一家家地帮着送肥吧。”

袁树梅接着喊道:“头一家,送谁的?”

大家齐声高喊:“送瞎大爹家的。”

十六

月光如洗，大地如银，墒情正好的松软土地上，奔跑着无限欢乐的人群。

公社小队的广播喇叭真能凑热闹，冲着备耕生产的热闹场景，突然响起了《奔腾东流水》那特别鼓劲的歌声：

奔腾东流水
日夜滚滚流，
千年万年流不断，
一路笑声留。

春水甜如蜜，
春水贵如油。
流呀！
流进大大小小的田垄，
甜在种田人的心头。

在歌声中，快嘴嫂子猛地推开桂云家的街门，见桂云和二虎坐在一搭里脸挨着脸正埋头拣麦种。喜的快嘴嫂子一拍巴掌，冲着他俩笑着，嚷道:“好啊,好啰,我说怎么见一对花喜鹊子正围在你们家的房梁梁上喳喳喳地叫个不停呢！”

桂云羞的蒙住脸躲到一边。二虎只是腼腆地站在她的身旁憨厚地笑着。

快嘴嫂子把桂云一把拉过来就往二虎的怀里送，臊得桂云狠狠地捶打快嘴嫂子,一头埋向快嘴嫂子的身后。

袁树梅拉了辆胶轮车,领着大队人马走过桂云家门前,向院里大声吆喝着什么。二虎一听,一头冲了出去,接过袁树梅拉的车,随上大队跑了。

桂云也想跟出去送肥,被袁树梅拦住,指指里屋熟睡的瞎公爹,自己扭转身,赶上二虎帮着去推车。人们渐渐隐没在朦胧的月色里。

人们走了,门前和小院里又恢复了宁静,只有桂云斜倚在门框上,依依地看着人们远去,她不觉地流下了感激的泪水。

广播喇叭里继续传来激昂的歌声：

奔腾东流水
日夜滚滚流。
千年万年流不断，
一路笑声留。

春水火样的热，
春水暖心头。
流呀！
流过山南海北的原野，
迎来金穗飘香的丰收。

月光下，歌声中，送肥的胶轮车来回奔跑。

袁树梅满脸是汗，不知道又接过了谁拉的车，跟二虎较起劲地展开了比赛。

张爸爸吃力地跟在他们后面，看看他们，擦了把汗，又埋头向前拉去。

马姨姆提着水壶走来，咧开缺牙的嘴，笑了。

老队长在半路一把拉住帮忙搡车的尕妹，对她耳边说了几句什么话，尕妹点点头，回身向村里跑去。

大喇叭里播放的歌声伴随着尕妹奔跑的身影：

奔腾东流水，
日夜滚滚流
滚滚地流。
哦……

同样在歌声的笼罩下，白天才站在街门前孤单又十分忐忑地向远处的田野眺望。见尕妹气喘吁吁地向家门跑来，他赶紧回身想往家里躲，被追上来的尕妹一把拽住，喘着大气说："是我妈……是妈让我回来……我妈让你去……去帮帮人家……"

白天才犟的还要向上房走。尕妹的一声喊，止住了他的脚步。尕妹虽然还不大，可她已经知道这句话在他们家的分量：

"爸！听妈的话，啊！"

果然挺灵，尕妹一说"听妈话"几个字，白天才的脚自然地停住了。

尕妹跑到上房门前，替她爸拿来发动拖拉机的手摇把，就要上去替他发动机子，被她爸一把将摇把接过去，一面说："拿来吧！这是你能摇得动的？"一使劲，"嘟嘟嘟嘟"，手扶的马达响了。他正了正回民的小白帽，坐上手扶的驾驶座，对尕妹道："上车，俺们走！"

"哎！"尕妹跳上车斗，拖拉机"突突突"地开动了。

在歌声的伴和下，拖拉机停在快嘴嫂子家门外，把她家门前堆得像小山一样的鸡粪肥装了满满一车，径直地开到地头，车斗一翻，田亩里多了一堆上好的肥料。

袁树梅看着白天才笑了。

众位老乡亲围着白天才笑了。

歌声、笑声，车轮、汗水。

亮晶晶的月夜，春意盎然的原野。